地球の果ての温室で

キム・チョヨプ
カン・バンファ 訳

早川書房

지구 끝의 온실　김초엽

地球の果ての温室で

지구 끝의 온실
GREENHOUSE AT THE END OF THE EARTH
by
Kim Choyeop

Translated by
Kang Banghwa
First published 2023 in Japan by
Hayakawa Publishing, Inc.
Original Korean edition published by GIANT BOOKS
This book is published in Japan by
arrangement with
BLOSSOM CREATIVE
through BC Agency and Japan Uni Agency, Inc., Tokyo.

This book is published with the support of
the Literature Translation Institute of Korea (LTI Korea).

装画／カシワイ
装幀／早川書房デザイン室

目次

日本語版への序文

『地球の果ての温室で』を書いていたとき、地球は隅々までパンデミックに脅《おびや》かされていました。いちばん深刻な時期にあたっていたので、外出もほとんどできないまま、ソウルにある作家のためのレジデンスに引きこもって原稿を書いていました。机とベッド、クローゼットしかない小さな部屋でした。窓の外の世界では伝染病が広まっているなか、画面のなかの原稿では〝ダスト〟が広まっている。そんな状況はどこか非現実的で、ひときわ夢と現実の区別がつきにくい時期でもありました。一日中執筆して疲れ、つかの間眠ってから目を覚ますと、自分が本当に終末後の世界に入りこんでしまったような、そして、どこかで温室の明かりが瞬《またた》いているような気がしました。そんな夜更けにそっとブラインドを上げてみると、向かいの建物にある、別の作家の部屋から明かりがこぼれていました。それを見てようやく、「ひとりじゃない」と安心し、再びノートパソコンに向かったものです。

物語に登場する廃墟は、どうしてあんなにも魅力的なのでしょう。打ち捨てられた森、閉鎖された遊園地、崩れ落ちた倉庫、ガラスの割れた温室。思うに、もしかすると寂しい外観とは裏腹に、それらの空間がなにかを芽吹かせようとしているからかもしれません。ボロボロに朽ち果てた場所でも、岩陰の土のなかでは微生物が増殖しています。じめじめした腐敗の痕跡のそばには、せわしく飛び回る昆虫たちがいます。打ち捨てられた都市は、遠からず植物で埋めつくされます。生命力は人間の占有物ではないため、人間にはとうてい住めない廃墟も、実はたくさんの生命に満ちています。その沈黙にじっと耳を傾けてみれば、聞こえるはずです。この星を久しく占領してきた、いつの日も人間よりも先にそこへたどり着いていた存在たちの声が。

『地球の果ての温室で』は廃墟を取り巻く物語であり、それを壊して建てなおす物語でもあります。滅びゆく世界に直面しながらもくじけない人々への愛情をこめて書いた作品です。日本の読者の方々にも、この気持ちが伝わってくれるといいのですが。日本にわたしの最初の短篇集を読んでくださった方々がいらっしゃることを、とても嬉しく感じています。どうかこの作品も、みなさんに楽しんでいただけることを願っています。

二〇二二年十一月

キム・チョヨプ

プロローグ

おんぼろ車がギシギシいいながら、土がむきだしの坂道につきあたる。途切れた木の階段、古い道案内、壊れた手すり。かつて国立公園だったこの場所に人影はなく、いまでは砂利と岩がそこかしこに残るだけだ。道の両脇に並ぶゴムの木は表面が黒く変色し、爪でひっかかれたかのような外皮にこびりついた樹液だけが薄気味悪く白光りしている。濃灰色のヤシの木は、だらりと頭を垂れて枯れ果てている。

「ちぇっ、ドルフィンがあったらあの奥まで上ってたのに」

そんな言葉が口をついて出て、ナオミはアマラの顔色をうかがった。座標と引き換えに、姉妹はホバーカーを差し出さねばならなかった。手中のものでいちばん高価なものだった。座標ごときにホバーカーを要求されるとは思ってもみなかったので、ナオミはびっくりしてアマラを説得しようとした。ひとまず先に進もう、座標ぐらいまた手に入れられるはずだと。アマラの疲れた顔を目にしていなければ、きっとそうしていただろう。だがその顔を見るなり、〝また〟などないかもしれないと思った。アマラにはもう時間が残されていないのだと。だから、座標が入力された小型カードのためにホバーカーを手放した。

アマラが視界の悪い森の奥を見やりながら言った。

「こんな狭い道、ホバーカーでも無理よ。この木を全部なぎ倒していくわけにはいかないし。きっと途中で乗り捨ててたわ」

「そうかな。空からなら行けたかも……」

ナオミは空を見上げた。長身の木が視界を埋めつくす。六歳まで住んでいたイルガチェフェでも、こんな大きな木は見たことがない。それでも、空中走行できるホバーカーでなら木の上を飛ぶこともできたはずだ。

隣でアマラが首を振った。

「空中走行にはテクニックが要るの。わたしたちはドルフィンを高く浮かせたこともないでしょ。それに、そんなことしたら大変なことになる。ここまで来るあいだも、どれほどたくさんの戦闘ドローンに出くわしたか覚えてるでしょ？　ドームシティのおバカさんたちも、よくも飽きずに次々と……。おかげで小遣い稼ぎにはなるけど、ドルフィンに乗って空中で戦うとなれば話は別。

せいぜい墜落しないようしがみついてるのがやっとよ」

ナオミは唇を尖らせたものの、アマラがここまで言うのだ、もうホバーカーの話はやめようと決めた。〝ドルフィン〟と名前までつけて大事にしていたものだが、もう再会することはないだろう。

ナオミは階段の前にしゃがみこんだ。

「土が乾いてる。しばらく雨が降ってないみたい」

数年にわたるダストの増殖により、気候は乱れた。風も雲も予測不可能だった。この数カ月でダストの濃度が上がり、マレー半島南部では干魃《かんばつ》が続いている。土がからからに乾いているところを見ると、もとは熱帯雨林だったこの森もいまは干からびてしまったようだ。

「人が住むにはいいかもね。ジャングルだとひっきりなしの暴雨で土の養分が流されて、そもそもが熾烈な競争の果てに生き残ったものしか育たないそうよ。それにくらべて、暴雨もなければ生き残ったものさえ死に絶えた森だなんて。ここに住む人からすれば嬉しいことじゃない？ 邪魔になるものがひとつもないんだから」

アマラは口数が多く、どことなく不安定な感じがした。必死で自分に言い聞かせているかのような話しぶりだ。

地面にしゃがんだままで、ナオミが訊いた。

「姉さんはほんとに〝かの地〟があるって信じてる?」

「見たでしょ。あれはでたらめなんかじゃない」

ナオミにはアマラの言おうとしていることがわかっていた。座標カードをくれた耐性種たちが、これが証拠だと差し出した写真。森のなかに煌々と灯る明かり、そして、生きているとおぼしき植物と人々。はるか上空から撮ったものを拡大したのかぼやけてはいたが、アマラの心をとらえるにはじゅうぶんだった。ナオミは、そんな写真いくらでも偽造できる、ダストフォール以前に撮った写真をあたかもそれ以後のように薄暗く加工しただけかもしれない、そう言いかけたが、アマラのあまりに不安げな面もちに口をつぐんだ。

追い払われた耐性種のあいだでささやかれる不思議なうわさがあった。クアラルンプールのケポンから北西へ車で二時間ほど行った所に、隠れ場とされている森があると。そこは、地下にあるわけでもドームに覆われているわけでもなく、風雨にさらされていたダスト以前の村の形を保っていて、耐性のない人でも元気に暮らしているのだと。

うわさを聞いたアマラは、耐性種に出くわすたびにその場所について尋ねたが、ナオミは懐疑的だった。どう考えてもありえない話だった。ダストに覆いつくされたこの地上に、裸のままの隠れ場など存在しうるだろうか。もちろん、姉のアマラがなぜドーム外の隠れ場を見つけようとしているのかは想像がつく。アマラは自分とは違い、この空気に耐えられない。

ナオミは立ち上がって、ズボンのすそに付いた土を払った。

「そうだね。行ってみよう」

ダストに襲われた森は、死にも等しい静けさに包まれていた。野生動物はもちろんのこと、地面を這う虫一匹いない。油断すれば落ち葉の山に足を取られそうになる。地表に突き出た大木の根につまずかないよう、ナオミは慎重に歩を進めた。一時間ほど歩いても森が終わる気配はない。奥へ進めば進むほど、鬱蒼と生い茂る木々で空は狭くなっていった。

「待って」

アマラがナオミの腕をつかんで立ち止まらせた。数歩先に大きな影が見える。人間の死体かと思い、ナオミは息を呑んだ。アマラが言った。

「あれは……オランウータンだわ」

成人ほどもあるオランウータンが死んでいた。ダストで腐敗が進まなかったのか、もとの形状をとどめたままで。ナオミはランカウイの研究所で、研究員たちが箱のなかに動物の死体を何カ月も放置しているのを見ていた。あるものはまたたく間に腐り、あるものは剝製にされたかのように変わらなかった。ナオミがオランウータンの死体へ手を伸ばすと、アマラがその手を払った。

「やめときなさい。どんな病原菌をもってるかわからないでしょ」

だがナオミは、もう一度手を伸ばしてオランウータンを触ってみた。指先に触れる毛は冷たく、皮膚は固い。表側に腐敗の跡はほとんどなかったが、地面に触れている側は腐っていた。ひょっとすると、ダストから生きながらえた微生物や虫がいるのだろうか。

「気をつけなさい。耐性がすべてから守ってくれるわけじゃないのよ」

ナオミは肩をすくめ、パンパンと手を払った。そして一歩下がると、今度は死体と地面を調べた。奇妙な点がもうひとつあった。オランウータンの太ももの一部が、手のひらほどの葉っぱをもつツル植物に覆われている。それは、オランウータンの死後に伸びたもののように見えた。ナオミがつぶやいた。

「生きてるのかな?」

「オランウータンが? どう見ても……」

「違う、この植物」

アマラはその言葉に、怪訝そうな表情を浮かべた。ナオミはもう少し近寄って植物を観察した。ダストで死に絶えた植物のなかには腐りもしなければ分解されないものも多く、見た目で生死を見分けるのは難しい。葉っぱを一枚ちぎろうとすると、触れた部分がひりひりした。

ナオミはふと気づいた。

「ここの土は湿ってる。入り口とは違う」

空気中にふわりと湿気が感じられた。ナオミはハッとして振り向いた。

「アマラ、大丈夫?」

霧がじわじわと森に迫ってきていた。アマラもそれに気づいたのか、不安げに辺りを見回した。

「ダストスモッグかしら?　でも、こんなに木があるのに、どうして急に……」

アマラのつぶやきに、ナオミも不安になった。

「そんなの関係ないよ。風は上空でも吹くし、ダストはどこにでも移動できる。なにか感じたらすぐに言ってね、姉さん」

ダストの存在に気づきにくいナオミにくらべ、アマラはダスト増殖の兆しに敏感だった。突然の赤い霧はその典型といえた。ランカウイの研究員たちも、それがある種の〝指標〟になると言っていた。どうして急に霧が現れたのだろう。この森には本当になにかあるのだろうか?

再び歩き出したものの、目的地に向かえているのかはわからなかった。メルバの耐性種が教えてくれたのは森の入り口だけだった。彼らは森の奥へと進むように言った。でも、そもそも〝かの地〟が実在するのかさえ定かでない。もしも彼らに騙されたのだとしたら?

徐々に濃くなる霧のせいで前方がよく見えない。大型動物の死体に何度も出くわした。行く手をふさいでいたため、それらをまたいで進まなければならなかった。木の根に何度もつまずき、ぬかるみにはまった。巨大なラフレシアのそばに虫の死骸が散らばっていた。

見慣れないものが次々に見つかった。空中を漂う白い種と胞子、枯れた木を覆う不気味なツル植物。日暮れとともに、ジャングルは不思議な色を帯びはじめていた。錯覚かもしれないが、ナオミは木を覆う植物が光っているのを見た気がした。

座標カードは役に立たなかった。車で向かうならまだしも、徒歩では方向を定めることすら難しい。隠れ場を見つけることはおろか、森から抜け出すこともままならないかもしれない。森を見つけることに夢中で、森に入ってどうするべきかまで考えていなかった。アマラが死んでしまうかもしれない、そんな不安が押し寄せた。いずれにせよ、ナオミは無防備に森に入ったことを悔やんでいた。いまからでも遅くない、引き返すべきだ。

「姉さん、戻ろう」

ナオミはアマラのそでを引っ張った。

「隠れ場なんてない。あいつらにでたらめな座標を渡されたんだよ。森で迷って死んじゃえばいいって！」

「ナオミ、絶対にあるわ！」

「こんな死の森になにがあるって言うの？　なにかあるとしても、ここじゃない。お願いだから戻ろう」

そろそろ日が沈みかけていた。太陽が沈みきればこの森で夜を明かすことになるのに、野営の装備はおろか水やわずかな食料さえない。野生動物が出ないとしても、こんな所で寒さに耐えられるのか疑問だった。どうしてこんな無茶をしたのだろう？　耐性種が騙し合うことなどいくらでもあるのに、あんな座標を鵜呑みにするなんて……。ナオミはここまでのあらゆる選択を後悔した。ため息をつきながら顔を上げたとき、赤く変化していく霧が見えた。

「逃げなきゃ、姉さん！」

ナオミが知る事実はひとつ。人はこの粉塵、赤い霧のなかでは生きられない。たちまち倒れて息絶える者もいれば、一時間か一日ほどもつ者もいる。だが、ダストが死を意味すること自体は変わらない。

「ナオミ」

「早く森から出なきゃ……」

「ナオミ、落ち着いて。わたしは大丈夫だから、ここに座って」

アマラがナオミを岩に座らせ、腰を屈めて向き合った。アマラの顔には色濃い疲労がにじみ、目は赤く充血している。ナオミはアマラがいまにも倒れるのではないか、血を吐いて死んでしまうのではないかと怖かった。

「わたしはもう引き返せない。あなたにもわかってるはず、そうでしょ？　この森を出てもいつ霧に襲われるかわからないし、死ぬまで逃げつづけることはできない。ナオミ、あなたにはできても、わたしには無理なの。最後に真実を確かめさせてくれない？」

ここに隠れ場があるかもしれないという期待、そのわずかな可能性がアマラをここまで導いた。ナオミにもわかっている。完全な耐性種ではない姉がここまでもった理由はふたつ、ナオミの支えと、隠れ場という、ほとんど執着ともいえそうな希望があったからだ。アマラがナオミの目を見ながら、ごめんね、とつぶやき、ナオミは泣きたい思いで目をそらした。アマラは咳をしてから、口をふさいで言った。

「しばらくここにいましょ。風で霧が晴れるまで」

枯れた木々が折り重なるジャングルに、風が吹きこむ隙間はなかった。だがナオミは、これ以上アマラを説得することはできないと知っていた。ナオミはゴム製の遮断シートを開いてアマラにかぶせてやった。そして、この赤い霧が早く晴れてくれるのをひたすら待った。

ナオミは暗闇のなかで目を覚ました。なにかが変わっていた。涼しい澄んだ夜気、木々の合間から月光が差している。霧はすっかり晴れていた。

アマラはまだ、岩のそばの木に寄りかかって目をつぶっていた。ナオミは月に照らされたアマラの顔色を確かめながら、ゆさゆさと揺り起こした。

「見て、姉さん。なにか見える」

濃い闇の向こう、森の高みにドーム型の温かい光源が見えた。正体はわからずとも、その光景はとても神秘的で、ナオミは自分が幻を見ているのではないかと思った。あの耐性種たちから聞いたとおり、本当に隠れ場があるのだろうか？　こんな森のただなかに？

「ナオミ！　あそこよ。あそこが隠れ場に違いない」

「待って、姉さん」

ナオミはまだ警戒をゆるめなかった。

「もし本当にあそこだとしたら、急ぐ必要もないでしょ。夜明けまでここでひと眠りしてからでもいいじゃない」

アマラは譲らなかった。

「だめよ、いまじゃなきゃ。日が昇ればあの明かりも見えなくなって、また道に迷ってしまう」

ナオミは躊躇したが、けっきょくアマラに従った。アマラの言うとおりだった。闇のなかに浮かぶあの明かりだけが、この森で頼れる唯一の道しるべだった。ナオミとアマラは再び歩きはじめた。日暮れ前までは少し肌寒いぐらいだったのに、いまは体が震えるほど寒い。ナオミは着古した上着の襟をかき合わせてみたが、効果はなかった。

「待って、ナオミ」

アマラが言った。

「止まって」

聞こえていたけれど、ナオミはもう数歩進んでから立ち止まった。どこかでカサコソと音がした。

次の瞬間、ナオミは驚きのあまり悲鳴を呑みこんだ。茂みのあいだから影が現れた。いや、それは人だった。黒いフードをかぶっているが、保護服もヘルメットも装着していない。耐性種に違いなかった。

「本当にあったのね。隠れ場が……」

アマラがため息を漏らすように言うのが聞こえた。

木陰から現れた人々がふたりを囲んで武器をかまえた。背中合わせになって両手を上げ、アマラが必死に訴えた。

「わたしたちは耐性種です！　みなさんと同じ。座標を頼りにやって来ました。メルバで会った人たちがこの場所を教えてくれたんです。なんでもやります。ふたりとも自動車や機械を扱えるし、体を使う仕事もいといません。肉体労働でもなんでも。だからどうかわたしたちを……」

体の大きな女がアマラの言葉をさえぎるように手で空を切り、黙るようにしぐさで示した。アマラが口を閉ざし、ナオミは不安になった。

こいつらの正体は？　本当に耐性種なんだろうか？

彼らはまだひとことも声を発していない。武器もかまえたままだ。ナオミは両手を上げたままごくりと唾を呑んだ。侵入者だと思われているだろうか？　でも、わたしたちは武装もしていない。

そして次の瞬間、ナオミのうなじに激痛が走った。なにかじっとりとしたものが首筋をつたい、視界が赤く染まっていく。足の力が抜けて膝から地面に崩れ落ち、続いて上半身が傾いた。後悔が押し寄せてきた。

罠だ。あいつらに騙されたんだ。

隠れ場など最初からなかった。

「アマラ、いけない、アマラ！」

ナオミは死に物狂いで叫んだ。誰かに押し倒され、背後から腕をひねり上げられた。ごわごわした布がナオミの体を覆った。

「早く逃げて！」

悲鳴を上げながら身をよじったが、相手の腕力にはとうていかなわなかった。アマラがそばで泣き叫んだ。

「ナオミ！」

間もなく視界が閉ざされた。死の感覚が迫っていた。

第一章　モスバナ

今朝のダスト生態研究センターでは、キイチゴをめぐってひと騒動あった。みながバタバタと出勤してきた直後、スビンがカートに大きな箱を載せて現れたかと思うと、まるで戦争から帰還した英雄のごとくその箱を開けながら、「みなさま、お待たせいたしました。百年前の新鮮なキイチゴです！」と叫んだ。在来果物復元プロジェクトの一環で復元された、再建以前のキイチゴだ。研究室でわずかばかり育てていたものを大量栽培することに成功し、それを収穫したものをついに今日、初めて試食してもらおうと持ってきたのだという。

アヨンもキイチゴの前の人だかりに加わった。大きな箱いっぱいに、初めて見るキイチゴが詰まっていた。資料写真で見ることはあっても、ときどき海外で復元されたというラズベリージャムを食べながらその味を推測するばかりで、生の果実を見たことはなかった。ほかの研究員たちも似たようなものなのか、期待に満ちたまなざしでキイチゴを見つめている。少々不思議な形をしていたが、ほのかな香りが食欲をそそった。

スビンがざるにたっぷりキイチゴをよそい、テーブル脇のシンクで洗ってから、可動式のラックの上に置いた。得意満面のスビンから試食の許可が下りた。

「さて、お味はどうでしょう?」

みんながわれもわれもと手を伸ばし、キイチゴをひと握りずつ取っていった。アヨンもキイチゴを口に含んだ。やわらかくつぶれる食感は悪くない。でも、甘い香りとは裏腹に、水っぽさと渋み、ざらつく種が感じられた。口を動かしはじめたほかの研究員たちの表情もみるみる複雑になっていく。首を傾げながらもう数粒食べてみる人もいた。もぐもぐ口を動かす音が聞こえるばかりで、静寂が続くと、まだ手をつけていなかったスビンが緊張した面持ちで訊いた。

「あれ……おいしくない?」

ストレートな物言いで知られたパク・ソヨンチーフが困惑した顔で言った。

「うーん……キイチゴって渋みもあるもんだっけ?」

誰も答えなかった。みなスビンの顔色をうかがっているようだった。だがほどなく、堰を切ったようにあちこちから意見が飛び出した。

「もしかしたら、昔の果物はどれもこんなもんなんだったのかもね。こないだ復元したトマトも微妙だったし」

「二十一世紀の人たちはいまの人とは好みが違ってたのかも。当時はこれで満足してたとか」

「まさか。二十一世紀の人たちをバカにしてるんですか？　農林庁が育て方を間違ったんですよ。間違いない」

「そうね。育て方を確かめたほうがいい」

「スビンさんがサンプルとして育てたものを送ったのに？」

「なんでこんなに種だらけなのかな？　種ごと食べちゃっていいの？　それとも種は出す？」

「思ってたようなキイチゴとは違いますね。なにかが間違ってるような……」

「想像のままのほうがよかったよね。でも認めなきゃ。これが本物のキイチゴ。本来のキイチゴだもん」

キイチゴの味をめぐり結論の見えない議論が続くと、スビンもついに数粒を取って口に運んだ。そして、がっかりした表情で箱を見やった。みんなはうなだれているスビンを励ましながら席に戻った。残ったキイチゴをデスクに持ち帰る人もいた。

アヨンはスビンの肩を叩きながら言った。

「スビンさん、わたしはおいしかったです。薄い味も好みだし。最近の果物は甘すぎて、無駄に刺激的ですよね」

「違う、薄くちゃだめなんです、甘くなきゃ……」

スビンはいまにも泣き出しそうだった。ここで変にかばえばよけいに落ちこみそうだと思い、アヨンは肩をすくめてその場を離れた。そばで見守っていたユンジェがくすくすと可笑しそうに笑った。そうして、ひと騒動終えた研究センター植物生態チームは、レポート締め切り前のせわしい空気に戻っていった。

カン所長は数年前から農林庁とタッグを組み、満を持して復元事業を進めていた。ダスト時代に途絶えてしまった作物のうち優れた品種をよみがえらせ、韓国の未来の食産業に貢献したいというごたいそうな目標を掲げるものだ。実際のところ、めぼしい品種の多くは海外で保管されていた種子を使って復元済みだったため、当初は無意味ではないかと疑う声もあった。

ところが、初年度に復元されたオレンジとミカンの交配品種である済州金香《チェジュクムヒャン》がちまたで人気を博し、研究センターの財政と名声に大きく貢献した。その後しばらくは多くの研究員が動員されたものの、数あるプロジェクトのほとんどがそうであるように、この事業もまた単発的な成功にとどまった。現在は新人研究員のスビンに引き継がれ、彼女ひとりで悪戦苦闘している。最初の成功はどこまでも運であり、所長にも研究員たちにも金もうけの素質がないことが露呈した格好だった。

「今週からレポートの提出期間となります。完成したパートから速やかにユンジェさんに渡し、ファイルはチーム全体で共有すること。大変でしょうが、期限内に仕上げましょう。そうそう、みなさん、エチオピア出張の申し込みも忘れないように」

パクチーフのブリーフィングを聞きながら、アヨンはホログラムスクリーンの前に座った。朝鮮半島南部に自生する植物の生態変化、それが丸々アヨンの担当パートだった。下書きはデータ処理プログラムが自動作成してくれるものの、体裁よく整えるにはしばらく徹夜を覚悟しなければならない。プログラムのアルゴリズムは、研究実績を評価するトップらにくらべ、せいぜい植物研究者ぐらいしか興味を示しそうにない植物をやたらと〝重要〟扱いする傾向がある。そのため、生物資源評価についてはアヨンが片っ端から手直ししていかねばならない。新人のころはよくわからないままにプログラムの提案を鵜呑みにし、初めての研究発表会で大目玉をくらった。

早々に自分のパートを作成し終えたユンジェが、のんびりとコーヒーを飲みながらアヨンのそばを通りすぎた。アヨンはユンジェを呼び止めた。

「ユンジェさん、ちょっと見てくれませんか」

「ん？」

「この花なんですけど、観賞用に向いてると書いたらどうでしょうか？」

ユンジェはホログラムスクリーンをのぞきこんで顔をしかめた。

「評価委員の目も節穴じゃないんだから。でたらめは通じない」

「じゅうぶんいけると思うんですけど。こういう素朴な花が流行ることだってありえますよね」

「これはどうかな。きれいとは言えない」

「そっか……」

容赦ない評価にがっくりしながら、アヨンは画面をスクロールした。自分にとってはどれもが大事な研究対象なのに、研究費を使ってまで復元し保存する理由について問われると、いつも言葉を失ってしまうのだった。いちばん説得力をもつのは、生物資源としての可能性、すなわち食用や観葉植物としての使い道、薬理学的な成分をアピールすることだったが、すべての植物に同じコメントを付けるわけにはいかない。おおかたの人は、おいしいとか、きれいだとか、せめて薬になるとかでなければ、これ以上地球上に存在しなくてもかまわないと考えているようだった。

「すっごくおもしろい形をしてるのに。根っこの構造がすごくユニークなんですよ。でも、いいフレーズが浮かばなくて。根っこの構造がユニークだ、なんて書けないし」

「そういうときはやっぱり〝生物多様性〟でしょ。生物多様性がわれわれを救う。ダスト終息後、まっさきに立ち直った地域でも生物多様性が保たれていた、まあそんなところね。ダストフォールが再来するかもしれないって脅しも挟みつつ」

「そんなの通じませんよ。毎年提出される深海のダスト残留報告だって、いまじゃ誰も気にしてませんもん。そこにディスアセンブラを撒けばいいだけじゃないかって」

「やれやれ、先人たちもそんなふうに考えてたってことよね」

ユンジェは対岸の火事を見ているかのように肩をすくめて言うと、行ってしまった。

昼食はサンドイッチで済ませ、水っぽいキイチゴをつまみながら午後いっぱい作業してやっとレポートの草稿が出来上がった。好きで始めた仕事であれ、何十回もくり返していれば疲れるのも致し方ない。充血した目をしばたたかせながらもう一度全体を見直し、植物チームで共有した。ところが、割り当てられたパートの完成をユンジェとパクチーフに報告しに行くと、ふたりは席を外していた。そばにいたスビンが言った。

「おふたりとも会議室だと思います。山林庁から誰か来てるみたいで」

雑務を片付けながらゆっくり待つとするか、とデスクに戻りかけたとき、ユンジェとパクチーフのホログラムスクリーンに目が留まった。そこには同じ記事が表示されていた。


江原道《カンウォンド》ヘウォル、廃墟で有害雑草が異常増殖……近隣の村から苦情殺到

山林庁との会議ってこれのこと？　アヨンは首をひねった。

ここはダスト生態研究センターであって、雑草に用はない。ダスト時代や再建直後に繁茂していた雑草ならいざ知らず。それでも、ユンジェやパクチーフほどの人なら植物に関してさまざまな解決策を提示できるだろうから、助言を求めに来たのかもしれない。これまでにも、害虫だとか樹木の伝染病が流行っているとかでアドバイスを請う人たちがいた。

翌朝、アヨンのデスクにはバイオプラスチックの箱がふたつ置かれていた。大きいほうには、土の付いた根が口から飛び出した茶封筒。もうひとつにはひと握りの土が入っていた。ラベルシールには学名らしきものと採集日、地域が書かれている。アヨンは箱に付いていたメモ用紙を確認した。

2129-03-02／ヘウォル廃棄区域Ｂ０２近隣／山林庁
Hedera trifidus
VOCs／土壌、葉・茎の抽出液の成分分析をお願いします。

「わたしのデスクにあるの、ユンジェさん宛てのサンプルじゃありませんか？」
「ああ、それ、アヨンさんに頼めるかしら。ごめんね、みんな手一杯で」

パクチーフの応答があった。隣でスクリーンを見ていたユンジェが、席を空けているカン所長の声まねをしながら、「いやあね、どうしましょ。レポートの草稿が仕上がってるのはアヨンさんだけなのよお」とからかうように言った。仕事の早い人に仕事が集まるという組織の不合理さたるや。

アヨンはため息をついたが、ほかにやりようもなかった。

「昨日、山林庁から頼まれた件ですか？」

「そう。ニュースで知ってると思うけど、ここんとこ世間を騒がせてる例の植物よ。ミツデトライコームカギヅタ、一般的にはモスバナと呼ばれてる。カン所長がメジャーなテレビ局に出演するきっかけになったやつよ」

「え……そんなことがあったんですか？　最近ニュースを見てないんです。目の前の現実だけで手一杯で」

ユンジェがおかしな人を見るような目でアヨンを見た。アヨンは肩をすくめて言った。

「ニュースの見出しは見かけました。探してみます」

ユンジェがにやにやしながら加えて言った。

「山林庁の分析ではおかしな点が多々あって、自分たちが原因を見逃してるんじゃないかとクロスチェックしたいらしいわ。わたしたちになにかやらせようってわけじゃなくて、文字どおり救援要請。できるだけ今週中に分析結果を教えてほしいって」

「今週中に？　あと二日ですよ？」

「苦情が殺到してるみたいでね。雑草に取って食われるんじゃないかって、すごいらしいのよ」

アヨンは目を細めて、透明な箱のなかの土をにらんだ。いたって平凡に見える。平凡な植物があっという間に地面を覆いつくすことはよくある。滅亡の時代をしぶとく生き延びて再び世界を支配したのも植物だった。廃墟で不思議な雑草が育つぐらいではニュースのネタにもならないだろう。

シールをはがしてふたを開けようとした瞬間、ユンジェの声が飛んできた。

「ストップ、気をつけて。素手で触っちゃダメよ」

アヨンがぎくりと手を止めた。

「肌に触れたらとんでもなくかゆくてひりひりするんだから。わたしも昨日のミーティングで知ったの。手袋は必須。あと、腕まくりはしないことね」

ユンジェがちらりとそでをまくってアヨンに見せた。手首が真っ赤に腫れている。

「つかんだわけでもない、触れたか触れないかくらいでこのザマよ」

アヨンは一瞬戸惑ったが、言われたとおり素直に手袋をはめた。

手袋を着用した手で注意深く持ち上げた標本は、細くて茶色い茎をもつ、だがなんの変哲もないツル植物だった。ダストフォール以前に観賞用として広く育てられていたアイビーに似ているが、葉先は熊手のようにぐっと反り返り、茎には薄い毛が見られた。葉は手のひらサイズのものからその倍ほどのものまでまちまちだった。名前とは異なり、三つ葉以上のものもあればまったく葉が分かれていないものもある。韓国でなじみの自生植物ではなさそうだったが、かといって恐ろしい植物にも見えない。もちろん、植物の恐ろしさは見かけで分かるようなものではないが。

「外来種ですよね？　韓国では見ない気がします」

「みんなそう言うんだけど、ひとまず調査してみないことにはね。調べてみたら、再建以降に国内でも何度か増殖したって記録があった。いつから根付いたのかはわからないけど」

アヨンは分析装置のスケジュールを予約するために研究所の内部システムに接続した。ところが、サーバ点検中のため三十分後にアクセス可能だというメッセージが表示された。となれば、まずはモスバナについて調べるとしよう。マグカップに氷六つ、エスプレッソ二杯、冷水を少し足して魂を回復させる薬物を調合したあと、ユンジェに聞いた昨日のニュースを検索した。

資料画面を背景に、リポーターが白いガウン姿の研究員にインタビューしている。カン所長だ。所長のガウンはこれでもかというほど白く輝いている。対外用にしか着ないものだろう。

インタビューのテーマは、農家や一般の村にまで広がってヘウォルの復興事業に莫大な被害を及ぼしているというツル植物について。なんとなく聞いていたアヨンは、映像を止めた。〝終息期の繁茂種〟という言葉を聞いた気がした。モスバナについて言及している箇所に戻ってみると、所長はヘウォルの現場資料を示しながらこう説明していた。

——このモスバナは終息期の繁茂種に当たります。ダスト時代から終息直後まで独占種の座を占めていましたが、再建以降は生息地が急減し、最近は国内で見られませんでした。ところが今回、ヘウォル市の異常増殖が報告されたわけです。地域住民からの情報によると、約三年前からこの地域で年に一、二度、局地的な増殖が認められたそうです。

——所長はその原因をどうお考えですか？

——自然変異である可能性が最も高いでしょう。モスバナは環境変異が大きく、変化していく環境に非常にうまく適応します。ただし、生物テロや違法食材である可能性も含めて調査を進めています。

「どう？　クサいでしょ？」

アヨンは映像を止めてユンジェを見た。

「生物テロっていうのは大げさじゃないですか？　雑草でテロなんて、陰謀論でもあるまいし」

「それはふたを開けてみないとわからない。陰謀論に目がないのはアヨン、あなたでしょ？」

ユンジェがからかうように言い、アヨンは痛いところを突かれたと思った。

「まずは装置の予約がとれしだい確認してみます。予約できないとなると、今週中に分析するのは無理かもしれません。みなさん、報告書用の追加実験でおおわらわですから」

再び映像を再生すると、疑惑のツル植物に関する報道が続くなか、画面が切り替わった。ツル植物のせいでとうてい発掘作業にならないという、ヘウォル発掘現場の映像だった。ホログラムスクリーン内のカメラがぐるりと映し出した風景は衝撃的だった。モスバナが小高い山をびっしり埋めつくしていた。もともと生えていた木ばかりか、岩までもすべてツルで覆われている。

「ほんとにすごい勢いですね。異常です」

「でしょ？　あなたの大好きな、異常で危険な植物よ」

アヨンは箱のなかのツル植物にちらりと目を向けた。見た目はどこにでもありそうな植物なのに。

「というわけでよろしくね、研究員さん」

ユンジェがアヨンの肩をぽんと叩いて席に戻っていった。


その日の午後いっぱい、アヨンはモスバナの葉、茎、根に化学処理をほどこし、分析単位ごとに分けて、装置に入れるために精製サンプルを用意した。現状からして、正規の勤務時間内には装置の予約がとれそうになく、夜まで待つことにした。夜間の実験室使用許可書にサインしながら、パクチーフはちょっと済まなそうな顔をした。

研究員たちがひとり、ふたりと帰宅しはじめたころ、アヨンはサンプルを手に実験室へ向かった。原則として、勤務時間外には安全ロボットを一台伴うことになっている。仮に事故が起こったとして、このロボットがどうやって安全を守ってくれるのだろう。アヨンは訝しみながらロボットをつついてみた。ほかの研究員たちが午後に回していた分析が終わったのは、夜の十二時。分析装置のスクリーンの前で待っていたアヨンは、やっと実験を始めることができた。

「どれどれ、どれほどのものか、いざ拝見といきましょうか」

世紀の発見を控えた科学者のようにつぶやいてみたものの、二十もあるサンプルの分析には夜通し装置を作動させておく必要があり、結果が出るのは明朝のはずだった。セットを終えたのは、深夜一時近く。あくびをしながらスクリーンの数字を見つめていたアヨンは、この隙に少しでも自宅で休んでおこうと思い、急いで荷物をまとめた。

眠りにつく前、ベッドに横たわって〈ストレンジャー・テイルズ〉にアクセスしたのは習慣からだった。アヨンの密かな趣味だったのだが、ユンジェにばれてからはさんざんおちょくられている。都市伝説や陰謀論の世界。アヨンは昔から、説明のつかない謎めいたものに惹かれた。〈ストレンジャー・テイルズ〉に上がってくる奇妙な話を読んでいると、時の経つのも忘れた。アヨン自身、子どものころに経験した奇妙な出来事をアップしたこともある。

もちろん、これはあくまで趣味にすぎない、とアヨンは自分を戒めた。ひとりの科学者として、都市伝説のほとんどはまじめに向き合う価値のないものだとわかっている。都市伝説とはおおかたの場合、合理的に説明できる現象を恐怖とミステリーでぼかしたものだ。これといってクリエイティブな発想のタネになることもない。読後はどこか薄気味悪く後味も悪いのだが、その中毒性がさらなる都市伝説を追わせるというわけだ。アヨンはここでありとあらゆるダスト・クリーチャーについての記事を読んだが、実際に学会でそういった存在が確認されたことはない。

（ま、いちおう確認はしておくか）

アヨンは検索ボックスに〝ヘウォル〟と入力した。意外にも数件のヒットがあった。だが、今回の事件の核心である雑草に関するものではなかった。かつてヘウォルの復興現場で、鉄くずのなかからまるで生き物のように動くロボットが見つかったとか、人間そっくりの人型ロボットが現れるや忽然と行方をくらませたとかいう内容だった。

やっぱりこんなところにヒントは落ちてないか。アヨンはタブレットをサイドテーブルに置こうとして、最後にもう一度、〝モスバナ〟と入力してみた。なにかヒットしたとしてまじめに取り合う気もなかったが、やはり好奇心が先立った。そして記事リストを見て眉をひそめた。

［悪魔の植物がうちの庭に生えてる。これってひょっとして滅亡の兆しなんじゃ？］

刺激的なタイトルだったが、中身は大したものではなかった。突然のモスバナの出現。なんの理由もなく現れたことが不吉に思われ、もしやなにかの前触れではないかというものだった。アヨンの目には、〈ストレンジャー・テイルズ〉に投稿されるあまたの記事のなかでも、最低レベルのつまらない記事に映った。

アヨンはベッド脇のスクリーンに、今日受け取ったモスバナについての公式資料を映して読んだ。ヘデラ・トリフィドゥス（*Hedera trifidus*）。広く知られている英名はモスバナ。ヘデラ属の常緑性ツル植物で、観葉植物として育てられることの多いツタの近縁種。ダスト以前の植物に関する資料が消失してしまったせいで、起源についての情報はない。ほかの植物に害となるほどの侵蝕性をもち、平地でもよく育つが、主に壁や木に沿って伸びる。その毒性は皮膚炎やアレルギーを誘発し、葉から根まですべての部位が人に有害であり、とくに葉と実は強い毒性をもつ。

「思ったより平凡ね」

〝悪魔の植物〟と呼ばれるわりには、たんにわずらわしいだけの植物に思えた。もう少し調べてみると、海外でモスバナが悪魔の植物と呼ばれるのは、植物そのものの有害性というより、モスバナにつきまとうイメージが関係しているようだった。モスバナはダスト時代後期、そして再建直後の貧しい時代に最も繁茂した優占種（dominant species）だ。当時は世界中がモスバナのツルで覆われていたことだろう。人々は過去の不幸な記憶、あるいは経験したことのない時代の絶望とこの植物を、無意識に結びつけているのかもしれない。

記事のほとんどは、〈ストレンジャー・テイルズ〉ができて間もないころにアップされたものや、数十年も前の新聞記事をスクラップしたものだった。モスバナは、再建直後に至っては地球上の全大陸を覆うほどのすさまじい広がりを見せたものの、生態系の多様性が回復するにつれて競争から締め出され、いまでは一部地域に定着したケースを除いて見つかっていない。それだけに、一度見つかれば「どうして急に？」という疑問を抱かせるに足りた。だが、ただならぬ生命力をもつぶん、かつてモスバナが生えていた場所ならば、長いあいだ土中で冬眠状態にあった種が芽を出したりすることはいくらでもありえた。

予想はしていたものの、モスバナが滅亡の根源だとかさらなる滅亡の暗示だとかいう都市伝説は、読み物としておもしろいだけで真剣に吟味するに値しない。唯一得られた情報は、海外でもモスバナが邪魔もの扱いされているということぐらいだ。ひょっとすると、ヘウォルのモスバナや異常増殖は、特別めずらしいことでもショッキングな出来事でもなく、すでに世界各地で当たり前に起こってきたことなのかもしれない。

奇妙な話を読みすぎたのか、アヨンはその夜、不思議な夢を見た。

赤いモスバナに覆いつくされた丘の上で、誰かが椅子に腰かけている。アヨンはそこへ行きたいのに、モスバナに触れた足首がひりつき、かといってモスバナを避けて進もうにも足の踏み場がない。アヨンは丘の上に向かって叫んだ。いったいどうやってそこへ？　そのとき、椅子に腰かけていた人がゆっくりとアヨンのほうを振り向いた。アヨンは、よく知った顔だと思った。でも、それが誰なのかはどうしても思い出せない。あの、わたしたち、どこかでお会いしましたか？　何度も尋ねると、相手が口を開いた……。

アヨンは返事を聞けないまま目覚めた。この夢はなんだろう？　もしかすると、無意識がモスバナについての重要なヒントを与えてくれているのかもしれない。が、五分ほど寝ぼけまなこで考えるうち、ただの突拍子もない夢のように思われた。そもそもモスバナの葉は赤くない。昨日見た、紅葉したアイビーの写真と一緒くたになったに違いない。それと、あの思い出せない誰か。あの人はなんて言ってたっけ？　夢のなかではよく知っている人だと思ったのに、あれはいったい誰？

時計を見たアヨンははっとわれに返り、ベッドから起き出した。ひとまずは出勤だ。

「大した発見はありませんでした。データベースにあるのと同じです」

ふだんより一時間も早く出勤して追加分析まで行ったものの、モスバナから抽出された成分は公式データベースに載っているものと大差なかった。検出されたのはアレルギー反応を起こす毒性物質と、ほかの植物の生育を妨害する他感作用物質。非常に面倒な雑草であることが改めてわかっただけで、驚くような発見はなかった。

「わたしも簡単なゲノム比較をしてみたんだけど、いくつか気になる点はあっても、いまのところなんとも言いがたくて。もう一度確かめてみるつもり」

ユンジェは山林庁に送るデータ作成にとりかかるため、全ゲノムシーケンス（whole genome sequencing）を始めたそうだが、とくに期待はしていないらしい。シーケンスの結果が出るにはまだ時間がかかるため、その前にアヨンが簡単な駆除薬物テストを行い、その分析結果を添付して山林庁に送ることにした。

アヨンの分析結果を受け取った担当者が言った。

「ご協力いただきありがとうございます。こちらの分析結果が間違っているのではとチェックをお願いしたんですが、幸いというべきか、結果はあまり変わりませんでしたね。あとはわたしどもでやってみます」

苦労しているだろう駆除担当の職員たちにはいくぶん申し訳なくもあったが、この件はこれで終了と思われた。

二日後、帰宅してベッドに転がり〈ストレンジャー・テイルズ〉を見ていたアヨンのもとに、ユンジェから電話があった。

「やっぱりなにか引っかかるのか、一度見に来てくれないかって。現時点でわたしたちにできることはなさそうだって言ったんだけど、どうにもおかしいっていうの」

ヘウォルまでは気軽に行って来られるような距離ではないが、電話をかけてきた担当者があまりに困り果てていて、断るに断れなかったのだという。

「一緒に行ってサンプルも採取してこようよ。じかに見ればまた違うだろうし」

アヨンはリュックサックに採取用の道具と紙袋、虫除けの薬、ノートと筆記用具、薄い上着などを詰めこんでから、ヘッドボードにもたれて考えた。いったいなにが起こっているんだろう、たんに雑草が増殖してるだけではないとしたら。ひょっとして、なにか深刻な出来事の暗示だとでも……？　どうやら、くだらない記事の読みすぎで頭が汚染されてしまったらしい。アヨンはあれやこれやと頭を巡らせたのち、世もふけてようやく目を閉じた。


翌朝、アヨンは研究団地の前の車両レンタル所でユンジェと落ち合った。

「空中走行用にしますか？」

「ヘウォルは立ち入り制限区域だから、空から入るのは難しいの。ドローンも許可がいるのよ。面倒だから、今回は地上から入ろう。夜、なにか予定は？」

アヨンは首を振った。地上の道路を使えば空中走行より時間がかかり、戻るのは深夜になるだろう。だが、アヨンにはもともと高所恐怖症があるので、地上の旅も悪くなかった。ホバーカーが宙に浮くたび、寿命が数年縮む思いがするのだ。

ヘウォルまでは整備されていない道も多く、区間によってはみずから運転しなければならない。行きはアヨン、帰りはユンジェが運転することにした。ドライバー認識装置に手を当てる。アヨンをドライバーとして認識するプログラムが起動した。研究団地をあとにしながら、ユンジェはオーディオをつけ、アヨンは自動走行道路に入るとともに半自動走行に切り替えた。ユンジェが訊いた。

「そうだ、エチオピアのシンポジウム、行かないの？　出張の申し込み、まだみたいだけど」

アヨンはびっくりして答えた。

「行きます。そのために研究所に入ったんですから。モスバナに気をとられてすっかり忘れてました」

一大事だといわんばかりのアヨンを見て、ユンジェがくすっと笑った。ひと月後にエチオピアのアディスアベバで開かれる再建六十年記念シンポジウムは、アヨンが研究センターに入ってから最も心待ちにしてきた学術イベントだ。

車が道路を走っているあいだ、アヨンはユンジェと、エチオピア出張の準備や、締め切りまで間もない正規レポートについて話し合った。だがヘウォルが近づいてくると、当面の問題であるモスバナの件がまたもや頭をもたげた。

「電話でね、担当者が変なこと言ってたのよ」

「変なこと？」

「ヘウォルにおばけが出るって」

「なんですか？　急に」

「モスバナの増殖で夜間も作業してる人たちがいるんだけどね、復興地域の中心地で鬼火みたいなものを見たって。ほら、田舎ってもともとよくおばけが出るらしいし。そういうのじゃないかな」

「どうしたんですか。ユンジェさん、そういうの信じないくせに」

「場所が場所だからね」

「まあ、よりによってヘウォルですもんね。ゴーストタウン、ヘウォル」

「そ。うう、こわっ。おかしな植物に、おばけまで……こりゃ一大事だ」

ユンジェはわざと大げさに言うと、オーディオをラジオに切り替えた。ひと昔前の音楽が流れるチャンネルをまたいで、ニュースチャンネルへ。アヨンはうわの空でニュースを聞き流しながら、さっきのユンジェの言葉を思い返していた。鬼火だなんて、まさか。ひょっとして、モスバナが幻覚物質でも放っているんだろうか。資料にそんなことは書かれていなかったけれど。言った当人は気にも留めていない様子だったが、アヨンは妙に引っかかった。

ヘウォルは代表的なゴーストタウンのひとつで、かつては韓国最大のロボット生産地だった。

盆地という特性からドームを建設しやすかったため、ダストフォール直後にいちはやく避難用ドームシティに指定された地域でもある。だが、機械の集団エラーによって都市が丸ごと廃墟と化してからはロボットの共同墓地となり、再建後に群がってきた違法発掘業者たちに荒らされた結果、いまは巨大なスクラップ場となっている。ここ数年は、ヘウォルの中心から少し外れた所に、復興事業を担う建設業者用の食堂や宿屋がぽつぽつできているようだ。

アヨンも大学時代、教養実習授業でヘウォルを訪れたことがある。教授はヘウォルを見て回りながら、ダスト時代の悲惨さを想像してみろと言った。記憶にあるのは、腐った卵のような異臭と鉄くずの山だけ。何十年も前に滅びた都市なのに、どこから死体のようなにおいが漂ってくるのか不思議だった。実際は、迷いこんだ野生動物が鉄くずの合間に足をひっかけ、抜け出せずに死んでしまうということだった。汚染されたくず鉄と死体だらけの、生きたものを死へとひきずりこむ荒れ果てたゴーストタウン。それがアヨンの記憶するヘウォルの風景だった。

ヘウォルの手前で山林庁の職員と落ち合った。職員はふたりと合流するなり、泣き言をこぼしはじめた。

「ひとまず作業員を送りこんではいますが、どうなることやら。なんだって急に広がりはじめたんでしょう。害虫で苦労したことはあっても、雑草相手に徹夜で作業なんて初めてです。それも急場しのぎにしかならないでしょうが……。藁にもすがる思いでご意見を仰いでいるところです」

ヘウォルが近づくにつれ、異様な光景が広がりはじめた。野原も丘も、辺り一面ツルで覆われている。ほどなく、立ち入り禁止のベルトが張られた一帯に到着した。ヘウォルの復興事業が進められている場所だ。

車が止まったとき、アヨンは愕然とした。隣で職員が言った。

「ここがそもそもの出どころです。ご覧のとおり深刻な状態です」

ベルトの向こうに広がっていたのは、ツルというツルがくず鉄の山をぎっしりと覆いつくしている光景だった。隙間はほとんどなく、下になにがあるのかも判別できない。一見すると、ヘウォルが自然の一部に還ったのだと錯覚しそうになる。アヨンの記憶にあるヘウォルの姿ではなかった。

「ここで増殖が始まって、ずっと離れた農家まで及んでいるんです。この先はそれはひどい状態です」

廃棄物の山を回って反対側へ向かうと、目の前に広大なモスバナの群落地が広がった。さっきまでモスバナを引き抜いていたらしいショベルカーが数台停まっていた。それは人の背よりずっと大きかったが、ツルのはびこる広大な面積にくらべればひどくちっぽけに見える。ニュースで扱われていたのはほんの一部にすぎなかったようだ。農耕地にまで及ばないよう管理すればいいものぐらいに思っていたが、そんなレベルではないらしい。眉をひそめたユンジェが、ドアのロックを外しながら言った。

「降りて見てみましょう」

ほとんどが足首から膝までの高さだったが、木にぐるぐるまとわりつくようにして伸び、枝から垂れ下がっているものもある。なかには鎌で切らなければ先へ進めない箇所もあった。アヨンとユンジェは手袋をはめ、紐でズボンのすそをしばり、モスバナの茂みをかきわけながら歩いた。ユンジェが途中で腰を屈め、ツルの下敷きになっている植物を調べた。

「標本用の袋を」

アヨンは紙袋を差し出した。深緑色のモスバナの葉が、地面が隠れるほどびっしりと丘を覆っている。ユンジェが枯れた植物を掘り出すと、その根にもう少し濃い色の根が絡みついているのが見えた。もともとここに生えていた植物の根にモスバナの根が巻きついているようだ。ほかの植物を根絶やしにしながら広がるというのは本当らしい。そういえばツルに巻きつかれている木も、触れれば砕けそうなほどからからに乾いている。

「きっもちわるっ。なんだか不気味ね」

ユンジェが顔をしかめた。アヨンもうなずいた。人間以外の生物を人格化したり、そこに感情移入する必要はないとわかっていても、自然を観察していればどうしても不快な気持ちになることがある。いったいこんな生物がどこから湧いて出たのだろう。

モスバナがダスト時代に特化して進化した植物なら、おかしな話ではない。当時は、生きながらえるためにあらゆる工夫をした生物だけが生き残れた。みずから作り出す養分はもちろんのこと、周囲の養分まで奪い取ってやっと生命を維持できたのだ。この不快な気分も、あくまでアヨンが再建以後の世代だからという部分もあるだろう。

「東南アジアでもこのモスバナにずいぶん苦しめられたことがあるそうで、何カ所かに連絡をとって資料を送ってもらいました。でも、いまヘウォルで起こっていることは想像以上です。各地で効果があったという駆除法もさほど効きません。この間にモスバナが進化したんじゃないかってくらいに」

そう話す職員の顔は深刻だった。ここのモスバナはより強力な繁殖力を備えているのだろうか？　だとすれば、なぜそうなったのか。

「なんとかもちこたえてはいますが、やはり根本的な解決策が必要だと思いまして。ただでさえヘウォル市の近隣一帯は、長い干魃で農家に大きな被害が出ているんです。水を引いてくるだけでもひと苦労なのに、この雑草のせいでよけいに苦しめられています。苦情はやまないのに、上はうまく解決してくれと投げやりな態度だし、かといってわたしどもも傍観するわけにはいかず……。よりによって立ち入りの難しいヘウォルの中心地で広がっているのも怪しいですしね。

最悪の場合、生物テロの可能性も念頭に置いています」

　こうなるとアヨンも、生物テロの可能性を頭から疑おうとはしなかった。実際に異常事態であることはこの目で確かめた。だが本当にテロだとしたら、その目的はいったいなんなのか。凶悪なウイルスや細菌を使うわけでもなければ、遺伝子組み換えをほどこしたモンスターを放つわけでもない、たんにわずらわしい植物を増殖させて駆除担当の職員を苦しめるテロなんて。植物を道具として利用したり、植物そのものを対象としたテロもなくはないものの、そういった場合もたいていは病原体を使う。むりやりこじつけるなら、ヘウォル近隣の地域の住民に恨みがあるか、農作業を邪魔する目的、もしくは自然の生態系を攪乱しようとするものだろうが、いったい誰が、なぜそんなテロを起こすというのか。

　ユンジェが言った。

「もしも誰かの企みによるものなら、犯人を特定するうえでわたしたちが協力できることはありません。状況を把握するくらいはできても、そもそもが捜査機関ではないので。生態学的な追跡にしても、長期間の観察が前提となります。ともかく、人為的な事件なのか自然に起こったことなのかをこちらでも調べますので、資料を共有してください。駆除対策も、もう少し効果的な方法はないか内部で検討してみます」

　たんなる雑草トラブルとして受け流すレベルの事態ではないため、生態研究センターでも状況把握に手を貸すべきだと思われた。山林庁の職員は感謝を述べながら、ユンジェとアヨンの手を握った。一縷の希望を見出したかのようなまなざしが、心なしか痛々しかった。

「ところで、ちょっとお伺いしたいんですが、そのおばけってのはなんだったんでしょう?」

アヨンが訊くと、職員はきょとんとした。怪訝そうな顔をしていたユンジェが、なにかに思い当たったように笑って言った。

「最初に電話をいただいたキム研究員がおっしゃってたんです。ヘウォルでモスバナが増殖しはじめてから、ときどきおばけを見たって通報が入るようになったと」

職員はやや拍子抜けしたように答えた。

「キム研究員がよけいな話をしたようですね。おそらくヘウォルの違法回収処理業者から聞いたうわさだと思いますが、調査するまでもないと思って記録するにとどめておきました」

しかしアヨンは、知りたくて仕方なかった。

「うわさというと、どういう……?」

職員はまたもきょとんとした顔でアヨンを見返したが、いまはふたりの協力が必要なときだと思い出したのか、じっくり説明しはじめた。

「正しくは、人間の姿形をしてるわけじゃありません。光を見たと言っていました。よくあるハンドライトの明かりでもなさそうな青い光がふわふわ漂ってて、近寄ってみると誰もいないそうです。ところが、捜査機関が確認したところ、その区域は回収処理業者がときおり出入りしてるだけだそうです。立ち入り禁止区域の外でもときどき、青い光を見た、発光現象を目撃したとかいう話を聞くんですが、画像が残ってるわけでもないし、気のせいでしょう」

その日の仕事は、モスバナの個体と土壌のサンプルを追加で採取し、モスバナ駆除の苦労話をもう二時間ほど聞いて締めくくられた。ヘウォルからの帰り道、アヨンは窓の外に視線を這わせた。日も暮れて暗闇しか認められなかったが、もしかしたらあの果てしなく広がる野原のなかにその青い光を見つけられるのではないかと。もちろん、そんなものは見えなかった。

その様子を見ていたユンジェが言った。

「なに考えてるの？　深刻な顔して」

「植物が青い光を放つなんて、やっぱり普通じゃないですよね？」

ユンジェは深く考えるまでもないというように即答した。

「うん。発光するってのもそうだし、しかも青色なんて。わたしが思うに、通報した人が嘘をついてないとしても、原因はモスバナじゃない。ホタルとか発光バクテリアとかのほうがまだ可能性があるんじゃないかな。モスバナが増殖したからって、それが原因とは断定できないでしょ」

もっともだった。たとえおばけ、いや、青い光についての目撃談が事実だとしても、それをモスバナと関連づけるには無理がある。ユンジェの言うとおり、植物よりも発光現象の可能性として高い、昆虫などのほかの原因、あるいは人的要因を探ってみるのが先だろう。

しかしアヨンは、モスバナとその青い光をなかなか頭から払いのけられなかった。職員からごく短い説明を聞いただけなのに、まるでその場面をどこかで見たかのように感じていた。

ふと、数日前の夢を思い出した。〈ストレンジャー・テイルズ〉で不思議な話を読みすぎたせいだと思っていたが、なぜあんな夢を見たのか突然わかった気がした。

生い茂るツル植物と青い光。アヨンはたしかにそれらしきものを見た。

子どものころ、イ・ヒスの庭で。

＊

新入研究員として入社した数カ月後だったろうか、みんなでコーヒーを飲んでいた午後、パクチーフに訊かれた。

「アヨンさんはどうしてここに入ったの？」

「え？」

「正直、人気のある職場じゃないでしょ。ほかの選択もあったでしょうに、あえてここに入った理由が気になって」

隣でにやついているユンジェの顔が、「うまく答えろ」と言っているようだった。実際、面接でも似たような質問を受けたが、いまではパクチーフの言いたいことがよくわかる。一年間のインターン、さらに数カ月の見習い期間を経て実感したことがあった。〝人気のある職場じゃない〟という言葉には要約しきれないほど、ダスト生態学は周囲から白眼視されていた。

外部の人にダスト生態学を研究していると言えば、そんなものは生まれて初めて聞くという反応が返ってくる。ダスト時代の苦しみが社会の記憶から薄まるにつれ、当時にさかのぼって研究する学問もまた力を失っていくのだった。いまや人々にとって科学とは、ダストという災害から人類を救った偉大な奇跡であり、再建以降の暮らしをより豊かにするツールとなっていた。それ以外の研究は、一般の人にとって大した価値をもたなかった。

それにもかかわらずダスト生態学を選んだ研究員たちは、自分の仕事へのプライドと、この分野への愛情をもっていた。だが、なぜよりによってすでに消え去った〝ダスト〟に関する生態学を選んだのかと訊かれれば、これといった理由をもたない人のほうが多いはずだった。

アヨンが口ごもっていると、隣からユンジェが助け舟を出した。

「理由がないってこともあるんじゃないですか？　やってみたら得意分野になってて、仕事として続けるうちにおもしろくなる。みんなそうじゃありませんか？　わたしだって、自分の専攻で志願できる研究所にいくつも願書を出しましたよ」

そう言ってくれるユンジェがありがたかった。多くの人に当てはまる話だろう。しかしアヨンは、流れでダスト生態学に携わるようになったわけではなかった。口にしたことはなかったが、いまなら話していいかもしれない。

「実は、この研究じゃなきゃならない理由があったんです」

好奇の目が集まり、アヨンはささいな話を大々的に始めてしまったようできまり悪かったものの、そのまま続けた。

「植物を好きになったのは子どものころです。世界が変化していく風景というか……その移り変わっていく風景を構成するものに興味が湧いて」

「へえ。植物に興味をもつ子どもなんて珍しいですよね？」

「そうね、植物よりは虫や恐竜のほうが人気かしら。植物じゃちょっともの足りないもの」

「わたしも最初からそうだったわけじゃありません。大好きで、憧れていた、隣のおばあさんのおかげなんです」

質問が相次いだ。

「なるほど、仲のよかったおばあさんが園芸好きだった？」

「いえ、そういうわけじゃ……。植物にはとても詳しかったんですが、もとは整備士でした」

「整備士？　なのに植物に詳しいの？」

研究員たちは不思議そうな表情を浮かべた。

「オニュという小さな町に住んでたんです。仁川《インチョン》の近くにある、かつて大規模なシルバータウンがあった所。ご存知ですか？」

みながうなずいた。

「もちろん。行ったこともあるわ。親戚のおばあちゃんが住んでる」

「オニュにシルバータウンができたばかりのころ、そこに引っ越したんです。母が老人健康センターのマネージャーをやっていたので。そこで出会ったんです。イ・ヒスというおばあさんに」

みんなまじめな顔で聞いていた。アヨンはお茶をひと口飲んで喉を湿らせてから、言葉を継いだ。

「ちょっと変わった方でした。まるで別世界から来たみたいな。出身もわからなかったし、誰もその人の過去を知りませんでした。最後も、どこへ行ったのかわからないまま突然消えてしまったんです。ダスト時代を経験した方で、いつもドームの外の話を聞かせてくれました。ドームの中ではなく、外で起きていたことを」

アヨンがヒスに出会ったのは、オニュに引っ越してひと月が経ったころだった。やっと距離がちぢまったものの、まだ気まずさの漂う四人の友人たちとの帰り道、「ほら、見てあれ」とひそひそ話をするのが聞こえた。

お年寄りたちが暮らすタウン前の道路に、古びたホバーカーが停まっていた。なにかあったのか、地面にはたくさんのプラカードが散らばっている。それを挟むようにして、ふたりのお年寄りがお互いの顔に指を突きつけながらけんかしていた。ひとりは知った顔だった。融通の利かないことで有名なおじいさんで、数日前、アヨンの通う学校で特別講義をした人だった。先生の紹介によると、昔はたいそう尊敬される医者だったという。相手のおばあさんは初めてみる顔だった。動きやすそうな作業服にスニーカー、丸眼鏡をかけ、髪をぎゅっとしばっている。オニュに住むほかのお年寄りたちとは明らかに異なっていた。

子どもたちは視線を交わすと、その脇を静かに通りすぎてゆき、アヨンもためらいがちにそのあとを追った。耳をそばだててみると、「あんたの家に掛けときなさいよ、なんの権利があって投げ捨てるんだい」「無礼なやつらを追い出してなにが悪い」などと言い合っていて、それだけではなんのことやら察しがつかなかった。

ところが、アヨンがちらと彼らを見やった瞬間、おばあさんと目が合った。おばあさんは険しかった表情をゆるめ、にこっと笑って言った。

「おや、あなたが新しく来た子だね?」

アヨンは反射的にお辞儀をした。それを見届けたのかあやふやなほど、おばあさんはすぐさま視線を敵に戻して、またもやとげとげしい非難を浴びせはじめた。アヨンに向けられていた穏やかな笑みはどこへやら、冷ややかな表情で。

少し歩いてから思い返すと、どこか腑に落ちない気がしてきた。

「さっきのおばあさん……なんだったんだろ。わたしに挨拶してたよね？」

「そりゃそうよ。イ・ヒスさんだもん」

友人たちがくすくす笑いながら言った。どんな人なのか尋ねたかったが、どういうわけか子どもたちのあいだで知らない人はいないようだったし、まだ気軽に尋ねられるような間柄ではない気がして、アヨンはそれきり口をつぐんだ。

家に着いて母親のスヨンに話すと、こう教えてくれた。

「今日あの前で大学生のデモがあったのよ。そこのお年寄りたちが、癪《しゃく》に障るってんで警察まで呼んじゃってね。通りかかったヒスさんは学生たちの肩をもったってわけ」

どういうデモで、どうして学生の肩をもつのか、アヨンにはひとつもわからなかったが、スヨンはこれといった説明もせず笑って言った。

「うちのセンターにもよくいらっしゃるわ。いい人よ。というより、おもしろい人」

ダスト時代の残骸のせいでほとんど住人のいなかったオニュだが、再建後は大規模なシルバータウンとして開発が集中した。ここに引っ越してきたのにも、シルバータウンが関係していた。スヨンの仕事は老人健康センターの全国支部を管理することで、オニュに新しくセンターがオープンすると決まると、開館準備と目下の運営を一年間任されることになったのだった。タウンは造成されてまだ日が浅く、〝貢献者〟である老人たちのほとんどは住宅団地に暮らし、一方、オニュの村で働く若者たちは小川を挟んで向かいの地域に住んでいた。

小川にかかった木橋を渡って住宅団地からオニュの村へ向かう途中、人が住むにはちょっとためらわれそうな場所に、大きな倉庫と庭付きの古い家がある。そこがイ・ヒスの家だった。

実は、ヒスはシルバータウンのお年寄りたちのあいだで悪名高い存在だった。彼らと鉢合わせするたびになにかとけんかを売るせいで、頼むからここから追い出してくれという苦情が寄せられるのだという。でも、彼らはヒスを追い出せなかった。彼女はシルバータウンの住民ではなく、持ち家もあり、たんにちょっと口が悪いだけで、法を犯しているわけではないからだ。彼女がタウンの近くで散歩しているともなれば、彼らは爆弾でも見るかのように、「また出たね、頭の痛い人間が」とぼやいた。

ヒスがなぜよりによってこのオニュに住んでいるのか、倉庫と庭つきの大きな家でひとり住まいをすることになったのはいつからか、貢献者であるお年寄りになにかとつっかかるのはなぜなのか、誰もが不思議がった。彼女はシルバータウンができるずっと前からここに住んでいて、よそ者相手にいばっているのだという人もいれば、彼女がいまの家を買って住みはじめたのはわずか三年前だという人もいた。貢献者であるお年寄りたちと仲が悪いのは、ダスト時代にドームシティの住人からひどい扱いを受けたからだという声もあれば、再建後の複雑な政治問題に巻きこまれたのだという声もあった。

どちらにせよ、そういったうわさの真偽にヒス本人が決着をつけることはまれだった。たしかな事実は、貢献者と呼ばれる年寄り以外の人たちにはおおむね親切だということ、機械や機材に精通していること、いつも倉庫にこもって作業していること、そして、少なくとも十年は放置していそうな、気味が悪いほど雑草の生い茂った庭をもっていることぐらいだった。

子ども心に、アヨンにもオニュの雰囲気はどこか異様に感じられた。学校では〈ダスト時代を記憶する〉、略して〈記憶授業〉と呼ばれる特別講義が毎週のように開かれていたが、ほかの町では聞いたことのないものだった。その講義では、シルバータウンに住むお年寄りたちが講堂にやって来て、ダスト時代の話を聞かせてくれた。ある者はドームシティで軍人として、ある者は医師として働いていた経験を語ってくれた。子どもたちは、当時、人が生きられる唯一の空間だったドームでの暮らしがいかに悲惨だったか、たとえば、二日に一本しか配られない水をめぐって争うことがどんなにつらかったかを聞いた。歴史の時間にも学んだ内容だったが、その顔に悲しみを湛え、ためらいがちに過去を回顧するお年寄りの口から聞くと、また違った印象を受けた。彼らのほとんどはダストフォールで家族と友人を失っており、愛する人たちに別れを告げなければならなかった悲しみを震える声で語った。〈記憶授業〉が終わると、子どもたちの目はいつも赤く腫れていた。

ところが、ときおり人々がわらわらとやって来て、シルバータウンの前で〈貢献者の名簿 再調査求む〉〈記録を美化するな〉といったプラカードを手にデモをくり広げることがあった。そんな日、お年寄りたちは窓の外を渋い顔で見守るばかりで、外へ出てくることはなかった。でも、ヒスだけはひょっこり現れてデモの様子を見学したり、彼らに飲み物を配ったりしてから、住宅団地を抜けて家へ帰っていくのだった。

「お母さん、あの人たちってどういう人たちなの？」

スヨンは慎重に応じた。主にお年寄りを顧客としているスヨンは、オニュのお年寄りたちは他地域にくらべて気品があり、親切で、気難しくもないと言う。それでも、彼らが本当に尊敬するに値するのかは別問題だ、しかしだからといって、彼らが全員悪者だとは言いがたいと。

「ダスト時代は、利他的な人ほど生き残ることが難しかった。わたしたちは生き延びた人たちの子孫なんだから、わたしたちの親や祖父母の世代のなかにもっぱら善良に生きた人を見つけるのは難しいでしょうね。みんな少しずつ、ほかの人の死を踏み台にして生き残ったのよ。ところが、そのなかでも進んで人を踏みにじっていた人たちが貢献者として尊敬されてる、そんなことは断じて認められないと主張する人たちがいる。アヨン、あなたにはまだ難しいわよね」

じっくり考えてみた。理解できそうな気がする一方で、頭がこんがらがりもした。命が懸かっていれば、死を目前にして誰もが利己的な選択をするはずだ。こう思うのも、スヨンの言うように、自分が〝利他的でない人の子孫〟だからなのだろうか。すると、一度も会ったことのないおじいさんやおばあさんの代までたどることになり、けっきょくはダスト時代以降に生まれた全員が原罪をもつのではないか、そんな思いに至ってしまった。

尊敬と疑念の狭間で、オニュのお年寄りに対する人々の態度には、あたかもそのふたつの仮面を使い分けているかのような危うさがあった。大人は子どもに、貢献者を尊敬しダスト時代を記憶すること、そして、当時の記憶を保存しようと努めるオニュにプライドをもつように教えるかたわら、裏では暗いうわさをささやき合うのだった。

大人たちのあいだでひそかに生まれたうわさは、しだいに子どもたちにも伝わった。実は、貢献者のなかには家族を売った者もいる、再建に貢献していないくせに嘘をついている人もいる、年度を照らし合わせてみるとひとつも合っていない。子どもたちがそんなひそひそ話をしているとき、アヨンは、講堂で講義をしていたお年寄りたちの本当の過去を想像するのだった。どれが真実なんだろう？　ことごとく悪い人か、それとも自分たちの言うとおりいい人か、どちらかひとつ？　嘘かもしれないけれど、そもそも、あまりに昔のことで自分でもわからなくなっているんじゃ？

一方でヒスのことになると、みんなはたんにその過去を知りたがるだけで、陰口を叩くことはなかった。彼女は明らかにダスト時代を経験した世代だったが、どういうわけかダストとは無関係に見え、別世界から降って湧いたような印象を与えた。彼女は村人の大半と良好な関係を保っていた。壊れた家電の修理を頼むと、数日後にはすっかり直って戻ってきた。村人たちはそのお礼に、手作りのパンやパイ、おかずを差し入れるのだった。

子どもたちはヒスの倉庫に興味津々だった。そこへ入ったことのある子たちは、旧式のホバーカーを改造して作ったへんてこな乗り物や人型ロボットを堪能してきたと興奮気味にまくしたてた。再建後の厳しい技術制限政策のため、一部の研究都市を除いて人型ロボットは作っていないはずなのに、彼女はどこかで手に入れた部品でロボットを組み立てていたようだ。

倉庫が子どもたちから熱烈な支持を受ける夢いっぱいの空間であるのとは裏腹に、庭は不思議なほど手つかずのままだった。あえて雑草を伸び放題にしているようにも見えた。ひとつも手入れされていない低木は、すでに枯れかけていた。一方で、生い茂った雑草は垣根の外まではみ出しそうになっていた。幼かったアヨンにとって、どの家の庭が特別きれいだとかいう美的感覚はなかったが、その庭が、絵画や映画のなかで見たもっともらしい庭と異なることはたしかだった。かといって、ヒスが庭にまったく立ち入らないわけでもなく、彼女はしばしば庭のまんなかに置かれた安楽椅子に腰かけて昼寝をしたり、地面に屈んで長いあいだ植物をのぞきこんだりしていた。アヨンは、その手つかずの庭の正体が知りたくてたまらなかった。

ヒスと親しげに挨拶を交わす同年代の子どもたちを見ても、自分は彼女と親しくなれるはずがないと思った。今回もどうせ長くて一年で引っ越すのだと思うと、相手が子どもだろうと大人だろうと自分から近づくのはためらわれた。それに、愛想のない性格でかわいがられることにも慣れていないせいか、お年寄りは近寄りがたく怖かった。それでも、ヒスという人間とその家、なかでも庭への好奇心は抑えられなかった。アヨンは小川を渡って登校するたび、その家をちらちらとのぞき見た。

ある日の午後、下校していたアヨンは通ったことのない道に入り、迷子になってしまった。初めは勇気凛々と歩いていたが、しばらくして状況を悟った。周囲には共用ホバーカーも停留所も見当たらない。シルバータウンの明かりを頼りに帰途につけたのは、すっかり日が暮れてからだ。闇に沈んだ町は昼間とは違う顔をしている。家まではずいぶん歩かねばならなかった。ときおり聞こえてくる犬の遠吠えにびくびくしながら歩いていたとき、アヨンの視線をとらえるものがあった。

どこかの家の庭だった。アヨンは庭に向かって、なにかにとりつかれたように進んでいった。庭の土は、一面青い光を帯びているように見えた。空中を漂う塵も青い。まるで庭に青いベールをかぶせたかのような、自然ではありえない、不気味だけれどそのまま通りすぎることのできない光景だった。近づいてみると、そこがヒスの庭であることに気づいた。いつもとはまったく違う。しおれていた木も、生い茂っていた雑草も、いまは影のみが存在し、青く光る塵だけがそよ風に乗って舞っていた。

垣根のそばまで来たアヨンは、塵が鼻先に触れて落ちるのを感じた。目が闇に慣れてくると、寂しげな顔のお年寄りが庭のまんなかに座っているのが見えた。安楽椅子にもたれて座っているその人は、じっと宙を見つめていた。その視線は現実ではない、別のどこかに向けられているようだった。なにか見てはいけないものを目撃している気分だったが、アヨンはその場から動けなかった。

そのとき、犬が騒がしく吠える声が聞こえた。アヨンはびっくりし、後ずさりしようとした拍子に足を踏み外した。その物音を聞いたのか、顔を上げたヒスと目が合った。胸がどきりとした。盗み見していたのかと怒られたらどうしよう。ヒスは、実は庭をとびきり大事にしているのだと、だから指一本触れさせないためにあえて放置しているように見せかけているのだといううわさが頭をよぎった。アヨンはぎゅっと目をつぶってから、再び開けた。

アヨンの前に立っていたヒスが手を差し出した。アヨンはぼんやりとその手を見つめてから、つかんで立ち上がった。

「ごめんなさい。その……もう勝手に来たりしません」

「大丈夫かい？」

「はい、平気です。ごめんなさい」

アヨンは怯えた顔で言った。ヒスは不思議そうにアヨンの目を見つめていたが、やがて理由がわかったというように笑い出した。

「かまわないよ。いつでも遊びにおいで」

ヒスがアヨンの膝に付いた土を払いながら言った。

「でも、次は庭じゃなくて倉庫のほうへいらっしゃい。ここは子どもには危険なんだよ。わたしは庭の手入れは苦手でね。なにせここの植物は意地悪だから」

そう聞いて初めて、アヨンは膝にひりひりした痛みを感じた。草に触れた部分が腫れているようだ。

「ほらごらん。植物は見かけと違ってずいぶん攻撃的なんだ。わたしはその攻撃性が好きなんだけど、扱い方を間違うと大変なことになる。ちょっとここに座っててごらん」

ヒスはアヨンを安楽椅子まで連れていって座らせ、家から塗り薬を持ってきた。アヨンは身の置き所に困りながらも、ヒスが薬を塗ってくれるのを見ていた。薬が触れるひんやりした感触があったかと思うと、腫れがみるみるひいていった。

アヨンを座らせたまま、ヒスは庭をゆっくりとそぞろ歩きながら誰かと通話した。スヨンに連絡したようだった。アヨンは安楽椅子から下りることもできず、落ち着かない気持ちで唇を噛んだ。怪我した膝よりも、スヨンに怒られるのではないかと不安だった。

ほどなくして、スヨンの乗った車が庭の前に着いた。

「本当にありがとうございました。いつまでも帰ってこないんで、なにかあったのかと心配してたんです。アヨン、いったいどこへ行ってたの」

スヨンはアヨンのほっぺたを軽くつまんで車に乗せた。ひとりで遠出したことも、他人の庭をのぞき見ていたこともひどく悪いことのように思え、アヨンは口をつぐんでいた。だが、ホバーカーの開いた窓越しに目が合うと、ヒスはにこりと笑ってくれ、すると、アヨンの胸にたちまち安堵が広がった。ヒスは人差し指を口元にあてて、声にせず言った。正確にはわからないが、こう言ったようだった。

(今日見たことは秘密だよ)

驚いたのは、その日ヒスの庭を漂っていた青く光る塵が、スヨンが到着するころにはすっかり消えてしまっていたことだ。ひょっとして、あれは魔法の瞬間だったのだろうか？　だとしたら、ヒスが秘密にするよう言ったのも納得できる。むやみに口にすれば魔法がとけてしまうだろうから。

その後、アヨンは秘密を守りとおした。とはいうものの、あの庭の正体が気になり、日暮れ後にヒスの家の近くを通るときはつい庭に目が行くのだった。だが、あの日見た奇妙な青い光を見ることは二度となかった。

スヨンが勤めているセンターで、アヨンはときどきヒスと出くわした。初めはぎこちなくお辞儀だけして逃げるように通りすぎたが、ヒスはいつもやさしく話しかけてくれたため、やがてアヨンも勇気を出して自分から話しかけるようになった。

「あの……お母さんのかぼちゃパイ、どうでしたか？　わたしも生地作りを手伝ったんですけど、味はあんまりだったかなって」

するとヒスは、可笑しそうにからから笑いながら答えた。

「とってもおいしくいただいたよ。わたしはパイなんて焼けもしないからねえ。それはそうと、例のいじめっ子らは心を入れ替えたのかい？」

アヨンはヒスとのたわいない会話が好きだった。もちろん、アヨンが本当に訊きたいのはあの秘密の庭についてだったが、庭にかけられた魔法をときたくなかった。これはふたりだけの特別な秘密なのだ、そんな気持ちもあった。

それでも、思い切ってヒスの庭の近くまで行ってみたこともある。近所の花壇の草花とその庭の植物を見比べていると、ヒスが倉庫から出てきた。作業を終えたばかりなのか、きれいに手入れされた機械装置を持っていた。そして、アヨンに気づくとにこりと笑いかけた。アヨンが植物に興味をもっていると思ったようだ。

「じっと見てるとおもしろいもんだよ。静的でありながら、とても躍動的で。わたしが庭に手を入れなくても、自分たちなりに絶妙なバランスを保ってる。まったく興味深い存在だよ」

アヨンは黙ってうなずいた。正直なところ、これまで植物に興味をもったことはなかったが、あの日以来、不思議な青い光が頭から離れなかった。もしかしたら、あんなふうに奇妙に光る植物がほかにもあるかもしれないと注意深く観察してみたものの、この庭以外にそんな植物はなかった。

「いつかたっぷり時間があるときに、植物についておもしろい話を聞かせてあげるよ」

その言葉は、アヨンの胸をときめかせた。ヒスは庭を放ったらかしにしておきながらも、そこで育つ植物には興味があるようだった。それはなぜだろう？　どんないきさつがあるんだろう？　訊きたいことだらけだったが、ヒスとふたりだけで過ごす日が訪れるとは思えなかった。アヨンはヒスがどんな話をしてくれるのか想像してみた。だが期待しすぎてがっかりするのもいやだと思い、ふるふると頭を振るのだった。

その日は思ったより早くやって来た。朝からゴロゴロと雷が鳴り、天地を揺るがすかのような音が響いていた。午後、スヨンは一本の電話を受けると、急いで出かける支度をした。

「アヨン、隣の地域センターが停電になって、応援が要るみたいなの。明け方までそこにいることになると思うんだけど……」

冷蔵庫が空っぽだという事実にいまごろ気づいたスヨンは、顔をしかめた。こんな天候のもと、インスタント食品すらない家に幼い娘を残していくことなどできないと思ったのか、スヨンは電話を片手に一日だけアヨンを預かってくれる先を探しはじめた。仕事があるからと断られつづけるなか、ヒスが快くスヨンの頼みを引き受けてくれた。

アヨンはもじもじしながら車を降りた。スヨンはしきりに感謝を述べてから、どしゃぶりのなかを再びホバーカーで駆け抜けていった。

アヨンがぶるぶる震えながら家のなかへ入ると、ヒスが「あったかいものでも飲もうかね」とティーカップとティーポットを運んできた。アヨンはお茶をすすりながら周囲を見回した。外は耳を打つような雨音が響いているのに、室内はしっとりと穏やかな空気に包まれて心地いい。落ち着いた色合いの木材でしつらえられた内部は、博物館に展示されている家をそっくり運んできたかのようだ。どこか懐かしい感じのする家のそこかしこに置かれた機械が、異質な感じをかもしだしていた。ラックやガラス棚には機械の部品や工具が載っている。

いちばん目立っていたのは、ドアの前にマネキンのように立て置かれた人型ロボットだ。作りかけなのか皮膚はなく、眼球があるべきところには穴が空いている。アヨンはびっくりしてとっさに目をそらしたが、好奇心には勝てず再びロボットに視線を戻した。じっくり見てみると、人型ロボットというには人間らしい顔をしておらず、昔の映画に出てくるブリキロボットのような親しみさえ覚えた。その脇のホワイトボードにはメモ用紙がずらりと並んでいる。

ヒスがテーブルの向かいに座りながら訊いた。

「気に入った？」

「はい。おいしいです」

アヨンはうなずきながら、本当にお茶が気に入ったのだと示すために、もう一度お茶を含んだ。

「いや、あのロボットのことさ。お嬢ちゃんくらいの年でお茶が好きなんて子は見たこともないしね。こういう古風なティーカップを使ってみたがる人は多いから、お客さんにはこれで出すんだけど」

「……当たりです。本当はなんの味もしません」

甘い香りに誘われるように飲んでみたものの、その苦味に裏切られた。アヨンがティーカップを置くと、ヒスがくすりと笑った。またもロボットに注がれているアヨンの視線に気づき、ヒスが口を開いた。

「あれは、昔わたしがよく整備してた機種さ。いまは生産も止まってるのを、廃墟で見つけてきたんだ。直して再起動させようと思ったけど、うまくいかなくてね」

アヨンが不思議そうにロボットを見つめていると、ヒスが続けて言った。

「昔は人型ロボットがよく使われてたんだよ。家庭用の掃除ロボットにも人間みたいに名前をつけたりしてね。だけど、いまじゃ人に似せて作らないようにって決まりができた。ダスト時代、武器に改造された人型ロボットに家族を殺された者も多いからね。名前までつけてかわいがってた子たちに命を狙われたせいで、裏切られた気持ちにでもなったのかねえ。なんにせよ、集団的トラウマが生まれたのは間違いないね」

オニュの町で使われるロボットがどれも筒型や半月型である理由があるようだった。

「それじゃあ、おばあさんもそういうロボットを作ってたんですか？　武器に改造した人型ロボットを。銃とかナイフを持った……」

ヒスが首を傾げて見せたので、アヨンはおずおずと付け加えた。

「そう言ってたのを聞いたんです。軍人だったって」

「ああ、そんなこともあったたね。わたしは作るほうじゃなくて直すほうだったけど」

ヒスがふふ、と笑いながら玄関口のロボットを指差した。

「あの子ももとは生活補助用に作られた人懐っこいロボットだったけど、のちには改造されて武器を持つようになった。あのころは安全も危険もなかった。安全だと信じてたものも時が経つにつれて危険なものになっていったし、ドームシティを守るために機械という機械がことごとく動員されたんだ」

「ドームシティにいらしたんですか？」

「長くはいなかったよ。一年くらいかね。でも、わたしはあそこが大嫌いだった」

ヒスが急に顔をしかめたので、アヨンは目をしばたたいた。

「ドームシティは、本当に、最悪の人間ばかりを集めた場所だった。こんなふうに生きるくらいなら世界が滅びてしまえばいいと思ったもんだよ。だからわたしは、あのタウンのやつらも嫌いなんだ。どいつもこいつも、自分のしたことはきれいさっぱり忘れちまってる偽善者だよ」

そう言うと、ヒスはにこりと笑って続けた。

「子どもに聞かせるような話じゃなさそうだ。なにはともあれ、彼らがいるから人類の命脈が保たれてきたんだから。世界が滅びちまえばいいなんて、いま思えば都合のいい話だね。本当に滅亡しかけてた世界を生き延びた人間には言う資格のない言葉だよ」

「そんなことありません。わたしもときどき思います。寝ているあいだに世界が終わってくれたらって」

「おや、そうかい？　同じことを考えてたなんておもしろいね」

ヒスはそう言ってアヨンの目をのぞき見た。アヨンはおもしろいと言われて嬉しくなった。

「さっき、タウンの大人は偽善者だと言ってましたけど、大人だけじゃありません。子どもだって卑怯なところがあるんです。ここの子たちはわたしが来年には引っ越していくって知ってるから、よけいにいじめやすいんだと思います。進んで助けてくれる子もいません。そのくせ、タウンに住む人たちの悪口となると飛びつきます。だからわたし、人間ってのはみんな救いようがないんだと思ったんです。立場によっていい人のふりをしてるだけだって」

こういったことが大人にとってはごくちっぽけな問題でしかないことをアヨンは知っていた。ところが、ヒスはアヨンの話をしごくまじめに受け止めた。

「あの悪ガキども、まだ目を覚ましてないのかい。お嬢ちゃんがそう思ったのも無理はないね。いまも同じ気持ちかい？」

アヨンはそのまなざしに勇気をもらい、言葉を継いだ。

「いえ、いまは違います。考えてみたら、わたしはその子たちが憎いのであって、すべての人が憎いわけじゃない。だからいまは、世界が終わってくれたらなんて思いません。あの子たちのことはいまも嫌いだけど」

しばしの沈黙のあと、ヒスが静かに言った。

「おどろいたね、わたしもまったく同じだよ」

「本当ですか？」

「わたしもあるとき気づいたんだ。嫌いなやつらが滅びるべきであって、世界が滅びる必要はないって。それからは、長生きしよう、死んでたまるもんかって心に決めたんだ。そうして嫌いなやつらが滅びていくのをとくと見届けてやろうってね」

「成功したんですか？」

「さあ。そうは思わない。やつらもまだのうのうと暮らしてるところを見るとね。でも、そう思いなおしたおかげでいいものもたくさん見られたよ。世界が滅びてたらきっと見られなかったものをね」

アヨンはうなずいた。

「わたしもそう思います。全部が終わっちゃうのはよくないって」

ヒスがふっと笑った。

「ああ。わたしたちは気が合うようだね。人ってのは十一歳でも八十歳でも考えることは同じみたいだ」

ヒスはその日、ダスト時代に目にした興味深い存在について聞かせてくれた。ドームシティの外にあった怪しげなドーム村、マツタケを背中にぶらさげていた野生動物たち、道中で出くわした風変わりな旅人たち……。それは、アヨンが漠然と想像していたダスト時代の悲惨な風景とも、記憶授業でお年寄りたちに聞いた、ドーム内の息詰まるような話とも異なっていた。

「人はドームの外でも生きていけたんですか？」

アヨンの知る限り、ダストは人間の体にとって致命的な毒であり、ドームで覆われていない地域ではいかなる生命体も生き残れなかった。だが、ヒスの返事はあいまいなものだった。

「生きられなかった。とうてい生きられなかったけど、でも……ドームの外にも人はいたよ。人間以外もね。なんとか生き延びようとしていた存在がいたんだよ……」

外では稲妻が光り、雷が轟《とどろ》いていた。ちょうど明かりまでもが明滅し、どこかおどろおどろしい空気が漂いはじめた。話もしだいにうら寂しくなり、アヨンの顔から血の気が引いてきたころ、ヒスが笑いながら話をやめた。

「これ以上続けたら悪夢を見そうだね」

「それでも聞きたいです」

ヒスは目を輝かせるアヨンに、今度は別の話を聞かせてやろうと言った。話は現在に戻り、ヒスは、庭の植物や季節ごとにやって来る昆虫について語ってくれた。ダスト時代を耐え抜いた植物が土や水のなかに種を隠してじっと待ち、再建が始まるや、変化した世界にさっそく適応して芽を出し、いかなる生物よりも早く地球を占領した過程についても。ヒスは庭を放ったらかしているように見えて、実はそこに育つ植物の名前を一つひとつ知っているということ、機械を愛する人が、それとは縁遠い植物についても詳しいことが不思議だった。

「植物ってのは、実にうまく組み立てられた機械のようでもあるのさ。わたしも昔は知らなかったけど、長い時間をかけてそれを教えてくれた子がいたんだよ」

外は夜通し雨風が吹き荒れていたが、アヨンが悪夢を見ることはなかった。その代わり、生い茂る草に覆われたドーム村が出てくる夢を見た。夢のなかのアヨンはダスト時代の旅行者で、ドームの外で庭師をしていた。ふと目覚めたとき、アヨンはベッドのそばの安楽椅子でヒスが舟を漕いでいるのを見た。なぜか彼女が、この家ではなくとても遠くにいるように感じられた。アヨンは再び目を閉じ、今度は夢を見ることなく深い眠りに落ちた。時が経ち、その日の会話の細かい内容はほとんど忘れてしまったが、そんな夜があったということだけはいつまでも覚えていた。

「そのとき聞いた植物の話に心を打たれたんでしょうね。あの夜の光輝く庭、その風景に導かれるようにしてここまで来たわけです。いつも考えていました。植物は固有の不思議な物語を秘めている、機械と同じくらい精密で、同時に、それ以上の柔軟さをもっていると」

話は午後のコーヒータイムが終わるまで続いた。みんなこくこくうなずきながら、いくばくかの感動が交じった顔でアヨンの話を聞いていた。誰かが言った。

「いまもその方と連絡を？　ここで働いていると知ったら、すごく喜んでくれそうだけど」

「ええ、それが、ヒスさんは……」

アヨンは一瞬、言葉に詰まった。すっかり忘れたものと思っていたのに、実は心の奥底にしこりとして残っていたのだといまごろになって気づいた。

「突然消えてしまったんです。ある日ふらりと。いまとなっては居所もわかりません。生きているのか、すでに亡くなってしまったのかも。どうやって連絡をとっていいのかもわかりませんでした」

ヒスはときどき、機械のパーツを探してくると何日も家を空けることがあった。ずいぶん長いあいだ戻らないこともあった。一週間が過ぎ、ひと月も経つと、アヨンはヒスの行方が心配になったが、町の人たちは「あの人なら、前にも数カ月ぶりに戻るようなことがあったよ」と気にも留めていない様子だった。

スヨンが別の支部のマネージャーとして赴任することになり引っ越しが決まったときも、アヨンは毎日ヒスが帰っていないか確かめに行った。荷物をまとめてしまってからも、アヨンは長いこと彼女の家の前をうろついていた。庭の植物はいっそう繁茂していて、いまや垣根をつたって道路へはみ出そうとしていた。あれ以来、そこに青い光を見たことはなかった。真の姿を見せてくれたのはあの一度限りで、そんなことはもう永久にない気がした。

ヒスはアヨンにひとことも残さず行ってしまった。アヨンにとって彼女は憧れの存在だったが、彼女にとってアヨンはよく遊びに来る近所の子にすぎなかったのだ。そう知りつつも、ヒスが黙って去ってしまったことがひどく寂しかった。一度くらいは、いつかまた会おうと言ってくれてもよかったのに。このままオニュを離れれば、もう二度と会えなくなるのだ。

「アヨン、もう行きましょ。ヒスさんなら大丈夫よ。戻ってきたら、アヨンが会いたがってるから連絡をくれるようにって近所の人に頼んでおいたから」

ホバーカーを停め置いて、スヨンが急かした。アヨンは最後にもう一度振り返った。ヒスの家と庭をその目にとどめておきたかった。だがどういうわけか、この情景が記憶から徐々に薄れていくかもしれないとも思った。

アヨンはオニュを去った。その後、ヒスの消息については一度も耳にしたことがない。


アヨンが大学に入った翌年、細部専攻を決めるようにという通知書が届いた。当時、生態学は学生から最も不人気な分野だった。だがアヨンは生態学を選んだ。同期らが言うには、アヨンは退屈なものばかり探して歩くタイプだという。目には見えもしない微生物や、地面をほじくり返す虫たち、海や湖の藻類、じめじめした場所で菌糸を伸ばす菌類。アヨンは、そういうゆっくりとうごめくものたちが遠くまで広がっていく様子を見ているのが好きだった。広がるのに時間はかかっても、強力なものたち。きちんと見張っていないと、庭を覆いつくしてしまう植物のように。そういった植物にはとてつもないパワーと驚くべき生命力、不思議な物語が宿っているということに、アヨンは子どものころから気づいていた。

大学の研究所でインターンを終えるころ、国立生物資源館に所属していたダスト生態班が附設研究所として独立するという情報を、どこからか回ってきたコラムで知った。そこではダスト生態学への投資を、無用な過去史にしがみつく人材の無駄遣いと箱物行政にほかならないと批判していた。目の前の重要な問題を見ようともせず、過ぎ去ったものに執着する情けない有様。その一文を読んだ瞬間、アヨンはこれこそが自分が求めていた仕事だと思った。

滅亡と再建は地球の風景を変えた。ダスト生態学は、その変化の風景をとらえる学問だ。どんなものがなくなり、どんなものが新たに生まれ、どんなものが適応して変化後の地球の構成員となったのかが、ダスト生態学の研究対象だった。

世界各地にダストをさえぎるための巨大なドームが建てられたときも、森や野原の生物のためのドームは造られなかった。多くの種が滅亡の道をたどったが、いちはやくダストに適応して変異した植物もあった。学者たちは、ダストそのものが遺伝子の突然変異を誘導して急速な変異を促したのだろうと推定した。なかには、背丈を縮める木や、ひらめく幅広の葉をダストを寄せ付けない長くひだだらけの葉へ変えるものもあった。新たな生物種がダストで枯れた森の上に森を築く、〝重生態系〟なるものも現れた。こうして生まれた変種はダストが消えたのちもしばらく自然を支配しつづけ、以前は存在しなかった風景をつくり出した。そうして二十一世紀後半からは、ダスト適応種がダストのない環境に合わせて再度変異しながら、生態系の風景を変えつつある。

惑星は急激に変化し、生物はせっせとそれに追いついた。アヨンはその果敢さを見るのが好きだった。

徹夜で植物標本を観察する日があると、アヨンはそれらの植物がどれほどの歴史をもち、どれほど多くの物語を内包しているのか想像した。そうしてときどき、子どものころのあの風景を思い起こした。名も知らぬ植物で覆いつくされていた荒れ放題の庭、そこへ降りてきた闇と青く光る塵、その庭のまんなかでじっと宙に注がれていた、いまはもうないなにかを追うかのような彼女のまなざしを。

＊

［ストレンジャー・テイルズへようこそ！］
［世界の隠された真実、不思議な怪談、隠蔽されたミステリーにアクセスしましょう］
［情報提供する］
［タイトル入力：悪魔の植物について情報求む］

わたしは悪魔の植物を研究している学者よ。この国は近ごろ、異常増殖しはじめたモスバナに悩まされてる。ゴーストタウンのひとつがすっかりモスバナに覆われて、いくら取り除いても追いつかないの。なぜ急にモスバナが出現したのか、どうしてこんなに除草が難しいのか、みんなで夜通し調査してるところ。

さて、ここで訊きたいのはちょっと違うこと。

誰か、モスバナが青い光を放つって話を聞いたことない？

ゴーストタウンのモスバナ群落地で青い光を見たって情報があったんだけど、問題はそういう現象についての公式記録がないことなの。モスバナの種は風に飛ばされるほど小さいけど、光を放ったりはしない。モスバナが植えられた土壌も同じく。

でも、わたしはたしかにそれを見た覚えがあるの。

近所のおばあさんの庭で。

正直言って、もう古い記憶だから、その庭の植物がモスバナだったたって確信はない。でも、庭を埋めつくして垣根をつたい、道路へ這い出ていたツルのものすごい成長速度だけは覚えてる。

庭は事実上、放ったらかしにされてた。雑草だけが生い茂ってたんだけど、おばあさんはときどきその庭に出てた。ある日の晩、偶然それを見たの。安楽椅子に座ってるおばあさんのそばを舞う青い塵を。

まるでおとぎ話のワンシーンみたいだった。

あれはなんだったんだろう？　あの雑草もモスバナだったのかな？

だとしたら、おばあさんはどうしてよりによってモスバナを育てたんだろう？　庭を隅から隅まで覆いつくすような悪魔の植物を。

ここで過去の記事を探してみたけど、青い光についての話は見つからなかった。

わたしが知りたいのは、ひょっとしてそういうのを見た人はいないかってこと。

＊

［ストレンジャーからメッセージが届きました］

［確認］

これを読んでみて。ずっと前に投稿された記事だけど、きっと気に入るはず。

［リンクにアクセスしますか？］

[接続]

*

ユンジェがホログラムスクリーンの前で険しい表情を浮かべていた。スクリーンにはヘウォルで採取したモスバナの全ゲノムシーケンスの結果が映し出され、分析プログラムは既存のモスバナのゲノムとの比較分析を行っている。

「どうですか？　なにか変わった点は？」

「これ、シーケンスが間違ってるんじゃないかなあ」

「なぜです？」

「どうも結果がおかしいのよね」

アヨンは、ユンジェのようにシーケンスデータだけをもとになにがおかしいのかつきとめられるほど植物遺伝学に通じていない。だから黙ってユンジェの説明を聞いた。

「とりあえずここを見るとね、現在海外で見られるモスバナの野生型、つまりワイルドタイプゲノムとずれてる箇所がたくさんあるでしょ。植物は広がっていく過程で自然変異を起こすから、野生型同士でずれた部分があるのは当然よ。でもこれは変異が多すぎるし、なによりこの、ヘウォルに広がってるモスバナは個体間の遺伝子が似すぎてる。普通は自然の群落地でこれほど等しくならないのよ」

「つまり、人為的な力が作用してるってことですね？」

「そう。それにわたしの勘だと、ヘウォル市のモスバナのゲノムは……きれいすぎる。整ってるっていうか」

「ゲノムが整いすぎてる？」

「自然に存在するにしてはあまりに無駄がないのよ。必要な部分だけ集めて精密設計したみたいに、ぴったり収まってるってこと。野生型のモスバナはこうはならない。自然に生まれた植物ならありえないのよ」

アヨンは植物ゲノムについてのプロではなかったが、ユンジェの言わんとするところはわかる気がした。つまり、この植物は意図的につくられたもののようだというのだ。ユンジェは腕組みをしてスクリーンをにらんでいる。

「つまり、誰かが生物テロを目的としてこの植物を操作したってことですか？　みずからつくった植物をまいたと？」

まっさきに頭に浮かんだのは、やはり生物テロの可能性だった。誰かが故意に、とてつもない増殖力をもつモスバナをつくったとしたら、そして、同じ遺伝子をもつ単一の苗をヘウォルに集中的に植えたとしたら……いまのユンジェのブリーフィングと一致することになる。

「ひとつの仮説にはなるわね。でも、正直よくわからない。テロが目的なら、モスバナよりもっといい選択肢があるはずでしょ。あえてこんな植物を選んで、遺伝子を組み替えるなんて苦労までして、たかが山林庁の職員と地域住民にいやがらせをする、そんなみみっちいテロがあるかな？　動機がわからない。どこのイカれた人間が……ただのいたずらならいざしらず」

アヨンもうなずいた。誰かが仕組んだことだと仮定することはできても、それに見合う動機が思いつかない。

「ほかの業者にサンプルを送って、もう一度確かめてみる。もう少しサンプルを集めて、クロスチェックもしないと。どういうことなんだろう。これが本当につくられたものなら、いったい……」

ユンジェがいちばん知りたがっていること。それは、いったい誰が、なぜこんなことをしているのか。

そのとき、アヨンの頭に浮かぶものがあった。いまのユンジェの話とどうつながっているのかはわからない。でも、子どものころにヒスの庭で見たツル植物と青い光、見つけたいものがあるのだと出かけていったヒスの最後の姿、ヘウォルのモスバナ群落地で報告された青い光体の話、そして昨日〈ストレンジャー・テイルズ〉で受け取った怪しい匿名のメッセージ……。抽象的で漠然とした手がかり、全体をとらえることのできないパズルのピースがちりぢりに散らばっていた。

　ひょっとすると、このすべてはつながっているのだろうか？　そうだとして、どうやってそれをつきとめるのか？　いったいこの植物の正体はなんなのか？

　うまく考えがまとまらない。ぼうっと立ちつくしているアヨンの顔の前で、ユンジェがひらひらと手を振った。

「大丈夫？　難しすぎた？　急にぼんやりしちゃって」

「ユンジェ先輩。今回のエチオピア出張、個人的なスケジュールは入れられないですよね？」

　急な質問に、ユンジェは首を傾げた。

「そりゃそうでしょ。そもそも学会に出ることが目的なんだし、遊ぶ時間なら〝文化探訪〟とかいう名目で一日くらいあるはずだけど、観光で有名な都市でもない。チームでも見て回るから、わざわざ別行動する意味はないかな」

「アディスアベバ市内ですよね、おそらく」

「たぶんね。学会が開かれるホテルも市内だし。なに、行きたいとこでもあるの？　おとなしく一緒に動いたほうが無難よ。むやみにひとりで動いて監査の対象にでもなったら大変でしょ」

「学術的な目的の個人スケジュールならどうですか？」

「ああ、それなら事前に許可をもらっとけばいいんじゃない？　チーフにうまく話してみるのね。

自由時間に合わせればオッケーが出るかも。でも、あえて個人で？　公式スケジュールに入れればいいじゃない」

アヨンは〈ストレンジャー・テイルズ〉での情報提供についてどう言えばいいか悩み、しばし戸惑った末にこう言った。

「それが、本当に学術的な目的といえるのかちょっとあいまいなんです」

＊

アディスアベバは、ダスト時代の終焉後にいちはやく再建された。また、滅亡以前の自然が最も残る場所であり、ダスト生態学についての研究もどこより活発に行われている。再建六十周年記念生態学国際シンポジウムがこの都市で開かれる理由でもある。

空港に降りた生態研究センター植物チームの面々は、学会が開かれるホテル・カルディへ直行して荷物を解き、午後に予定されている開会式を待ちながら近場でランチをとることにした。

中心地からやや離れているにもかかわらず、通りはにぎやかだった。再建後の街には珍しく、人口もかなり多いという。滅亡前の活気をいまも保つ高原都市。その独特な気候のため、日差しは痛いほどだが空気は涼しい。通りからはアムハラ語と英語の両方が聞こえてきたが、耳に挿している通訳機では処理されない言語もときどき交じっていた。人でにぎわう通りの至る所でコーヒーセレモニーが開かれ、露店カフェの主人たちが手招きしてチーム員を呼びこんでいる。さまざまな果物をミキサーにかけて何層もの濃いジュースにして売る露店が、ブロックごとに並んでいた。

「スプリス・チマキっていうの。アボカドにマンゴー、パパイヤで組み合わせるとすごくおいしいわよ。絶対飲んだほうがいい」

隣でユンジェが先輩面をした。ユンジェはここでの学会に参加したことがあるが、アヨンは今回が初めてだ。異国情緒あふれる食べ物や華やかな色合いの工芸品に視線を奪われながらも、アヨンはまたも別のことを考えていた。ここで本当に〝ランガノの魔女たち〟に会えるのだろうか？　偽情報だったらどうしよう？　頭のなかにひっきりなしに浮かんでくる雑念は、箱詰めにして来た冷たいコーヒーを配るスビンのおかげでいっとき払えたが、ガタつく車でホテルに戻るあいだにまたもやむくむく湧いてきた。

エチオピアに来るのは初めてでも、ここがダスト生態学の発祥地も同然であることは以前から知っていた。ダストフォール以前はとくに植物学で知られていたわけではないが、ダスト時代を経るなか、エチオピアの薬草学者が民間医療と再建に大きく貢献したことで人々の尊敬を集めた。その伝統がいまにも引き継がれ、政府による植物学への投資も盛んなのだという。再建以前の作物品種と自生植物の復元もどこより活発だ。アヨンがこの国について知っているのはその程度だった。

過去にエチオピアで行われたシンポジウムの資料にも、〈終息直後の民間薬草学者たち〉などといった発表文が載っている。アヨンも資料集をめくってはみたものの、ふだん関心をもっているテーマではなかったため細かくは見ていない。ある有名な治療士らを招待して再建直後の植物栽培について語り合ったという文章を読んだこともあるが、正確な内容は思い出せない。エチオピアにはそういう由来があったのか、肩身の狭い生態学者としてはうらやましい限りだ、そんなふうに思っただけだ。

ところが、その名前をまさか〈ストレンジャー・テイルズ〉で目にするとは。

匿名で送られてきたメッセージにはリンクが貼られていた。十年以上も前の記事だった。日付けを見ると、〈ストレンジャー・テイルズ〉ができたばかりのころのもののようだった。

そこにはモスバナについての、とうてい信じがたい記述があった。

「アヨンさん、週末は本当に単独で動くの？　大丈夫？　道も入り組んでるから下手すると迷いそうだし、外国人はどうしたって目立つわよ」

パクチーフからそう言葉をかけられた。アヨンも内心、初めての客地で単独行動することに不安はあったものの、一人旅と変わらないじゃないかと自分に言い聞かせた。

「平気です！　ひとりでモンゴル砂漠を横断したこともあるんですよ」

「今日インタビューするって人、モスバナの専門家なんでしょ？　おもしろそうね。そういう方なら今回のシンポジウムにも参加しそうなものなのに……。なにしろ、隣接分野の学者たちも参加するほどの規模でしょ」

「リタイアして長いみたいなんです。お年も召してて」

「そう。お土産を持ってきてたみたいだけど、忘れないようにね。それと、一時間ごとに無事を知らせること。通信費を気にしてる場合じゃないわよ」

いまだにアヨンが新人の末っ子研究員に思えるのか、パクチーフの表情は心配を隠せないでいた。

「リタイアしたモスバナ専門家？」

チーム内で唯一真実を知っているユンジェが鼻で笑った。

「いったいどんな資料を見せたんだか」

アヨンがその情報提供についてそれとなく伝えたとき、ユンジェはインタビューが実現したら付き添ってあげると言った。だが、ユンジェにとっても貴重な高原ツアーのチャンスを奪うことは気が引け、アヨンはひとりで大丈夫だと言い張った。

情報提供者はモスバナの真実を知っているという。そして、モスバナのことを〝青く光るツル〟と呼んだ。それが、アヨンがその人に会いにいく理由だった。

盛大な開幕式だった。アヨンは、ポスターだらけの展示場の見学を皮切りに、世界各国の研究者たちとソーシャルメディアＩＤを交換したり、午後には〈孤立地域の自然的ドーム形成と種の変異——島と廃棄場の生態分析〉というタイトルの発表を聞いたりした。ダスト時代、南太平洋の孤立した島で、自然条件によりドームのような働きをする気流が形成され、ダストフォール以前の多くの種が残されたという興味深い内容だった。だが、アヨンの頭はともすると週末のインタビュー現場へと向かった。もしも会えるなら、本当に会えたなら……いったいなにから尋ねるべきだろう？

二日目はアヨンも、朝鮮半島における自生植物の植生変化について発表した。反応は悪くなかったものの、大きな注目を集めることもなかった。なぜなら、その日の話題の中心は北欧に出現した新しいタイプの重生態系だったからだ。残念ではあったが、いまのアヨンの頭を占領している問題にくらべればささいなことに思えた。

翌日、ホテルの別館で開かれた再建六十周年記念展示は、生態学のみならず多様なテーマの展示館からなっていたが、とりわけディスアセンブラの開発過程に関する展示が多かった。アヨンは冷めた目でそれらの展示物を眺めた。ディスアセンブラは人類の勝利とされていたが、アヨンはそんな賛辞に同意しがたかった。滅亡の原因をつくった当事者らが、地球滅亡直前になってやっと事態を収拾した、それが褒められるべきことだろうか……。幸い、メイン展示室のダスト生態学の展示はアヨンにとって興味深いもので構成されていた。アヨンの初めてのシンポジウム参加は、モスバナについての突然の情報提供に気をとられたまま、そうして三日が過ぎた。

学会のイベントがない日曜の朝、チーム員たちは車でエントト山へ探査に出かけた。ダウンタウンからさほど遠くないその山では、海抜高度三千メートルにもなる熱帯高山の植生が間近に見られる。韓国ではなかなか見られない生態なので惜しくはあったが、アヨンにはそれより大事な用があった。

情報提供者であるルダンとは、アディスアベバ市内のカフェ〈ナタリー〉で会うことになっていた。早めに行って二十分ほど待っただろうか、約束の時間を少し過ぎたころにルダンが現れた。メッセージをやりとりしただけの仲だったが、きょろきょろしながら誰かを探している様子ですぐにわかった。ルダンは健康そうな男性で、年齢は見当がつかなかったが、その見た目から四十歳を超えてはいないだろうと思われた。

「ワオ、本当にいらしたんですね。もしかしたら誰かのいたずらじゃないかって、五分前まで疑ってたんです」

彼は初めて挨拶を交わしたときから、どこかうきうきした様子だった。アムハラ語でもかまわないと言うと、自分はもともとオロモ語を使うのだが、まだ通訳機ではまともに訳されないことも多いから英語で、と答えた。

ルダンはずっと昔に〈ストレンジャー・テイルズ〉に記事を投稿した本人だった。いざ当人はというと植物学や生態学とはなんの関係もない、学問とは縁遠い人間なのだが、二十代で荒れ地の再建事業に携わっていたとき、〝ランガノの魔女たち〟と呼ばれるアマラ・ナオミ姉妹と仲良くなったのだという。

「実をいうと、あなたがここまで来るとは思っていませんでした。わたし自身、時間の無駄じゃないかと思ってたんです。でも、メールを拝見したところ、これはあなたにとっても非常に重要なことのようだったし、身元もたしかでしたからね。なにより、わたしの話を信じたがっているように感じました。昔は、姉妹の話を記事にしたいと訪ねてくる記者もいたんです。でも、じかに聞いてみるとバカらしく感じるのか、何度か地域のつまらない雑誌に載っておしまいでした。とくに科学者たちは聞く耳をもちませんでした。正確には、アマラの話に耳を貸さなかったということでしょうがね。こうしてみずからいらっしゃった科学者はあなたが初めてです。生態学者だというので、あんなサイトの記事から連絡を寄こすなんてどういうわけだろうと不思議でしたが……オンラインで見た生態学シンポジウムの発表文には、実際にあなたの名前がありました。

だから、嘘ではないと思ったんです。いまこそナオミとアマラの話を証明するときなんだって」

話を聞いていたアヨンがルダンの浮き立った感情に同調しようとした瞬間、彼の表情に影がさした。

「でも実は、ちょっと弱ったことが……。わたしたちがこれから会おうとしているナオミは、人に会うのが嫌いでして」

ルダンが言うには、姉妹のうち過去を積極的に話してきたのは姉のアマラのほうだったのだが、度重なる無視と嘲弄に心を痛め、口を閉ざして久しいというのだった。今回ももしやと思い連絡してみたものの、冷たくはねつけられたという。

「そこでナオミにこの件を伝えたんです。せっかくのチャンスを逃すわけにはいきませんから」

「ナオミは許可を？」

「メールは読んでいます。返事はなく、電話にも出ません。でも、心配要りませんよ。ナオミはわたしを信頼していますから。今日の訪問についてもメッセージを残しておきました」

アヨンはひどく不安になってきた。

「すみませんが……本当に約束をとりつけたと見ていいんでしょうか？　あまり歓迎されていないように思えるんですが」

「アヨン、元来偉大な物語というのは、失敗をものともしないことから始まるのです。このぐらいのことで二の足を踏んでいていいんですか？」

ルダンが肩をすくめた。度胸があるというべきか、厚かましいというべきか。こんな展開になるとは思ってもみなかったが……アヨンはためらいがちに言った。

「いきなり押しかけるのはやはり失礼かと。あなたから聞かせてもらったほうがいいかもしれません。ルダン、あなたもモスバナの真実を知ってるんですよね？」

「いけません。わたしは当事者じゃありませんから。この話は必ずあの姉妹からじかに聞くべきです」

約束もとれていないのにナオミのもとを訪れるべきだと言い張るルダンを説得しきれず、けっきょくアヨンは彼のあとに従った。

ナオミの家はアディスアベバの郊外にあった。幅の狭い家がくっつき合って軒を連ねている。横向きでやっと通れる路地を過ぎ、鉄製の階段を上った。家の外壁は明るいミント色に塗られていたが、ところどころ剝げ落ちている。押せば外れそうなほど粗末な、こげ茶色の木のドア。周囲を見回してみても呼び鈴はない。ルダンが慣れた手つきでドアをノックした。鈍い音が響いた。

「ナオミ、ルダンです。例の生態学者を連れてきました」

返事はなかった。ルダンはドアに耳をあててなかの様子をうかがった。アヨンの耳にも、家のなかで誰かがカタコト物音を立てるのが聞こえた。だがいつまでも返事のないところを見ると、わざと無視しているようだ。

「メールは読みましたよね？　開けてくれませんか。今度こそあなた方の話を証明するチャンスですよ！」

アヨンとルダンはまたしばらく待った。ドアが開きそうな気配はなかった。

「おーい、ナオミ！　まったく、なんだってそんなに頑固なんだか！」

ぶつくさ言うルダンを見ながら、このままでは万事休すだと思いはじめたころ、突然バッとドアが開いた。グレーのウォーカーにもたれて立つ、小柄だがまなざしはたしかなお年寄りが目の前に現れた。アヨンが挨拶しようとすると、ナオミの声がそれをさえぎった。

「ルダン、そっちの都合で来られてもねえ。こっちは薬草の下ごしらえで忙しいんだから。いますぐやんなきゃみんな腐っちゃうのよ。薬草代をあなたが払ってくれるの？　無駄口叩いてないで帰ってちょうだい」

ナオミの態度はひどく冷たかった。ルダンがナオミと親しいと言っていたのも嘘ではないかと疑うほど。だがルダンはいつものことだというように、めいっぱい憐れな表情を浮かべて言った。

「ナオミ……あんまりじゃないか？」

ナオミは薄目を開けてルダンをにらんでいたかと思うと、なにも言わずにドアを閉めた。

これではらちが明かない。

「ルダン、ちょっと待って。わたしが話してみる」

アヨンはルダンを階下へと追いやった。それからもう一度ドアを叩いた。今度も、すぐそこでカタコトいう物音が聞こえる。ナオミがどうしてこんな態度をとるのかはわからないが、どちらにせよ、話を聞く気がまったくないわけではなさそうだ。アヨンは深呼吸をしてから言った。

「ナオミ、わたしは韓国から来た生態学者のアヨンといいます。モスバナについてぜひお話を聞かせてもらいたくて参りました。ほかに方法がなくて、ルダンさんからのご連絡になってすみません。少しだけお時間をいただけませんか？　お手間はとらせません。聞きたいことがあるんです。どうしてもあなたの口から聞きたいんです……」

今度も無視されるか、文句が飛んできそうだと思ったが、意外にもドアが開いた。アヨンは緊張してナオミを見つめた。さっきよりずっと和やかな表情をしている。

「ルダンの顔なら、もう飽き飽きでね。うっとうしいって言ってるのに、一日と置かず訪ねてくるんだから。どうせわたしのことを死にかけの憐れな老人とでも思ってるんですよ。まったく、いやになるわ」

ナオミはそう言って肩をすくめた。

「あなたひとりならさっさと迎え入れてたんだけどね。お客さんをもてなすくらい難しいことじゃないんだから」

そうして家のなかへと手招きしてくれた。

「お入りなさい」


うらぶれた外観にくらべて、室内は居心地がよかった。薬草治療士として知られた姉妹の家なだけに、薬草のにおいが染みついているのではないかと想像していたが、においはおろか、それらしい道具ひとつ見当たらない。どうやら、薬草の下ごしらえをしているとかいうさっきの言葉は、ルダンを追い返すための言い訳だったらしい。


ナオミがコーヒーを淹れているあいだ、アヨンは持ってきたお土産をテーブルに置いて周囲を見回した。壁一面に飾られたフォトフレームがひときわ目についた。若いころの姉妹と、もう少し年を重ねた姿、そして彼女たちを取り囲むたくさんの人々が収まっている。おそらくは、ナオミとアマラの姉妹がランガノの魔女と敬われていたころのもののようだ。アムハラ語はよくわからなかったが、ガラスケースには、ランガノの魔女たちに贈られた表彰盾とおぼしきものがいくつも並んでいる。トレーでコーヒーカップを運んできたナオミに向かって、アヨンが話しかけた。

「おふたりのご高名については伺っていました。学会でも知らない者はいません。エチオピアの植物学の発展も、再建を導いた薬草学者たちの功績だと……」

「そんなふうに言われてるの？」

ナオミが写真にちらと目を向けて言った。

「できれば全部とっぱらっちゃいたいけど、アマラに免じて我慢してるの。わたしたちの話に耳も傾けずに、あんな表彰盾で口をふさごうってんだから」

アヨンはたじろいだ。ナオミがアヨンの前にコーヒーカップを置いた。

「写真はまだいいわ。表彰盾をガラスケースに飾ろうって言い出したのはアマラでね。姉さんも十年前までは違ったんだけど……いまやわたしたちが誰だったのか、なにをしてきたのかさえ忘れかけてる。その空白をあのでたらめな呼び名で埋めてるのよ。治療士だとか、魔女だとか、再建の英雄だとかで。そりゃあ、まかり間違えばもっと悲惨な立場に置かれてたかもしれないんだから、いまも悪くないと言うべきなのかもしれないけど」

話はあらぬ方向へとりとめもなく流れようとしていた。アヨンはしばし悩んでから訊いた。

「失礼ですが、アマラはいまどこに？」

「病院にいるわ。あの年にしちゃ幸い元気なほうだけど、なにせ記憶のほうがね。あの写真を飾ったのも、姉さんの記憶とわたしの記憶がずれはじめたころのことよ。姉さんもわたしも、時期や季節によって体調がころころ変わるの。調子がいいときはこの家で一緒に暮らすんだけど、霧が出る季節になると決まって病院に入ってる」

「霧、ですか？」

「霧にトラウマがあるのよ。わたしもだけど、アマラのほうがずっとひどい」

ナオミがコーヒーをひと口飲んで続けた。

「アヨンさん、植物生態学者だと言ったわね？　わたしがあげられる情報はほとんどなさそうよ。植物のことはよくわからないの。薬草学者だなんてめっそうもない。わたしよりはアマラのほうがまだ詳しいと思うけど、残念ながらタイミングが悪かったわね。アマラがいるときだったら、なにか役立つ情報をあげられてたかもしれないのに」

アヨンはナオミが自分のことを韓国式に〝さん《シ》〟付けで呼ぶのが不思議だった。そのことについても訊いてみたかったが、話をどこからどう切り出していいか途方に暮れた。

「あの……ナオミ、ルダンからどう伝わっているのかわかりませんが、わたしはモスバナの駆除法を伺いたいんじゃありません。モスバナという植物そのものについても、もちろんお話を聞ければ嬉しいですが、本来の目的は別にあるんです」

アヨンはぽつりぽつりと話しはじめた。自分は滅亡と再建以後の生態を研究している学者であり、ダストの影響で変異した植物を研究対象としていること、そして最近、韓国のヘウォルという地域で異常増殖しはじめたモスバナを調査するなかで、この植物の起源を調べるようになったことまで。

「わたしが知りたいのは、非常に変わって見えるこの植物の歴史です。この植物の陰の部分。そしてあなたは、この植物の歴史と共に生きた方です。再建初期のオーラルヒストリーにはあなたの名前がたびたび登場します。当時、この植物はまだ〝モスバナ〟という名で呼ばれておらず、各地域で〝栄光〟を意味する言葉で呼ばれていました。そしてあなたとアマラは薬用植物を用いた治療、なかでもモスバナを使った民間治療で知られるようになる。オーラルヒストリーの証人たちによれば、あなたこそモスバナをエチオピアの各地に持ちこんだ当人だといいます。そして実にたくさんの人々を救ったのだと」

「学者というのは嘘じゃないようね」

ナオミがほほ笑んだ。

「それならアヨンさんは、モスバナに治療効果がまったくないってこともつきとめてるんじゃない？　それも植物学会では周知の事実だろうから」

その言葉がナオミの口から出るなどとは思ってもみず、アヨンは言葉に詰まった。モスバナを用いた民間治療で名を馳せた薬草学者が、モスバナに治療効果がないことを知っているだろうと訊いている。これはどういうことだろう？

アヨンはおずおずと口を開いた。

「たしかに……ええ、そんな論文を読みました。モスバナには薬理効果がなく、むしろ毒性しかないと。でも、わかりません。断言はできないと思います。あらゆる論文が真実に近い結論を出していわけではありませんから……。あなたは実際にモスバナを治療に使ったんですよね？　だから記事にも、あそこの写真にもモスバナが載っているんじゃ？」

「ここの人たちはいまもそう信じてるわ。いくら科学的証拠を見せられても、自分の目で見たことこそが真実だとね。実際、数十年前には多くの人が治療を受けた」

「それなら、モスバナには本当に薬効があると？」

「まさか。あれを薬に用いるのは毒を飲むようなものよ。モスバナは人間にとってとても有害な植物だもの」

「じゃあ、ナオミ、あなたは……」

会話はますます迷宮に入っていく。アヨンはなるべくとがめるような口調にならないよう注意して、だがけっきょくは正面から尋ねた。

「その事実を知りながら、モスバナを薬草に用いていたんですか？」

ナオミが笑った。

「ある程度そう見せかけてはいた。そうする理由があったから」

アヨンはなお言葉に詰まったが、ナオミはそんなアヨンをおもしろそうに見ていた。

モスバナに治療効果がないことは数々の論文から確信していたが、まさかナオミ自身がそれを認めるとは思ってもみなかった。ナオミはアヨンの予想とはまったく異なる人物だった。記事に出てくる、魔女であり聖人であり、みなから崇められているナオミ、エチオピアの人々を救った偉人、そしていまここで、自分はモスバナに治療効果がないことを知っていたと語るナオミ。彼女はいま、ずっと人々を騙してきたと白状しているのだろうか？　だがなぜ、よりによっていま、初めて会う人の前でそんなことを言うのだろう？

「じゃあいったいどうして……」

「モスバナを詳しく調べてみた？」

ナオミが続けた。

「あれは生存と繁殖、寄生に特化した植物よ。まるでダスト時代の精神を集約したようなね。しぶとく生き抜き、死に絶えたものを糧に育ち、一度根付いた土壌を枯らし、一カ所にとどまることなく限りなく広がっていくことを生きる目的とする……存在そのものがダストそっくりの植物」

ナオミの言うとおり、事実、モスバナにはそういった特性がある。地上のものを片っ端から呑みつくし広がっていく、ダストによく似た特性が。

「ええ。でもナオミ、モスバナがもつのはそういった恐ろしい面ばかりではありませんよね。それがあなたに会おうとした、本当の理由です」

アヨンが言うと、ナオミの表情に少しばかり変化があった。

「モスバナが異常増殖しているヘウォルで、怪しい青い光を見たという情報がありました。そしてわたしは、その青い光について調査を始めた。なぜなら、わたしも子どものころに偶然、ある方の庭で同じようなものを見たからです。その魔法のような現象の原因をつきとめようと思いました。そしてルダンと知り合ったんです。ルダンは、ナオミ、あなたがあのツル植物の青い光にまつわる真実を知っていると言いました」

アヨンはそう言い、少し緊張した面持ちでナオミの反応を待った。ルダンの助言どおりだった。ナオミはアヨンの話に興味を示していた。

「そのモスバナの庭は、誰のものだったの？」

ルダンは言っていた。その話を持ち出せばナオミは必ずその庭の主人を知りたがるはずだと。アヨンはヒスの話を持ち出したい気持ちをこらえてこう言った。

「ナオミ、あなたがモスバナの起源について話してくれたら、わたしも知ってることをすべて話します。ええ、すべてを」

短い沈黙が流れた。ナオミがいまなにを考えているのか、アヨンには想像できなかった。ナオミがアヨンを見返しながら言った。

「あなたの話が嘘じゃないとしたら……それはほんとうに不可解なことね。青い光のモスバナはもう存在しない。モスバナは数十年かけて世界へ広がるうちに、その特性は最初のものとはすっかり変わってしまった」

席を立ったナオミは、フォトフレームの並ぶ壁のほうへ近寄った。そして棚の引き出しを開けると、しばらくなにかを探していた。アヨンは静かに待った。そのわずかな時間が、アヨンには時が止まったかのように感じられた。一段ずつすべての引き出しを開けてから、ナオミはやっと一枚の写真を見つけてきた。

「アマラは真実を知らせたがっていたし、ルダンはわたしたちの話を信じてくれる唯一の友だちだった。当のアマラはこの数年で気が変わって、自分の記憶が間違っていたみたいだ、フリムビレッジなんてものはなかったんだって言ってるけど。わたしもいまとなっては、その気持ちがわからないでもない。誰も信じてくれない過去をくり返し語ったって、みじめになるだけだもの」

ナオミがテーブルに置いた写真は、一見真っ黒に見えた。だがよくよく見ると、写真の一角にぼんやりと丸い光が映っているのがわかった。

「いいわ。もう少しだけ話してあげる。もしかすると、あなたの言う庭の主はわたしの知り合いかもしれない。あなたはまだ答えを知らないけど、答えを見つけるためにどこへいくべきかはわかってる。そこへ向かう気でいる」

いま、アヨンの直感が物語っていた。モスバナにはとてつもない物語が潜んでいるのだと。アヨンはテーブルの上にノートとペン、ボイスレコーダーを取り出した。ナオミが望むなら、一言一句逃さず文字にするつもりだった。彼女の言葉が信頼に値しようと、そうでなかろうと。

ナオミが写真を裏返すと、そこに日付けがあった。

10月、2059年。

「あなたの予想どおりよ。モスバナは決して万能薬なんかじゃなかった。まともな薬ですらなかった。だけどわたしたちは、みんなに薬だと信じこませなきゃならなかったの。あなたが推測したように、モスバナは滅亡の時代と深く関わり合ってる。ただし、あなたが予想したかたちではなくね」

ナオミはそう言うと、にこりと笑った。

第二章

フリムビレッジ

ジョホールバルのドームシティは数カ月前にとうに破局を迎えていたらしい。ドームの壁は崩れ落ち、鉄橋は途切れ、ヤシの木はどれも黒く干からびている。アブ・バカール・モスクの外壁に、色褪せた血の跡があった。かつて多くの人々が訪れたのだろう観光地の面影はもうない。通りの死体が顔を見分けられるほど原型をとどめていることから、ドーム壊滅後もダストは高濃度を保っていたようだ。壊滅していくドームから脱出しようとしたのか、死体のほとんどが大きなリュックを背負っている。いくつか中身を探ってみたものの、残念ながらすでに奪いつくされていた。

この数日、アマラと市内で食べ物を探し歩いた。死体を踏まないよう気をつけながら、市場の露台や店内を漁った。収穫はさほどなかったものの、わたしとアマラにとっては不幸中の幸いといえた。お腹を満たすことはできなかったけれど、なにも残っていないおかげで立ち寄るハンターも少ないからだ。アマラが数日休めるよう、しばしここにとどまることにした。

奥まった路地で見つけたこの家をアジトにして一週間。二階建てのボロ屋だが、身を潜めるにはもってこいだ。天井裏で古いお菓子とチョコレート、お茶を見つけたものの、どれもひどい味で、おとなしく手持ちの栄養カプセルを飲んだ。加工食品はお金の代わりになるほど貴重だが、むやみに食べて具合を悪くすれば元も子もない。鎮痛剤と消化剤もいくつか見つけた。消化剤を必要とするほどお腹いっぱい食べられる日はまた来るのだろうか。貴重な薬品だから、少なくともなにかと交換するチャンスはあるだろう。

やみくもにここにとどまるわけにはいかない。どんな場所でも十日を超えないというのがムラカで得た教訓だった。生活の気配をゼロにすることはできず、いずれはハンターたちの標的になる。だがいまは、アマラの調子が悪すぎる。毎晩肺ごと吐き出してしまいそうなほど咳きこむアマラを見るたび、ランカウイの研究員たちへの怒りがこみ上げる。チャンスがあったときにうんとやり返しておくべきだった。

ベッドに横たわるアマラは疲れた顔をしていた。わたしは床に座ってベッドにもたれた。アマラの荒い息遣いが小さな屋根裏部屋を埋めつくしている。静寂を破ろうと、アマラに話しかけた。

「知ってる？　わたしたちが家を出て、明日でちょうど二年になるって。早いもんだね」

「日にちを数えてたの？　カレンダーもないのに」

「さっきカプセルを取りに行ったとき、ドルフィンが教えてくれた。あのスピーカー、変な機能がたくさんあるみたい。こっちが訊いてもないのに、急に日付けと地域の天気をしゃべり出すの」

「で、今日は何日だって？」

「十一月七日」

アマラはじっと考えていたかと思うと、自分たちが家を出たのが十一月八日だとなぜ覚えているのかと訊いた。姉さんはこのところ、記憶について敏感だ。自分の記憶があいまいになってきていることに薄々気づいているらしい。具体的にどんな記憶を失くしたとは言えなくても、アマラは忘れつつある。わたしたちが通ってきた場所、出会った人々、それらの細部を、少しずつ。

ただの物忘れなら幸いだけれど、ランカウイで実験に遭った後遺症ではないかと不安になる。

「ひとまずこれを食べよう。袋が腐っちゃってるあのチョコレートは手を出す気にもなれないし」

箱から栄養カプセルを出して渡す。アマラが体をこちらに傾け、受け取ったカプセル三粒を口に含む。箱を見ると、服用期限はとうに過ぎている。それでもなにも食べないよりはましだろう。わたしは姉さんがカプセルを呑みこむかたわらで話しつづけた。

「十一月七日、つまり今日がペナの誕生日だった。わたしたち、バースデーパーティーを二回やったの。バースデー当日はペナの家、次の日はうちで。だから、わたしのバースデーパーティーも二回やろうってペナが約束してくれたんだ」

「ああ、そうだったわね。夜中に迎えに行ったら、床にトランプとチップが散らばってて。十歳のお子ちゃまがもうこんな不健全なゲームをしてるのかって呆れたっけ。それを指摘するにはふさわしくない状況だった。あの夜は……」

「そう、世界の終末が迫ってきてたから」

わたしたちは顔を見合わせて笑った。箱に残っていたカプセルふた粒を、今度は自分の口に入れる。変な味がした。腐ったゴムのような、古い紙のような味。ランカウイから逃げ出してきて以来、わたしたちの主食は栄養カプセルだった。おいしいと思ったことは一度もない。

「これ、前にも食べたことあった？　ダストフォールの前に」

「食べようとしたことはあるけど、お母さんに止められた。子どもが食べるものじゃないって」

「もともとこんな変な味なのか、腐ってるのかわかんないや。きっと腐ってるんだよね？　もともとこんな味だったら、売れてたはずないもん」

「さあね、世の中にはまずいものをわざわざ食べようとする人がごまんといるもの。そういう人たちは、もしかするとこんな世界でも大してへコんでないかも」

「たしかに。イルガチェフェのおじいちゃんとこで夏休みを過ごしたとき、体にいいからってマツとアオコガネムシを煎じて飲むのを見たん……」

カチリ。

わたしたちは同時に口をつぐんだ。窓の外から聞こえてきた金属音だった。ピンと張り詰めた静寂。そしてまたも、金属製のなにかがかち合うような音。

アマラがベッドから下りようとするのを首を振って制し、床を這って窓の横に張りつく。暗くてよく見えないが、複数人が路地の前に集まっていた。窓に耳をぴたりとつけると、女たちの騒ぐ声が聞こえてきた。

全部は聞き取れないほど早口のマレー語だった。通訳機を着けてもこの距離ではとらえきれそうになく、わたしはなるたけ知っている単語に集中しようとした。女たちは、どの家から調べるかについて話し合っているようだった。お願いだからここはやめて……。一階の入り口には家具を積み上げ、二階への階段もふさいでおいたが、安心はできない。アマラが声を出さずに言った。

（ハンター？）

わたしは首を振った。ドーム入り口のダスト警報機を無視して侵入し、防護服も着ていないから、わたしたちと同じ流れ者の耐性種だろう。それでも、たしかなことがわからない限り油断はできない。先月も、耐性種の連中に物資をすべてふんだくられたのだ。出くわさずに済むのならそれに越したことはない。

声を荒らげて言い争っていた女たちの声が、急に掻き消えた。足音が四方へ散り、ほどなく車のエンジンをかける音が聞こえた。アマラとわたしはじっと息を殺していた。エンジン音が徐々に遠ざかっていき、連中が路地から去ったのだと確信したわたしは、やっと窓から離れた。アマラもようやく安心したのか、深く息をついた。

「行っちゃったみたい。家もボロボロだし、どうせなにもないもの」

次の瞬間、ドンドン！　とドアを叩く音がした。アマラの顔がこわばった。音は階下から聞こえてきた。

（大丈夫。すぐ行っちゃうよ）

そうささやいたが、音はますます大きくなる。

わたしが屋根裏部屋の窓から飛び下りるのと、やつらと顔を合わせるのとではどちらがより危険だろう。そう頭を巡らせているあいだも、ドタドタいう足音はどんどん近づいてくる。再び窓へ手を伸ばすと、アマラが首を振った。どうしようというのか。わたしは震える手でかばんを探り、ナイフを取り出した。

頼むから来ないでくれと願う気持ちもむなしく、屋根裏部屋のドアがドンッと振動した。数度の衝撃が続くと、小さな掛け金はあっけなく吹き飛ばされた。粉々に砕けそうな勢いでドアが開いた。先頭に立っていたのは、やせっぽちで髪に強いカールのかかった女だ。後ろにほかの女たちも見えた。全部で四人。カール頭がにやにやしながら言った。

「おやおや、おちびちゃんたち。楽しい時間を邪魔しちゃったかな？」

カール頭は銃を持っていた。のんきに挨拶をしに来たわけではないらしい。

「なにもない。出てけって言うなら出てくよ」

わたしが低い声で言った。カール頭がさっと室内を見渡す。呼吸遮断器さえ着けていない耐性種。わたしたちと同じタイプの人間だ。だが、とても好意的には見えない。

「路地裏のホバーカーだけど、おちびちゃんたちの物にしては上等すぎない？　あたいらならもっと有効に使えると思うんだけど」

わたしはナイフを握る手に力を込めた。ドルフィンを渡すわけにはいかない。ドルフィンを失うことはすべてを失うことに等しい。アマラも同じ思いなのか、いつの間にか拳銃をかまえている。

カール頭は愉快そうな笑顔を向けながら言った。

「いいからゆっくりお話でもしないかい。お茶でも飲みながらさ」

女たちは、ジョホールバルのドーム入り口のトリックを簡単に見抜いたらしい。言うならば、わたしたちが一週間もハンターの目をくぐってここにいられたのは、壊れた警報機のおかげだった。ドームシティの入り口にあるその巨大な警報機は、もとはダストの流入を防ぐために設置されたものだ。ところがドームが壊滅すると、その目的はもちろん機能までも失われた。いまでは最大レベルのダスト濃度が赤い数字で表示されていて、末尾の数字が7から9のあいだを行き来しているためにいっそうリアルだった。その測定値を疑う者はいないと思われた。

もちろん、わたしとアマラはその数値が正しくないことを知っていた。不完全耐性種であるアマラはダスト濃度が高い場所では急激に調子を崩すのだが、ここでは平気だった。わたしたちは警報機を何度かテストし、それが自分たちに都合よく壊れているという結論に至った。

幸いにも、屋根裏部屋に押し入ってきた女たちがわたしたちを追い出すことはなかった。

「それにしたって目立ちすぎさ。ホバーカーはもっとちゃんと隠しておかないと。ハンターたちにばれて死ぬか、あたいらに盗まれるのがいやならね」

女たちはわたしたち同様、壊れた警報機が気に入ったようだった。それまでの廃墟では、ともすればハンターたちに押し入られ、彼らが使う生体感知器の超音波のせいでノイローゼになっていたが、ここならハンターも寄り付きそうにないと言って笑った。

女たちはわたしたちとは二ブロックほど離れた路地で、アジトにふさわしい二階建ての家を見つけた。もとの住人の非常食はなにひとつ残っていなかったが、寝床として使うにはじゅうぶんらしい。女たちは自分たちのことを、タチアナ、マオ、ステイシーと紹介した。絶対に名前を明かさなかった残りのひとりは、屋根裏部屋のドアを叩き壊したやせっぽちのカール頭だ。あとの三人も彼女の名前を知らず、〝やせっぽち〟と呼んでいるのだと言った。

数日後、タチアナが路地からやや離れた空き地でたき火を起こした。初めはその焦げ臭さと熱気から、ハンターたちの襲来ではないかと慌てた。この人たちには怖いものなどないのだろうか？　あまりに軽はずみだと思ったが、グループのうちふたりが警察出身であること、武器さばきも見事なものだと知ってからは、その余裕ぶりにも合点がいった。アマラが拳銃を向けたときは内心笑っていたことだろう。

たき火のそばに座るとキャンプに来ているような気分になり、わたしはそんな自分に驚いた。廃墟と化した都市でキャンプだなんて。わたしとアマラは低い声でぼそぼそと言葉を交わした。女たちの声はもう少し大きかった。ステイシーが、今日のためにとっておいたというビスケットをふた箱出してきた。初めて見る銘柄で、ちょっぴり塩味が効いていた。表面に怪しいまだらがあったものの、味はよかった。

女たちはみんな、ムラカが壊滅すると同時にそこから逃げてきた耐性種だった。わたしたちもカプセルを求めて何度も立ち寄ったことがあったから、ムラカとその周辺の廃墟についての話で盛り上がった。わたしとアマラから情報を聞き出そうとしているのではないかとも疑ったが、話をするうちにそんな考えも消えた。彼女たちはすでに、わたしたちよりずっと多くを知っていた。

翌日、わたしはお腹を壊して死ぬ思いをした。わたしたちをハンターたちに売り飛ばすかドルフィンを奪うために、わざと傷んだビスケットを食べさせたのだと思った。ところが、路地にある古い共用トイレに行ってみると、タチアナがほとんど死相を浮かべてドアの前にのびていた。

「ステイシー……あいつを殺さなきゃ。あたしたちを殺す気よ。口減らしのために」

わたしとタチアナはもがき苦しみながら、トイレの前に折りたたみ椅子を置いて一日中腹痛に耐えていた。ところが、たき火の前でビスケットをひと箱平らげたステイシー本人はけろりとしていて、わたしたちのはらわたを煮えくり返らせた。わたしの隣でビスケットを数枚食べたアマラも平気だったから、どうやらもともと腸の弱い人だけが犠牲になったらしい。

わたしたちは彼女たちともう数日共に過ごすことにした。別々の家に住みながらも、毎晩お互いの生死を確かめ合った。女たちはたき火の前や、時には携帯用のランプの前で、自分たちが見てきた廃墟の話を聞かせてくれた。わたしとアマラは主に聞き役に回った。久しぶりに会った安全な人々、正しくは、わたしたちを殺したり売り飛ばしたりしようとしない人々に出会えたことが嬉しくていろいろ話したかったけれど、アマラはそんなわたしに意味ありげな視線を送ってきた。アマラが警戒する理由もわかる気がして、わたしはどうでもいいことばかり話した。

「ところで、あのホバーカーはどこで手に入れたの？」

「ああ、それは……」

マオの問いにわたしは口を閉ざした。アマラの顔が瞬時にこわばり、警戒しているのが見て取れた。マオは、まずい、というように自分の口を叩いた。ステイシーがマオの肩を突いて言った。

「まるで奪い取ろうとしてるみたいに聞こえるでしょ」

「違うよ。あんなのめったにないから。いい腕もってんだなあって」

マオは笑ってごまかしながらも、まだ知りたがっている様子だった。

「ほんとに、偶然手に入れたんです。絶妙なタイミングで」

そう答えながらアマラの顔をうかがったが、とくに口止めするでもなかった。

「どうせ、いまはもうない研究所だから……」

わたしは、わたしたちが数カ月前まで閉じこめられていた研究所について話した。ムラカの避難所で、健康チェックという名目で研究員たちに採血されたあと、ある日突然ランカウイの研究所に移送されたこと、いいように取り計らってやると言ったのは嘘だったこと、そして、わたしたちにほどこされた苛酷な実験まで。

「ある日目覚めたら、警備ロボットが四方を歩き回ってて、研究所は侵入者によって崩壊しかけてた。これは二度とないチャンスだと思って、決死の覚悟で逃げて……ドルフィンもそのパニックのなかで見つけたんです」

細部はほとんど省略されていたが、わたしたちの身になにが起きたのかは、女たちにじゅうぶん伝わっている様子だった。

マオが話しはじめた。

「わたしたちはもともと、ドーム村を渡り歩きながら暮らしてたんだ。ステイシーは小児科の医者だったから、最初のうちはその腕のおかげで難なく迎え入れてもらえてた。でも、耐性種だってことがばれると、医師免許はなんの意味もなくなった。ハンターのやつらは、耐性種を捕まえようと村という村を襲ってる。わたしたちもしばらく目立たない所にいようってんで廃墟に移ったんだけど、いまじゃ完全に流れ者。こんな格好でドーム村を訪ねて行っても、歓迎はおろか唾を吐かれるだろうね」

わたしは、医者というより大工のように見えるステイシーに驚きの目を向けた。わたしの視線に気づき、ステイシーが肩をすくめた。本当に医者なら、ひょっとしてアマラの状態を尋ねてみてもいいだろうか？　すでに具合が悪いと気づいているんじゃ？　もしも薬を少し分けてもらえるなら……。胸の内でそんなことを考えていると、アマラのほうが先に口を開いた。

「ドームシティじゃなくて、村に？　まだ村が残ってるんですか？」

「そう、ドームシティをまねてつくられた村。お粗末なドームで覆われた、小規模の。三、四軒の家しかない村もあれば、百人は住めそうなけっこう立派な村もある。でも、そういう所でも保護服を脱ぎっぱなしで暮らすことはできない。ドームの隙間からダストが入りこんでくるし、質の悪い集塵機は一日中回りっぱなし。ヘルメットにひびでも入ったら、十中八九肺をやられちゃう。ドームシティにくらべるとろくな暮らしじゃないわね」

「どこかには、ドームのない村もあると聞いたけど」

そう言ったのはアマラだった。わたしはアマラがその話を切り出したことに驚いた。ムラカとランカウイで、そんな村についてのうわさを聞いたことがあった。まるで伝説かおとぎ話のようだな。まず食いついたのはわたしで、ありえない、と一刀両断したのはアマラだった。

マオとステイシーは顔を見合わせ、くすくす笑い出した。

「そのうわさならわたしたちも聞いた。住人たちからフリムと呼ばれてる場所で、巨大な温室があるって話」

「その村がどこにあるかを？」

アマラの質問に、カール頭が割って入った。

「見つけようなんて思わないことだね」

「……」

「耐性種が集まって暮らす天国みたいな村だなんて、いかにも怪しいじゃないか。罠だとは思わないかい？　アリ地獄と変わらないよ。誰もが崖っぷちに立たされてるから、そんな夢見たいな話に騙されるのさ。ピュアなお嬢ちゃんたち、そんなデマに惑わされてないで、賢く生き残る方法を考えるんだね」

アマラは多少気を悪くしたように言い返した。

「わたしはただ、うわさの真偽を確かめたかっただけです」

「バカ。そんな質問した日にゃ、一瞬で相手に見くびられちまう。あんたらは生っちょろいガキんちょだよ。ホバーカーをあんだけ堂々と置いてたら誰に盗まれたっておかしくない。少なくともカモフラージュモードにしとくんだね。バッテリーが底をついたんじゃないなら」

わたしは黙ってカール頭をにらんでいたが、最後にはうなずいた。世間知らずのガキに見えたに違いない。でも、わたしたちに悪意をもっていないことはわかった。女たちは食べ物や薬を分けてくれはしなかったが、いずれにせよわたしたちに最善の好意を示していた。流れ者が流れ者に示すことのできる、最大限の好意を。

その夜、アマラはベッドに横たわってこうささやいた。

「あの人たちのこと、信じちゃ駄目よ。いつ豹変するかわからない」

アマラがそう言う理由はわかっていた。これまで受けてきたひどい仕打ちを思い浮かべた。理由のない親切などない。対価を求めない好意もない。だから、好意はできる限り利用し、相手がなにかを求めはじめたら逃げ出すのだ。

ジョホールバルまでの道中で出会った青年は、わたしたちを三日も自宅の倉庫に泊めてくれた。そして、母親が死にかけている、少しだけ血を分けてくれと懇願した。わたしは自分たちの血になんの効果もないと知っていたけれど、彼があまりに必死なので一瞬心が揺れた。ここまで信じているのだし、助けてもらったのだからいいんじゃないか。

そのとき、アマラがわたしの目を見据えて言った。

（血をあげても死んだら、そのときはなにをされるかわからない）

闇に紛れて逃げるわたしたちに向かって、彼は何発も銃を撃った。そして、ほえたける野犬のように泣き叫んだ。わたしたちはドルフィンに乗りこんでなんとか逃げおおせたものの、一瞬でももたついていたら死んでいたかもしれない。でも、それからしばらく、少しでも血を抜いて置いてくれればよかったと後悔した。彼がもう数日でも希望にすがれるチャンスを与えるべきだった。本心は別にあったにせよ、わたしたちに親切にしてくれた人は多くないのだから。

時にはこんなことを思う。耐性をもっているということが、ほんのわずかでも強さにつながっていたならと。初めて避難所で診断を受けたとき、わたしとアマラは内心飛び上がるほど嬉しかった。耐性があるということは、すべての人が死にゆくあの外の世界でも安全だということ、生き残る可能性が高いということを意味していた。だから、少なくともわたしたち姉妹は生き残れるのだと思った。その判断は半分だけ正しかった。わたしたちがダストに殺されることはない。アマラも、あの忌々しい実験に遭うまでは元気だった。その代わり、別のものに殺されそうになった。ダスト以外の、あらゆるものに。とはいえ、最悪の状況に置かれているわけではなかった。耐性種ではない人々、なかでも幼い者や弱い者はどんどん死んでいった。なにもかもが身震いするほどいやだった。自分で選ぶことのできなかったあらゆる現実が。


二日後、わたしたちはジョホールバル近郊を探索した。女たちの提案に従ったのだ。範囲が重ならないようにと、自分たちは中心エリアに物資が残っていないか探してみるから、わたしたちはその外側を探査するようにというものだった。そのせいでアマラは朝から機嫌が悪い。

「どうせ子どもだからって見くびってるのよ。自分たちが中心のほうを見たいだけでしょ。周辺になにがあるっていうの？　そもそもドームから外れた地域なんて、とっくの昔に廃れちゃってるわよ」

わたしの考えは少し違った。どのみち同じ地域でひと握りの資源を取り合うくらいなら、割り当てられた区域以外は手をつけないと取り決めておいたほうがいい。そんな合意もなしに、わたしたちを脅して物資を奪い取った耐性種もひとりやふたりではないのだから。

ジョホールバル近郊は、予想どおり悲惨な状態だった。それでもわたしたちは、無傷の栄養カプセルを何箱か見つけた。なにより嬉しかったのは食料品の倉庫を見つけたことだ。よく見ると、倉庫の奥にダスト過飽和地帯ができていて、誰も近づく気になれなかったらしい。アマラを外で待たせてひとりでなかへ入り、食料品を手に入れた。表面にこびりついているダストの粒子を払い、アマラと一緒にひとつずつ調べた。ほとんどは高濃度のダストに汚染されていて捨てるしかなかったものの、しっかり密封された缶詰は開けてみる価値がありそうだった。アマラは、運がよければ缶詰料理を食べられるかもしれないと喜んだ。

朝から午後遅くまで歩き回り、十日分はありそうなカプセルと浄水フィルターを手に入れた。物資をドルフィンに載せ終わると、わたしはさっきから気になっていた建物を指差した。小さな本屋だった。

「ちょっと休んでいこう」

ここを立ち去る際、人々は本にはほとんど手をつけなかったらしい。床には数冊の本が転がっていた。拾ってめくってみると、わたしには読めないマレー語だった。アマラはマレー語が読めるけれど、本には興味がなさそうだった。店主とおぼしき死体が二階へ続く階段にもたれかかっている。アマラは壁の装飾品を見て回り、わたしは店の隅の安楽椅子に腰かけた。

そろそろ次の行き先を考えなければならない。わたしたち以外の耐性種がジョホールバルにやって来たということは、また別の人々がやって来る可能性も測り知れないのだ。でも、どこへ？

まだ行き先は残っているのだろうか？　答えのない問いが頭のなかを巡り、わたしはぎゅっと目をつぶった。

ひと眠りして目覚めると、異様な気配を感じた。アマラがひどく咳きこんでいる。窓の外が赤く、夕焼けかと思ったが、起きて確かめると霧のようだった。ダスト急増のサイン。

「姉さん、戻ろう。ここは危ない」

アジトとしている屋根裏部屋はアマラのためにきっちり密閉してあるから、外部のダスト濃度には影響されないはずだ。ドルフィンに閉じこもることもできたが、アマラがゆっくり休むには狭すぎる。なにより、女たちが気掛かりだった。みんな完全耐性をもっているのだろうか？　もしもアマラのように不完全耐性しかないなら、ダストスモッグがジョホールバルの中心に到達する前に警告してあげなければならない。

だが、損壊したドームの入り口まで戻ったとき、異変に気づいた。つねに高濃度のダスト数値を示していた警報機が消えている。そこにつながれていたソーラー発電機も運び去られていた。

アマラはドルフィンを警報機の脇に停めた。わたしは不安な気持ちで、静寂に包まれた都市を見つめた。損壊したドームはもとの形をとどめてはいないが、風を防ぐ効果はあるのか、霧はまだ深くない。

「姉さん、わたしが見てくるからここにいて」

「駄目よ、一緒に」

咳のせいでまともに歩けそうもなかったが、アマラはわたしをひとりで行かせるわけにはいかないと言い張った。わたしたちは息を殺して歩いた。足音さえも耳を打つように聞こえるほど不気味な静寂が漂っていた。たき火の跡が残る空き地を過ぎ、狭い路地を進んですぐそこにアジトが見えてきたときだった。銃をかまえたハンターたちがぬっと現れた。

「あの耐性種のやつら、嘘はつかなかったみたいだな」

保護服で顔を覆った男がにたりと笑いながら言った。

「おまえらのことさ。自分たちより二十歳は若いから高く売れるだろうって」

アマラの視線がわたしに向かった。頭が真っ白になりながらも、なんとかポケットに手を伸ばす。次の瞬間、わたしたちは同時にダスト弾を投げた。研究所から盗んできたものだ。ハンターたちが悪態をつきながら追いかけてくる。わたしたちは死に物狂いで路地と路地のあいだを走り抜け、ゴミ箱を倒して彼らの行く手をふさいだ。広場に出ると、ドームの入り口に赤い霧が迫っているのが見えた。連中は霧を前にややたじろぎ、三人は立ち止まったが、厚い保護服を着たひとりは後をついてきた。アマラがもうひとつダスト弾を投げると、相手は身をすくめた。わたしはポケットをまさぐった。ダスト弾はもう残っていなかった。

アマラがドルフィンのドアを遠隔解除するのをよそに、わたしはアマラを追い越して別の方向へ走った。

「ナオミ！　どこへ行くの？」

確かめたいことがあった。背後でアマラが戻ってこいと叫んでいる。わたしは二ブロック先の、女たちがアジトにしていた家の前で立ち止まった。ドアは力を入れるまでもなく、あっさり開いた。なかに女たちの死体があった。なにが起こったのかは調べるまでもなかった。声を張り上げたかった。怒りをぶつけたかった。でも、ここは耐えねばならない。わたしは床に落ちていたステイシーの上着を拾い上げた。

路地から出た瞬間、ハンターのひとりに追いつかれた。ほかのハンターより保護服を重ね着しているせいで動きは鈍かったが、わたしを制圧するにはじゅうぶんな体格だった。もう少しで捕まりそうになった瞬間、ステイシーの上着を広げて相手の視界をふさいだ。男がもがいている隙に、ナイフで保護服を切りつけた。男が悲鳴を上げながら「このクソアマが！」と伸ばしてきた手にナイフを突き刺し、地面を転がる。男は懐をまさぐって銃を出そうとしたが、破れた保護服を見て明らかに動揺していた。ダストはこりごりだが、いまこの瞬間だけは、ダストがこのクズを仕留めてくれることを願った。

「ナオミ！」

アマラがわたしを呼んだ。ハンターは咳きこみながら地面に倒れると同時に、片腕でわたしを押し倒した。男の下敷きになるや、あばら骨が折れたかのような激痛が走った。わたしは必死で這い出ながら、ナイフでハンターの目を、ひびの入ったヘルメットを狙った。ヘルメットの表面をナイフが滑る。男が「うわ！」と叫びながら拳を振り回す。もう一度目を狙ったが、今度も外れた。わたしは彼の上にまたがり、容赦なく目を刺した。苦痛に満ちた悲鳴が響いた。

「いいから早く！」

アマラの声に、ようやくわれに返った。逃げるためではなく、怒りに任せてハンターの保護服をめった切りにしていた。男は急性中毒症状を見せていた。ヘルメットの奥が赤い息で満たされていく。男はわなわな震えながら血を吐いた。わたしは彼を蹴りつけてから立ち上がり、赤い霧で満ちた広場を横切ってアマラのもとへ戻った。

アマラがドルフィンのエンジンをかけた。わたしはアマラの手首をつかんで言った。

「アマラ、わたしが」

「ナオミは後ろに。お願いだから落ち着いて」

「あいつら嘘をついてた！　あの人たちがわたしたちを売り渡したって。その言葉を信じるところだった。やっと出会えた、唯一いい人と言える人たちだったのに。もう少しで信じるところだった！」

「けっきょくハンターも死んだじゃない」

「まだ死んでない。ひとりだけ、それもまだ死んでない」

「ナオミ、黙って乗ってちょうだい」

「待ってくれたら全員殺せたのに」

アマラはそれ以上何も言わず、怖い顔でわたしをにらんだ。わたしは口をつぐんだ。アマラがどうしてそんなに落ち着いていられるのか理解できなかった。

でも、廃墟を出たところで、アマラが操縦レバーを握り締めたまま泣き出したせいで、わたしはなにも言えなくなった。代わりに、死んだ人たちの顔を思い浮かべた。彼女たちの言葉を記憶にとどめたかった。愛着をもたずにどこへでもいいから逃げること。一カ所にとどまりたいと思った瞬間、死につながるんだから。そして最後に、四人の名前を口のなかでつぶやいた。タチアナ、マオ、ステイシー、それから……わたしは首を振った。どれもいつかは忘れてしまう名前なのだ。

＊

ジョホールバルを発ってからというもの、アマラの体調は目に見えて悪化していた。廃墟を見つけるとそこでいちばんみすぼらしい家を探し、ダクトテープで隙間という隙間をふさいで眠ったけれど、数日後にはまた旅立たなければならなかった。長く居座ればそれだけ見つかりやすくなるだろうから。これ以上どこへ行けばいいかわからなかった。女たちが襲われる前にアマラの状態を診てもらっていればと後悔し、そのたびに自分を責めた。

ランカウイから逃げてきた当初、わたしたちはムラカ周辺で母を捜そうとしていた。ダストフォール直後に逃げこんだ避難所がムラカにあったからだ。でもこれまでのところ、足取りや手がかりは見つかっていない。生きるのに精いっぱいだった。ふるさとのエチオピアに帰ることも考えた。親類がまだ生きているかもしれないという希望を捨てきれなかった。でも現実には、この小さなホバーカーでそんな遠くへ行けるはずもない。ダストというこの巨大な災害を前に、わたしたちのふるさとが無事だとも思えなかった。

ときどきラジオの電波を拾って、ドームシティから発信される放送を聞いた。その声に乗って聞こえてくるのは、死の知らせばかりだった。ラオスのドームシティが内紛によって破壊された、外部の荒くれ者たちにドームシティが攻撃されている……ある日など、リポーターが破壊された避難所のリストを読み上げるのを聞いた。

――すでに数カ月前に機能を喪失したものとみられ、入ってきた情報によれば生存者はいないとの……

わたしはアマラの耳にその避難所の名前が入らないことを願ったが、アマラは私の隣でしかと目を開き、ラジオに耳を傾けていた。それでも、わたしたちは泣かなかった。本当は最初から予想していたのかもしれない。ただ、わたしたちには目的地が必要だったのだ。でもいまとなっては、それさえもなくなってしまった。

わたしは、アマラがわたしのそばから消えてしまうのではないかと不安だった。この苛酷な世界でアマラまでいなくなってしまえば、生きていける気がしない。それなのに、アマラは自分がわたしの足手まといになっていると考えているようだった。一度、アマラが小さなリュックを背負って夜中にそっと出て行こうとするのを引き止めたこともある。

「どこ行くの?」

アマラは答えず、遠い目でわたしを見た。

「いま行っちゃったら、それはわたしを見捨てるってことだよ。わたしを裏切るってこと」

ずいぶん長いあいだそうしてにらんでいると、アマラはようやくベッドに戻って目を閉じた。でも、アマラが朝まで起きていたことは荒い息遣いからわかった。

ドルフィンも日増しに劣化していき、日に二時間ほど走ると残りの時間は充電にあてなければならなかった。そのためわたしたちは、一度に移動する範囲を狭めざるをえなかった。もう少し性能のいいバッテリーがあればと思ったが、今のアマラには一日かけて廃墟の鉄くずの山を物色することさえきつそうだった。

そんなもどかしい日々がひと月ほど続いたころ、ある日アマラは、わたしが持ってきた栄養カプセルには手もつけず、疲れた顔でこう言った。

「いろんな人から聞いたでしょ、あの場所のこと」

「どこ？」

「隠れ場のことよ」

アマラがなにを言おうとしているのかわかった。でも、まさかそんなことを言い出すとは信じられなかった。

「行ってみよう。耐性種が暮らしてるって場所に……」

アマラの気持ちを知りつつも、目をそらせたかった。アマラはいま、そんなうわさにしがみつきたいと思うほど追いこまれているのだ。うわさのなかの村がかつて本当に存在していたとしても、長くはもたなかっただろう。ドームシティであろうとそれ以外の小さな村であろうと、あらゆるコロニーは滅亡に向かってひた走っていた。安全な場所、希望のある場所などなかった。

でも、そう知りながらも、わたしはこう答えるしかなかった。

「うん、姉さん。行ってみよう」

情報を得るのは簡単ではなかった。そもそも、簡単だとも思っていなかった。そんな隠れ場があるなら、外部の人間にむやみに情報を漏らしたりはしないだろうから。わたしたちはハンターたちを避けて廃墟から廃墟へと移動を続け、耐性種に会うと手持ちの物資と情報を交換した。だが、ほとんどの情報は役に立たなかった。

一度、人々のいう隠れ場らしきものを見つけたこともある。メルバで会った耐性種から、ひと月ぶんの栄養カプセルと引き換えに教えてもらった場所だった。クアラルンプールのケポン地域から北西へ向かうと近郊に森が広がっていて、そこに十年前まで山林研究所として使われていた建物と小さな村があるという。わたしたちはさんざん迷った末に村とおぼしき場所に着いたものの、研究所は空っぽで、周囲の建物も残骸しか残っていなかった。研究所の手前で見つけた三角屋根の温室は、中も外も雑草で覆われ、それもすべて枯れていた。わたしたちはそれでも、その森に踏み入ったときに感じたわずかな安堵の瞬間をもう少し味わっていたくて、崩れ落ちた温室で一夜を過ごした。

尋ね回った末に、たしかな座標を知っているという耐性種たちに会った。対価はドルフィン。もしもアマラが少しでも躊躇していたなら、わたしもそこで思いとどまっていただろう。でも、アマラの決心は変わらなかった。わたしにはそれが、アマラが希望を失いつつあるのだと感じられた。

その点を指摘しないまま、アマラを支えるようにして廃墟を出たわたしは、タイヤの付いた旧式の車で座標の示すポイントへ向かった。旧式の車は車体が大きすぎ、足が床から離れがちで運転しにくかったが、途中で止まることはできなかった。アマラは後部座席で寝返りを打ちながら、ときおり咳きこんだ。

決してわたしたちを迎え入れようとしなかったドームシティを横目に走りつづけた。わたしたちを騙して偽の薬を売りつけたドーム村も通りすぎた。完全な荒れ地となった近郊地帯をひた走り、木々が死に絶えた森へ入った。

座標に向かって車を走らせながらも、その隠れ場が本当にあるとは信じていなかった。それでも森を目指したのは、いまこの時が、わたしとアマラが共に過ごせる最後の瞬間なのかもしれないという予感のためだった。

彼らに聞いたのはかつての国立公園、当時は登山客もいたが、いまは人足の途絶えた森だった。ゆるやかな上り坂だが、奥がのぞけないほど木々が密集している。わたしとアマラは森の奥へ進むにつれ、奇妙な気配を感じ取っていた。死体の一部が腐敗したオランウータンや、まだ生きているかのような怪しい植物。夜が訪れてすべてを諦めかけたころ、わたしは温かな黄色い光源を見つけた。それは密林のいちばん高い所から放たれていた。

希望を見つけた。

だがそんな考えはたちまち打ち破られた。暴漢たちにとりかこまれ、武器を突きつけられた。わたしは悲鳴を上げながらアマラを呼んだ。死がすぐそこにある。少なくともそのときはそう感じた。

*

闇。濃い闇が目の前にあった。まばたきをすると、なにかがわたしの目をしっかりと覆っているのがわかった。闇ではなく布、あるいはそれに似たなにかだった。

「名前は？」

女とおぼしき低い声。

「答えろ」

「ナオミ。ナオミ・ジャネット」

「この場所についてどこで聞いた？」

わたしたちになにを求めているんだろう？

「早く答えろ」

冷たい金属が額を押す。にわかに恐怖が押し寄せてくる。

「すみません。耐性種の人たちから聞きました。廃墟で会った耐性種たちに。アマラは助けてください。わたしは……わたしは強い耐性をもっています。血をあげます。二日に一度までなら耐えられますから、必要ならいくらでも」

「おまえらの血を？　使い道は？」

「耐性種の血はダストの抗体をもってるから……輸血すれば……」

「なにをたわごとを。外じゃマヌケどもがなにやらばかをやってるようだ」

「姉は、アマラはどこに？」

「おまえ、なんて聞いてやって来た？」

「姉さんは……」

「答えろ」

「うわさを聞いたんです。ムラカで……ランカウイ研究所でも。隠れ場があって、そこに耐性種が集まって暮らしてるって。座標をくれたのは、最近出合った耐性種たちです。正確なものではありませんでした。国立公園だということぐらいしか……ここにたどり着くまでにずいぶん迷いました」

自分がなにを言っているのかもわからないまま、しどろもどろに答えた。言葉が途切れるたびに耐えがたい静寂が流れた。わたしの話を聞いているのは誰なんだろう。ここには何人いるのだろう。吐き気がした。突つかれれば本当に吐いてしまいそうだった。

「ランカウイ研究所？」

女が不愉快そうにくり返した。

「悪いけど、ここに迎え入れることはできない。決まりなんだ。でも、おまえたちを追い払えば……心配なのは、どっかでここの座標を言いふらすんじゃないかってこと。そいつらもなにかと引き換えに情報を売ったんだろう？　それならおまえたちも、ここの座標を売り物にするだろうし。どうしたもんだろ、舌を引っこ抜けば話せなくなるかな？　でも、おまえはしっかりしてそうだから、文字も書けるだろうね。はて、困ったもんだ。記憶を消すこともできないし」

いまにも舌を引っこ抜かれるのではないか、額に突きつけられた銃を撃つのではないかとびくびくした。でも、最後に頼んでおかねばならない。わたしはごくりと唾を呑んでから訊いた。

「ここに医者はいますか？」

「……」

「わたしはどうなってもかまいません。でもどうか、一度でいいんです、アマラ姉さんの状態を診てくれませんか。研究所でひどい実験をされて……それ以来体調が思わしくないんです。理由もわかりません。どんな薬を飲めばいいのかも。体は大丈夫なのか、それだけ知りたいんです」

「どうしてわたしたちが？」

「わたしは使い道があるはずです。耐性が強いので。実験台にされてもかまいません。そこまできついものじゃなければ耐えられます。ランカウイの研究員たちも、これほどの完全耐性は珍しいと言ってました。だからアマラを診てください。お願いします……」

「いやはや、まったく」

女がチッチッと舌を鳴らした。背後からまた別の声が聞こえたが、英語ではないので聞き取れなかった。床を踏む足音が近づいてきた。

彼らは縛られていたわたしの腕を自由にしてくれた。視界はいまださえぎられたままで、体中の力が抜けてぴくりとも動けなかった。誰かがわたしの口を開け、温かい液体を流しこんだ。それがなんなのか、どんな味がするのかもわからなかった。彼らはなんの説明もなしにわたしを壁にもたせかけ、どこかへ行ってしまった。わたしはそのまま床に倒れて眠ってしまった。


気絶したように眠っているあいだ、自分がベッドへ運ばれているのを感じた。夢うつつのなかで思った。これで終わりだと。殺されるか、森の外へ追い払われるだろう。追い払われれば命は助かるだろうが、それはほとんど死を意味している。ここ、隠れ場を見つけることにすべてをかけていたわたしたちには……もうなにも残っていないのだから。

アマラは死んでしまったのかもしれない。そう思うと、心臓をわしづかみにされたような痛みを感じた。罠だ、そんなデマに騙されてはいけないと言ってくれた人もいたのに。その言葉を信じるべきだったのに。

目覚めたとき、わたしの目の前には意外な風景が広がっていた。

丸太を三角形に組んだ高い天井が見えた。わたしは、きれいに整頓された木造家屋にいた。寒気がし、体をこごめながら周囲を見回した。着ていた服は見当たらず、下着姿だった。

ベッド脇のサイドテーブルにメモがあった。

――バスルームに新しい服があるから、それを着て待ってて。

目を疑ったが、間違いなくアマラの字だった。

屋根を叩く雨の音が聞こえる。中で待てと言われても、外になにがあるのか、ここがどこなのか確かめずにはいられなかった。バスルームに向かうと、木製の棚に服が置かれていた。やわらかい質感の、上下ひとつながりの服を着て、腰の部分をひもでくくった。靴は見当たらず、裸足のまま外へつながるドアの前に立った。深呼吸をしてドアに手をかける。きしみながらドアが開いた。

まっさきに感じたのは、水気を含んだ空気だった。激しい雨音、しっとりと濡れた森の清々しい空気と土の香り。

曇り空のもと、家々が連なる丘陵が見えた。丸太小屋は高床式になっていて、雨水が地面へ向かって勢いよく流れ落ちている。頭上の三角屋根には、ヤシの木の細長い葉がしなだれかかっている。一歩踏み出すと、足下で木の板がギシッと鳴いた。もう数歩進み、木製の手すりをつかんだ。涼しく爽やかな森の空気が全身に染み入る。ふいに別世界に踏みこんだかのようだった。

「どうだい？　ここがおまえらの探してた場所だ」

声のするほうを振り返った。その声を覚えていた。視界をさえぎられた闇のなかで聞いた声のひとつ。体格のいい女が通路の前に立っていた。女は腕組みをして、雨のけぶる風景に視線を固定していた。

「あたしたちはフリムビレッジって呼んでる。予想よりこじんまりしてるだろう？　ごく小さな村だよ」

フリムビレッジ。ジョホールバルで会った女たちもそんな名を口にしていた。だとすれば、ここがまさしくわたしたちが探し求めていた隠れ場だった。わたしは手すりの向こうを見下ろした。坂道を下っていく雨水、細長いヤシの葉からしたたり落ちる雨粒、水たまりのそばで雨の風景を眺めている女、バケツを頭にのせて駆けてゆく人々。

雨も、風も、そのどれもが死とかけ離れていた。ダストはこの村を滅ぼさなかった。そこは……あたかも完璧にダストに適応した世界のように見えた。人間ばかりでなく、風景のなかのあらゆるものが。

キツネにつままれたような気分。嬉しいとか喜ばしいとかではなく、激しい怒りを覚えた。こんな場所が残っていたことを知らなかったなんて。

わたしは、存在してはならない村を目にしていた。ダスト時代に存在しえない風景を見ていた。

「いったい、どうしたらこんな場所が？」

女は答えない。

「みんな死んだものと思ってました。ドームの外では、みんな死んでしまったと」

問い詰めるような言葉が口をついて出た。

「どうしてここの人は平気なんですか？　どうしてここだけ？　なにかトリックでもあるんですか？　外ではどんどん人が死んでいってるのに、どうしてここは……」

女はこちらを振り向き、まっすぐにわたしを見据えた。短い沈黙のあと、女は前方に視線を戻しながら言った。

「そう。みんな死んだのに、この森だけが生き残ってる。おかしなことにね」


雨音を聞きながら家のなかでアマラを待った。小柄で華奢な体つきの女がやって来て、まだわたしたちの処分は決まっていない、アマラが村のリーダーと話し合っているから、戻るまでここで待てと言った。ヤニンという名前のその女に、拳大のパンと得体の知れない飲み物を渡された。

「パンは残してもいいけど、こっちは全部飲んだほうがいいわよ」

ヤニンはそっけない態度でそう言い、出ていった。

わたしはかごに入ったパンと飲み物をにらんだ。耐えがたい空腹が襲ってくる。栄養カプセルではない、本物の食べ物がそこにあった。パンは硬そうに見えたが、噛んでみると思ったよりやわらかい。一瞬でパンを平らげた。飲み物は薬草と果物を混ぜたような、なんともいえない味がした。わざわざ全部飲んだほうがいいと付け加えるくらいだから、毒か睡眠薬かもしれないとも思ったが、それも飲みきった。

あとになってアマラのことを思い出した。姉さんはなにか食べたんだろうか。残しておけばよかった。いったいどこへ行ったんだろう。どうして姉さんだけ連れて行かれたんだろう。この村の正体は？

ヤニンによれば、わたしとアマラの受け入れ如何はまだ決まっていない。わたしたちは非力な女の子にすぎない、追い出される可能性のほうが高いだろう。でも、もしもわたしたちにできることがあるなら、どんなことでもやらせてもらえるなら……。

空になったかごを見ながら考えた。どうせこれが最後かもしれないのだから、おかわりを頼めばよかったと。

ずいぶん経ってから、ドアの開く音でわれに返った。

「アマラ！」

最初はアマラの表情がこわばっているように見え、胸がひやりとした。でも、黙ってわたしの前に座ったアマラの顔に徐々に変化が浮かんだ。

「ナオミ、ここは本当にすごい所よ」

浮かれた顔でアマラが言った。

「ここの人たち、耐性種もいればそうでない人もいるんだけど、とにかく、なしとげたのよ。つまり、ドームの外での暮らしを。どうしてそんなことが可能なのかはわからないけど、とにかく、あなたも外へ出てみれば……」

「姉さん、なにがなんだかわからないから、落ち着いて話してよ」

わたしが言うと、アマラは深呼吸した。その姿に、わたしも少し緊張がほぐれた。

「話し合いの末にね、わたしたち、受け入れてもらえることになったの」

「話し合いじゃなくて拷問でしょ。目隠しをされて脅されたんだから」

わたしはふくれて言った。アマラは小さく肩をすくめて言った。

「そうね。ここの人たちが言うには、この半年、新しい住人を迎えていないらしいの。それに、ここの情報を外部に漏らすことは固く禁じられてるんだけど、わたしたちがうわさを聞きつけて座標まで手に入れてたことが、ある種の脅威のように感じられたみたい」

「それで、けっきょく話はついたの？」

「村の人たちに協力するって条件で。ここの人たちは情報が漏れ出るのをふせぎたがってる。つまり、わたしたちがどこでどうやって情報を得たのか教えなきゃいけないってこと。ひょっとすると、これまでの道のり……そのすべてを知りたがってるのかも。それから、もうひとつ条件がある。わたしたちは二度とここから出られない。外部に情報が漏れるのを心配してるのよ」

「それが全部嘘だったら？　こっちの情報だけ聞き出して、口封じのために殺されたら？」

「わたしも同じことを考えたわ。そうね、そうなるかもしれない」

アマラは今度も冷静に答えた。

「わたしたちには選択肢がないの。仮にそうなるとしても」

そう聞いてわたしは一瞬顔をこわばらせたが、やがてうなずいた。アマラの言うとおりだった。ここで暮らしてもいいという言葉が嘘だったとしても、わたしたちにはもう選択肢がないのだ。こんな場所が存在していることを知った以上、外では生きていけない。出て行くくらいならいっそ死んだほうがましだ。わたしはアマラのまなざしからそんな決心を読み取った。

「ナオミ、信じられる？　ここではわたしも楽に呼吸できる。ダスト濃度が低く保たれてるみたいなの。それに、生きた作物もある。この村の丘には大きな温室があって、そこには……名前は教えてもらえなかったけど、とにかくそこに、ある植物学者がいるの。その人は温室に閉じこもって、そこでダストに抵抗性をもつ植物を研究してるのよ」

「その植物がこの村を食べさせてるってわけ？」

「正確には、植物学者にもらった種子を、村人たちが栽培してこの村が保たれてる。そんな関係が生まれたいきさつはよくわからない。さっきの話し合いのなかで、一部の女性たちはあたかもその植物学者を崇拝してるみたいだった……。でも、すべてが事実なら、それも当然かもしれない。だって、ダストに耐えられる作物だなんて！　それをなぜこんな森のなかで、たったひとりで研究してるのかしら？　ドームシティで引っ張りだこになりそうなものなのに」

あまりにたくさんの情報がなだれこんできたせいで、頭痛を感じた。森をさ迷いながら見たあの黄色い光は、もしかすると温室から漏れていたものかもしれないと思った。

「みんなに協力するの。でも、完全に信じてはダメ。ありったけの情報を教えることにしたのは、この村のリーダーであるジスさんとダニーくらいよ。ほかの人たちはまだよくわからない」

「オーケー」

「わたしたちが役に立つ存在だってことを証明するの」

アマラは希望を見つけたようでもあり、追いこまれているようでもあった。さっき目にした雨のなかの風景だけをとっても、その様子にうなずける。この村は、滅亡した世界に残された唯一の逃げ場なのだ。悲惨な避難所やわたしたちを実験台にしようとする研究所などではなく、正真正銘、人々が普通に暮らしている、ドームの外に存在する世界。いまだに夢を見ているような気分だった。屋根を叩く雨音が、これは現実なのだと教えてくれた。しっかりしろ、なんとかしてここで生き延びるのだと。

翌朝、わたしたちは会館へ向かった。閉鎖的な村であるだけに格式ばった自己紹介の場が設けられると思いきや、肩透かしをくらった。村は傾斜状の森に沿ってつくられていて、会館は坂道のふもと、渓谷が見晴らせる場所にあった。わたしたちを案内してくれたのは、丸太小屋の前で見かけた女だった。名前はダニー、この村のさまざまな業務を調整するのが仕事だという。会館で作業をしていた人々がこちらを振り向いた。その様子からして、ダニーはこの村でかなりの力をもっているようだ。顔にある深い傷や大きな体軀からも凄みを感じる。

わたしは会館の内部を見回した。雨は夜のうちにやんでいたが、いまだに雨をかぶった森のにおいが満ちている。湿り気を感じる床に、木製の椅子とテーブルが整然と並んでいる。三、四人の女が入り口寄りに置かれたテーブルのかごから、会館に立ち寄る人々に食べ物を配っているところだった。昨日ヤニンにもらったパンと飲み物だ。人々はパンを受け取りながら、アマラとわたしのほうをちらちら盗み見た。会館のいちばん奥で、わたしと同年代に見える子どもたちが集まってなにかしていた。野菜を小さく切ってかごに盛ったり、食材の下ごしらえをしたりしている。野菜はいま摘んだばかりのように新鮮に見えた。

さまざまな国籍の人が交じっているようで、それぞれがどこの出身なのかはわからない。座標上いちばん近いのは、多国籍都市であるクアラルンプールだ。おそらく、そこから多様な国の人々が集まってきたのではないか。女が多く、なかには性別のわかりにくい人もいる。聞こえてくるのは主に英語だが、マレー語や中国語、インドの言葉で話す人もいた。ダニーのように耳に通訳機を挿している人も多かった。

「急だけど、新入りを紹介するよ。リーダーとは合意済みで、今後こういうことはないはず。全体会議で改めてちゃんと説明するから」

ダニーの言葉にみながうなずいた。

「昨日話したように、アマラには作物の栽培を担当してもらう。今日から仕事を覚えるように」

アマラはうなずいてから、会館の隅で菜園用の農具を片付けている女性グループに合流した。

「ナオミって言ったね。あなたには別の仕事をしてもらう。ちょうど、いいパートナーになりそうな子がいる。先に来てろって言ったのに……ハル、遅いじゃないか、こっちへ」

たったいま会館のドアを開けて入ってきた子はわたしより少しだけ背が高く、黒髪に象牙色の肌をしていた。目元のぱっちりしたかわいい印象だが、表情はつんと澄ましている。

「あんまり急だったから。境界のパトロールで忙しかったんだもん」

「森の境界には近づかないように言ったはずだけど?」

ダニーの言葉に、ハルと呼ばれた子は無言で唇を突き出した。

「聞いてると思うけど、こっちは新入りのナオミ。今後はふたりひと組でパトロールするように。

ふたりなら想定外のことがあったとき、もう少しうまく対応できるだろうから。村の案内も頼むよ」

ハルはわたしのことが気に入らない様子だったが、ダニーの前でそんな素振りをするまいと努めているようだった。ダニーがほかの女たちのところへ行ってしまうと、ハルとわたしのあいだに静寂が流れた。ハルはぶすっとした顔でわたしをにらんだ。こんなふうに初対面で敵対心をむきだしにしてくる同年代の子を見るのは久しぶりで、ちょっぴり面食らった。

「なにぐずぐずしてんの？　ついてきて」

ぐずぐずした覚えはなかったものの、わたしは黙ってハルのあとに従った。

ハルはわたしより数歩先を歩きながら、依然怒ったような口調で村を説明して回った。会館の近くの平地には事務所と食堂、医務室があり、坂道沿いには人の住む家がぽつぽつと並んでいた。共用の建物はたいていレンガ造り、家は木造で、そのすべてが背の高い木に囲まれている。村まで目隠しをされていたため、そこが森のどの辺りなのかまでは把握できなかったものの、この村がかなり奥まった場所にあること、そして、かなりの高地であることがわかった。村は思っていたより広かった。村人の数はそこまで多くなかったが、ざっと見て、数十人はじゅうぶん暮らしていけそうだった。

しばらく丘を上っていたハルは、会館と似たような大きさの建物の前で止まった。見た目ではなにをする場所なのか見当がつかなかった。運動場のように整備された空き地があるが、遊んでいる子どもは見えない。

「ここは学校と図書館。十五歳以下の子どもは三日に一度授業に出なきゃならない。その日は任務も免除されるから、ちゃんと出席することね。授業をサボって遊んでたら、ペナルティぶんも仕事しなきゃいけないから」

「その任務っていうのは、さっきダニーが言ってた……森のパトロールのこと?」

「ほかにもいくらでもある。いま全部は説明できない」

パートナーに恵まれなかったおかげで、村についての詳しい情報はアマラに聞くしかなさそうだった。

ハルは、家の前に出ていた人たちに手を振って挨拶した。人々はわたしを見ると驚いたように仕事の手を止め、周囲の人たちとなにかささやき合ってから、わたしにも手を振ってくれた。村に新入りが来たといううわさはあっという間に広がっているようだ。なかにはそばでドローンを飛ばしていたり、作業用のロボットを伴っている人もいた。こんな森の奥までどうやって運んだのか不思議だった。電灯や小さな電子機器も見られることから、電気を使っているのだとわかった。

ハルはある人の名前は教えてくれ、ある人の名前は教えてくれなかった。建物についての説明も同様だった。早い話が、誠意がなかった。もう少し親切に説明してくれれば頭のなかでまとめやすかっただろうに、ハルはあくまで義務でやっている様子だった。否が応でもこちらは相手に合わせなければならない立場で、だからじっと黙ってついて行ったのに、どうやらそれがハルの気分を逆撫でしたらしい。

夕方になり、ハルは木製の椅子にどかりと腰かけた。わたしはハルの隣に座っていいものかわからず、黙ってその前に立っていた。

ハルはわたしをにらみながら言った。

「あんたさ、いったいどうやってダニーを丸めこんだの？」

「丸めこむって？」

「パトロールは重要な任務よ。機密を扱うんだから、誰にでも任せられるような仕事じゃない。どこの馬の骨ともわからない外部の人間に任せるなんておかしいでしょ」

この年代特有の虚勢だろうと思ったが、まなざしは真剣そのものだった。大人にはほど遠いガキに村の機密を扱わせるとは思えなかったものの、ひょっとすると本当に情報を売り飛ばした人がいたのかもしれない。それなら、これほど攻撃的な態度も理解できる。わたしはハルと向き合い、やや諦めの混じった気分で言った。

「なにか誤解してるみたいだけど、ダニーを丸めこんだことはない。むしろこっちが拷問されたくらいよ」

「嘘。ダニーがどうしてそんなこと」

「嘘じゃない。手首を縛られて、目隠しをされて、最初はわたしたちを殺そうとしてるんだと思った。武器を突きつけられて……これでもかって脅されたから。ダニーがどうしてわたしにパトロールを任せたのかは知らない。こっちが訊きたいくらいよ」

ハルは少々大げさなわたしの言葉に驚いたようだった。だがしばらくなにか考えていたかと思うと、やがて事情が理解できたというように腕組みをして言った。

「そんなの拷問に入らないよ。村のルールはすごく厳しいんだから。生き残るためにはそれくらい仕方ないでしょ」

ひらりと態度をひるがえす姿は小憎らしいが、どこか生意気な妹のようでもある。わたしは冷静に答えた。

「オーケー。受け入れてもらったんだから、頑張るよ」

それを聞いて、ハルは意外そうな表情を浮かべた。わたしはハルから視線を移しながら言った。

「気に入ってもらえなくても仕方ない。外の世界へ戻るくらいならいっそ死んでやる」

ハルのような子に冷たくあしらわれるくらいなんでもない。わたしはなんとしてでもここに居座るつもりだった。かといって、自分の気持ちを正直に伝えてハルを不愉快にさせる必要はないだろう。じっと口をつぐんでいると、意地悪する気がいっきに失せたように、ハルが尋ねた。

「アマラとあんたは、どうやってここにたどり着いたの？　いままでどこに？」

わたしは静かに答えた。

「それは……機密事項よ」

ハルはしばし自分の耳を疑うかのような顔でわたしを見ていたが、やがてくすりと笑って言った。

「バカにしてるの？」

「そうじゃなくて、本当に機密事項なのよ。数人の大人だけに話すことになってる。わたしたちがどこでこの村についての情報を入手したのか、どうやって探し出したのか知りたがってるみたい」

ハルは腕を組んだままわたしの話を聞いた。

「だろうね……でも、これはわかっといて。ダニーの知るところとなれば、いずれわたしの耳にも入る。わたしたちはどんな秘密も共有する仲だから」

ダニーとハルはどういう関係なんだろう？　まったく似ていないから家族ではなさそうだ。そんなことを考えていると、ハルがくるりと向きを変えて言った。

「行こ。この村でいちばんすてきな場所を見せてあげる」

わたしとハルは、階段状に敷かれた平たい板を踏んで丘を上った。その向こうには目を見張るような風景が広がっていた。なだらかな坂に沿った広大な耕作地。ハルはそこを菜園と呼んだけれど、それにしてはかなりの面積がありそうだった。

いったいどうやって木々を伐り、土地をならしたのだろう。一方には室内栽培用のビニールハウスが集まっている。サトイモ、サツマイモ、バナナ、ハトムギ、ヤム、ハーブが育てられていた。ダストフォール以後はドームの外でこんなふうに植物が育つ姿を見たこともなく、まるでなにかの資料や古い風景画を見ているような奇妙な感覚に陥った。とても現実とは思えなかった。

「近寄らないで。むやみに立ち入って作物を傷めると困るから」

ハルが静かに警告したが、いざ菜園で作業をしていたヤニンは、わたしを見つけると下りてくるよう手招きした。

「ナオミ、こっちこっち」

わたしはハルの顔色をうかがってから、慎重に坂を下っていった。

おずおずと畝間に入り、腰まである作物を見学した。ダストに負けない、すくすく成長している植物。こんなことが可能なのだろうか。生い茂る作物の合間に、熊手で草をかき集める人々が見えた。あとをついてきたハルがいかにも知ったかぶって言った。

「これ全部、レイチェルが温室でつくったんだ。温室生まれの植物はダストを浴びてもちゃんと育つの」

「つくった？　この植物を？」

「どうやったのかはわかんない。こっちが知りたいよ。レイチェルの顔を見た人もほとんどいないし。わたしだって、森のパトロールをしている途中に何度かガラス越しに見かけただけだから。レイチェルはいつでも温室のなかで実験をしてて、わたしたちが知ってるのはそれだけ。レイチェルがこのすべてをつくったっていうジスさんの言葉を信じるしかないってわけ」

ハルは肩をすくめて見せた。

「作物を植える時期になったら、温室でもらった苗をジスさんが村までリヤカーで運んでくる。いまは季節がはっきりしないから、庭や菜園の手入れをしたことのある大人たちが気温によって植える時期を判断するんだ。わたしもたしかなことはわからないけど、数十個に分かれたトレーに苗が入ってて、それを土に植えるの。大変だけど、ダストのせいで虫はほとんどいないからそれほど手はかからない。雑草もダストの耐性をもってないから、ほとんど生えないしね。そうして収穫のときが来たら村人みんなで手分けして、保存するものは保存し、料理して食べる」

「じゃあここには、あの見るのもいやな栄養カプセルもないってこと？」

わたしが訊くと、ハルはくすっと笑って言った。

「わたしたちの主食も栄養カプセルだよ。香辛料や油なんかはなかなか手に入らないし、ここですべての食材を作ることはできないから。でも、作物の収穫量は増えてってるし、大人は菜園の規模を拡大しようとしてる。温室の隣の研究所も、いまはボロボロだけど、修理して栽培室にしようとしてる。そしたらいつかは、栄養カプセルを飲まなくてもよくなるかもしれない」

ハルはじっとわたしの表情をうかがった。ちょっぴり得意げでもあり、わたしが感嘆の声を上げるのを待っているようでもあった。わたしは少し悲しい気持ちで言った。

「わたしは……外では、あの小さなカプセルが命綱だった。あんまりお腹が空いたときは、土やレンガでもいいから口に入れたかった。野生動物だろうと、虫だろうと、道端の雑草だろうと、生きてるものならなんでも。でも、生きたものなんてなかった……」

ここは違う。植物が育っていた。人々は保護服がなくても元気に歩き回っている。外の世界は死と隣り合わせなのに、この村は摩訶不思議な、奇妙な魔法で守られていた。

ハルはわたしの顔をちらりと見てから、そっぽを向きながら言った。

「わたしも外ではそうだった」

＊

ハルとわたしは週に四度、森を見て回った。ハルによれば、パトロールは村の機密を扱う非常に重要な任務ということだが、私の目にはたんなるお使いに近いように映った。大人から預かった物を村の端から端へと運んだり、バッテリー切れで墜落した巡回ドローンを畝間や谷間から拾い出したり、谷水の減少が見られればそれを報告し、丘の向こうにある発電所が問題なく稼動しているかチェックする。そういったありとあらゆる雑用がわたしたちの〝パトロール〟に含まれていた。本当に危険な仕事は、ジスさんが管理しているという巡回ドローンがこなしていた。

ドローンにはできない仕事もある。主に、森を回りながら植物の変化を観察するというのがそれだ。ハルはときどき、ジスさんからチェックリストをもらって来た。森の特定の地域に、指標となる木があるということだった。そのほとんどがダストで枯れていたものの、なかには珍しく生き返りそうなものもあった。ダストに耐えられる植物は菜園だけでなく森全体に影響を及ぼしていて、時には、一度成長の止まった植物が突然新芽を出したり枝を伸ばしたりという現象が見られることもあった。思えばこの森は、ひときわ変わった風景をつくり上げていた。ダストで死んだ森の大部分が黒く変色し、葉を落として朽ちていくのに対し、この森の木や草は青々としていて、成長はせずとも、干からびることもないまま保たれていた。なによりこの森では、カビや腐った丸太など、微生物の痕跡が見受けられた。時には、風がなくてもカサコソと動く落ち葉や、枝にかかったクモの巣を見かけることもあった。

パトロールのない日には、村人たちに分解薬を配るのを手伝った。フリムビレッジに来た初日にヤニンにもらったその飲み物こそ、体内に侵入したダストを分解する薬だった。その効果は未知数だったものの、アマラはたしかにこの村の薬を飲みはじめてから、以前より健康になったように見えた。分解薬はこの村をあらしめる魔法のひとつで、ごく少数の大人だけがその製造法を知っていた。当然、外への持ち出しは禁じられていた。

村の外で死にゆく人たちにもこの薬が必要なのに、と思わずつぶやいたわたしに、ハルはピシャリと言った。

「もしも外部に漏れたら、この村が無事でいられると思う？　分解薬に使われる植物はここでしか育たないのよ」

大人たちは三日に一度、会館に集まって小さな水筒に分解薬を分けた。ハルとわたしは、村の中心から離れた所に住んでいたり、早朝から働いている人のもとへそれを届けた。わたしが完全耐性をもっていると知ると、ダニーは無理に分解薬を飲む必要はないと言ってくれた。

村人全員にいちどきに会うことは、意外にも多くない。公のスケジュールは月に二度ある会議がすべてで、それ以外は各自の仕事にいそしんだ。その代わり、ダニーが村人たちを集めて夕食を共にすることがあった。ダスト以前のように豪勢な食卓とはいかなくても、食べられるものならなんでも料理してやろうという熱意に燃える人が村にはたくさんいた。

レイチェルが改造した作物にはマレーシア以外の地域で育つものも混じっていて、わたしたちは世界中の食材を目にすることができた。もちろん、主な栽培作物は決まっている。主食となるのは、黒豆、レンズ豆、挽いた穀物の芽、ジャガイモなど。香辛料と油は廃墟から見つけてくるのだが、傷んだ油を使ってお腹を壊すこともあった。食材はみんなで徹底管理した。主な栄養の供給源は相変わらず廃墟から見つけてくる栄養カプセルで、本当に運がないときはカプセルと水だけで飢えをしのぐ日もあった。けれど、作物がたっぷり穫れた日には、ハーブ入りの新鮮な料理をみんなでこしらえて食べた。

三日に一度は学校に行った。アマラは十五歳を超えていたから強制ではなかったものの、菜園を手伝うより授業に参加したいからと、教室のいちばん後ろの席で授業を聴いた。学校は、かつてこの村で保育園として使われていた建物を改造したものだった。図書館にはごくシンプルなマレー語と英語で書かれた本があった。大人たちは自分のよく知るテーマで、順に授業を開いてくれた。看護師だったシャイエンが手ほどきしてくれた負傷時の応急処置法や、ヤニンが披露してくれた森林の薬草についての知識、ジャガイモを使った十通りの料理法などは実生活にも役立った。でも、なかにはマレーの近隣国の歴史や基礎微分積分学といった、さしあたり必要なさそうな授業をする大人もいた。ハルは授業終わりにこうぼやいた。

「世界が滅亡しつつあるってのに、大人はなんだってこんな無駄な知識を教えたがるんだろ」

それを聞いて、わたしは考えた。世界が滅亡しかけているというのに、大人たちはなぜあえて学校など作ったのだろう。わたしをはじめ、子どもたちはたいていあくびをしながら授業を聴いていた。その一方で、黒板の前に立つ大人はいつも意欲に満ちていた。もしかすると、これは大人たちのいくらもない楽しみのひとつなのかもしれない、とわたしは思った。子どもたちに学ばせるためというより、大人たちには誰かに教えるという行為そのものが大事なのかもしれないと。

リーダーであるジスさんを間近で見たのも、学校の授業でのことだ。アマラからは、大人たちと栽培作業をしているときにジスさんを見かけることがあると聞いていたが、わたしは二カ月以上じかに会ったことがなかった。ジスさんの授業の日、彼女は村の地下倉庫に保管中のさまざまなドローンやロボットの部品をリヤカーで運び入れ、わたしたちに触らせてくれた。ジスさんの授業は人気があった。わたしはパトロール中によくドローンを見かけていたものの、ほかの子たちはものめずらしそうにそれらの機械をしげしげと眺めていた。

「ここにあるドローンには武器が付いていないんですね？」

「これは殺傷用じゃないから。地下倉庫には殺傷用ロボットもごろごろしてるけど」

そう言うジスさんの顔には、力強さと寂しさの両方がにじんでいた。そんな矛盾した表情を浮かべている彼女に興味が湧いた。さほど人づき合いの得意そうに見えないジスさんがどういうわけでこの村のリーダーになったのか、村にはあまり下りてこず、丘の上で一日中なにをしているのか。

彼女は村人たちから〃ジスさん《シ》〃と呼ばれていた。子どもたちの話では、同じ韓国出身のハルがジスさんをそう呼んで以来、その呼び方がたちまち広まったのだという。ジスさんはさまざまな面で好奇心をかき立てる、ミステリアスな人だった。誰も近づくことが許されない温室に、まるでわが家のように出入りする機械整備士という点でも、過去が完全にベールに包まれているという点でも。もとはドームシティの脱走兵だとか、いまも指名手配中の殺人犯だとかいうさまざまなうわさが飛び交っていたけれど、真相はわからなかった。遠目にもわかるジスさんの冷めた表情を見ていると、人を殺した過去があってもおかしくない気がした。

学校で会った子たちは、それぞれのいきさつを語ってくれた。ハルは韓国生まれで、貿易の仕事をしていた父親について各国を転々としたあと、マレーシアに数年住んでいたという。ミリアは陝西省《せんせい》、マルディはジャカルタ出身だった。シェリルはここフリムビレッジからさほど遠くないクアラルンプール近郊で育ったが、こんな村があることはまったく知らなかったという。家族についてここまで来た子や、その道中でひとりぼっちになった子もいる。家族と一緒に暮らしているケースは多くなかった。

わたしは、ダストフォール直後に父に連れられて地下シェルターに向かったことや、ある日突然ランカウイ島の研究所に移送された経験を語った。耐性種の子が研究所に連れ去られそうになったという話はよくあるが、みんな、そこから脱出した子を見るのは初めてだという。わたしの脱出記となると、みんなは目を見張るようにしてこくこくうなずきながら聞き入った。逃げるチヤンスが訪れたのは、外部からランカウイに攻め込んできた侵入者たちのおかげだったのだが、そのためにいっそうスリルあふれる話に聞こえたようだ。

シェリルは小さいころに声帯を傷めて声が出なかった。筆談をすることもあったが、ふだんはマレーシア手話と、家族間で使っていた手振りを交えて話した。ハルとわたしはシェリルから手話を教わり、パトロールの際に用いた。野生動物もダストで死に絶え、森で脅威にさらされることはなかったものの、万が一侵入者を発見したときに使えそうだと思ったからだ。

ハルとのパトロールはだんだん楽しくなっていった。ハルもそんな素振りは見せずとも、わたしを気の置けないパートナーと感じているようだった。ハルが大発見だと手招きすると、わたしは一目散に駆けつけた。そんなときは、本当に機密任務に当たっているような気分になった。

〝大発見〟といっても、せいぜい森の指標となる木々が若干おかしな形をしているとか、木の根元にキノコが生えはじめたとかいうきわめてささいなことばかりだった。でも、この村の外では一度としてそんな任務を与えられたことはなかったのだ。もう血を抜かれなくてもいい、毎晩緊張しながら眠らなくてもいい。だからわたしはここの暮らしが好きだった。なにより、与えられた仕事があることが嬉しかった。自分が必要とされているようで。

アマラは寝床のなかで、ときどきこうささやいた。

「ナオミ、わたしたち、死ぬならここで死のう。ずっとここにいよう」

わたしはいつかここを離れざるをえなくなる日を想像することがあったけれど、アマラの気持ちはとてもよくわかった。

＊

「あれ見て。あそこの木」

初めは気づかなかった。ハルがもどかしそうにヤシの木の梢を指差し、わたしは少ししてからようやくそれに気づいた。黄緑色のヤシの実。数日前にここを通ったときにはなかったはずだ。ハルはわたしのほうに向き直って言った。

「ダニーが言ってたよね、森で実を見つけたら持ち帰るようにって」

それがあんな高い所にぶらさがっている実を採ってこいという意味なのかは不明だったが、とにかくハルは気合に満ちていた。ハルとわたしは小石をぶつけようと試し、長い木の棒で枝を揺さぶってもみた。通りすがりの巡回ドローンを操作して実を落とそうともしてみたが、どれも失敗に終わった。ハルが高さを見定めるようにしながら言った。

「登ってみよっか？　あんたが下から支えてくれれば余裕でいけそうだけど」

「ダメだよ。ダニーが言ってたのは、地面に落ちてる実を見つけたら拾ってこいってことでしょ。無理してああいうのを採ってこいってんじゃなくて」

「はーあ、ほんと臆病なんだから。棚からぼたもちを待ってるんじゃ飢え死にしちゃうよ。いい？　みずから木に登り、実を手に入れる者だけがこの乱世を生き抜けるのだ」

ハルがいきなり人生を説きはじめ、わたしは顔をしかめた。

「とにかく……わたしは反対。高すぎるよ」

ハルは肩をすくめてから、それなら自分ひとりで採ってみせると言った。わたしが引き止めても、ハルは耳を貸さなかった。こうなると助けないわけにもいかず、ハルが上から実を投げたら受け取れるよう、地面に落ち葉を重ねて網を広げた。わたしはひやひやしながらハルが木に登るのを見守った。ハルは案外器用に登っていった。都会しか知らなさそうな子がこんなにすいすい登れるものかと驚いたほどだ。

とうとてっぺんに着いたハルが、安定した姿勢で笑ってみせた。わたしがほっと息をついた次の瞬間、事故は起きた。ハルが枝先に手を伸ばして実を採ろうとしたそのとき、片足をのせていた枝がボキッと折れてしまったのだ。

ハルが地面目がけて落下し、わたしは悲鳴を上げて駆け寄った。心臓がつぶれそうだった。幸いにもハルが落ちたのは、硬い地面ではなくこんもり盛られた落ち葉の上だった。でも、脚が折れたのか呻き声を上げるばかりで、立ち上がれそうになかった。

わたしは息をつく間もなく村へ引き返し、大人たちを呼んだ。ぜいぜいあえいでいるわたしを驚いた顔で見つめる大人たちに、「ハル、ハルを助けて……」とやっとのことで言うと、村はいっきに騒然となった。

救急箱を手に駆けつけたシャイエンは深刻な面持ちでハルの状態を診ると、脚の骨にひびが入っている、今後ひと月は家で休むようにと申し渡した。ダニーはハルが怪我をしたいきさつを聞くと、ぴしゃりと言った。

「この村には医者がいない。それを知りながら、どうしてこんなバカなまねを？　あんな高い所に上って無事でいられるわけもないのに、自業自得だ」

ハルは、ダニーが心配するでもなくそう言ったことに腹を立てた。この件を境に、ふたりは同じ家に暮らしながらも一週間以上口を利いていないようだと、アマラが教えてくれた。

「ダニーもダニーよね。ふだんはあんなに威張ってるくせに、いざとなると大人げないんだから。ハルがあんな無謀なまねをしたのも、けっきょくはダニーに認められたいからじゃない」

そして私に言った。

「ナオミ、あなたが行ってハルの面倒を見てあげたらどう？」

わたしはやむをえずアマラの提案を聞き入れた。わたしの訪問を喜ぶとは思えなかったが、この数日、脚をぱんぱんに腫らして、家の前の椅子にぼんやり座っていたハルを思い出すと、やはり不憫な気もした。

翌日、ハルの家の玄関まで来ると、かすかな緊張が走った。わたしは少しためらったのちに、ドアをノックした。ほどなくハルがドアの隙間から顔を出し、面食らったような顔で言った。

「あれ……どしたの？」

「アマラが持って行けって」

おやつの入ったかごを差し出すと、ハルはわたしとかごを交互に見てから、それを受け取った。短い静寂があり、ハルが言った。

「お使いありがとう。じゃあ気をつけて」

「待って」

「……」

「入ってもいい？」

ハルがなぜかため息をつきながら言った。

「うん。どうぞ」

ハルとダニーの住む家は、二つの個室に、小さな居間とトイレがついた丸太小屋だった。居間の隅に木製のベッドがあり、部屋のひとつが白色のテープでふさがれているのが見えた。簡単にはがせそうだったが、わざわざ入ってみようとは思わなかった。

「あそこはダニーの部屋。他人は絶対入らせないの。絵と美術道具でいっぱいだから、普段は居間のベッドで寝てる。わたしとけんかしてからは、自分の部屋で縮こまって寝てるみたいだけど」

ハルの部屋は、わたしとアマラが使っている部屋よりずっと狭かった。ベッドがひとつと、絡まり合った服が入ったかごがひとつあるだけで、ベッドと壁のあいだにも余裕はほとんどない。ベッドに腰かけてもいいと言うので、わたしは端のほうに浅く腰かけ、ハルは床の上の藁の敷物に座った。ハルは脚の包帯を解いて傷を確かめると、小さく呻いてから包帯を巻きなおした。わたしは、ハルが自分と話したいのか確信がもてず、黙っていた。しばらくわたしをにらんでいたハルは、しまいに表情をゆるめてこう尋ねた。

「あの実はどうなった？」

「ハルが採ったやつはつぶれちゃったから、巡回ドローンを何台か使って別の実を採った。もしやと思って割ってみたけど、なかは腐ってた。でも、最近できたものってことはたしかだよ。初めてのことだから、大人たちも分析してみるって」

「それで……ダニーはまだわたしのこと怒ってる？」

わたしは、そう言うハルをじっと見つめた。こういうときのハルは、子どもっぽさの抜けない妹みたいだ。

「とくになにも。もともとわたしたちにプライベートな話をするほうでもないし、人の悪口をいうタイプでもないでしょ。知ってるじゃん」

「ダニーはわたしに対して過保護すぎるんだよ。本当は、森のパトロールを任せるのも反対してたんだ。万が一、生きた野生動物や侵入者に出くわしたらって。笑っちゃう。じゃあ、ほかの人なら危険じゃないっていうの？」

「ハルを心配してるんだよ。アマラもわたしに対しては同じ。本当は心配してるのに、口ではすっごく怒ってるみたいに言う」

ハルはわたしの話を聞いて、また静かになった。わたしは、ダニーとはどこで知り合ったのかと訊いた。家族じゃないふたりがどういうわけでいまのような複雑な関係になったのか。ハルはいつものハルらしくなく、やや沈んだ様子で言った。

「クアラルンプールに住んでたとき、ミュージカルをやりたくて、毎日のように劇場に通ってたんだ。そこでダニーと顔見知りになってね。そのときは怖い人だとばかり思ってたんだけど」

ダニーはハルが通い詰めていた劇場で、舞台を管理する仕事をしていた。劇団と一緒に舞台のデザインも担当し、そうして稼いだお金で絵を描いた。ハルはクアラルンプールの各地で公演するミュージカル俳優に憧れ、子役のオーディションを受けたりもしたが、国籍のせいで入団は難しかった。それでも暇さえあれば劇場に入り浸り、俳優とスタッフたちはそんなハルをかわいがった。ダニーもハルを見かけると笑いかけてくれたが、体が大きく人相も悪いせいで、ハルにとっては近づきがたい存在だった。

劇場のスタッフから、間もなくダニーの個展が開かれるのだと聞き、行こうか悩んでいたところへダストフォールが始まったのだという。公演も個展も、すべて取りやめとなった。にぎやかだったクアラルンプールの街は人々の悲鳴で埋めつくされ、それはやがて静寂にとってかわった。

ダストフォール直後、軍人が家々を訪れて耐性テストをするといううわさが出回った。母親はハルを連れて劇場へ向かった。閉鎖された劇場、明かりの消えた控え室には、行き場を失った俳優たちと耐性テストから逃れてきた女たちが集まっていた。

「劇場は捜索の対象にならないと聞いてそこに集まってたんだけど、長くはもたなかった。軍人たちがドアをこじ開けようとして、ダニーの妹もそのとき捕まっちゃったって。パニック状態で固まってたわたしを、ダニーが引っ張って一緒に逃げてくれた。わたしたちはクアラルンプールを出て、そこでほかの耐性種たちに出会った」

ハルは、ダニー、ヤニン、ミリア、そのほかの人たちとドームの外を放浪するうち、閉鎖された研究所のある村を見つけた。ハルとダニーは、わたしが思っていたような旧来の仲というより、最もつらい時期を共に耐え抜いた同志に近い関係だった。

自分の知らない、ふたりのあいだの複雑な感情を思ううち、アマラに対する相反する気持ちを振り返っていた。申し訳なさ、ありがたさ、時には憎らしさ。きっとダニーとハルのあいだにも、そんな気持ちが折り重なっているのだろう。

「ねえ、知ってる？　少し前から巡回ドローンが、森の境界でよく部外者を見つけてるって。なにが起こってるのか知りたくても、大人は詳しいことを教えてくれない。ダニーもごまかしてばかりだし。だから、高い所に上ればなにか見えるかと思ったんだけど」

「それで、なにか見えたの？」

「ううん、飛び交うドローンしか」

「木登りの甲斐もなしか。実だって、けっきょくはドローンが採ってきたんだし」

ハルは口を尖らせ、わたしに訊いた。

「あんたは木登りできるの？」

「できないし、考えたこともない。実を採るために木に登るなんて」

「あんたってほんと、森の生活には使えないやつよね」

「自分だって木から落ちたくせに……」

ハルはじろりとわたしをにらんだかと思うと、くすくす笑いはじめた。なんて気分屋なんだろう。でも、そんなハルがいやではなかった。

ハルは少し気分がほぐれたようで、わたしの気持ちもずっと楽になった。でも、ハルが丸い缶に入ったハードビスケットを差し出したとたん、ジョホールバルで出会った耐性種の女たちが思い出され、胸の片隅がずきっと痛んだ。

わたしは、ハルの部屋に転がっていた破れたズボンとTシャツを縫ってあげた。ハルは不器用で、針仕事はまるで駄目だという。もっとも、ダストフォール以前は簡単な針仕事もロボットに任せきりだったのだから無理もない。きれいにつくろった服を受け取ったハルの顔に一瞬感動が浮かんだが、わたしがくすりと笑うと、さっと真顔に戻った。

帰り際、ダニーの絵と美術道具が置かれているという部屋の脇を通った。居間側にある窓にもカーテンが引かれていて、なかは見えなかった。ハルが肩をすくめて言った。

「人に見られるとすごく怒るの。わたしだけは許されてるけど」

ダニーが会館の前で、紙になにかスケッチしている姿を見たことがある。仕事で略図かなにかを描いているものと思っていたが、あれはひょっとすると絵だったのだろうか。廃墟で見つけてきた画材で、しばしば村の風景や村人の顔を描いているという。

「ダストが消えたら、ダニーの特別展を開くつもり。あそこにあるのは、歴史的にもすごく価値のある絵だから。だって、この時代にも不幸なことばかりじゃなかったって伝えられるでしょ。わたしたちにも、日常が、平凡な暮らしがあったってことを」

ハルは目の前にその展示会を見ているかのように、夢見るような表情でそう言った。

ハルの脚が治るには最低でもひと月かかると言われた。わたしはパトロールが好きだったのでひとりでも続行したかったが、ハルのように事故に遭ってはいけないからと大人たちに止められた。代わりに、村のなかでささいな使い走りをすることになった。森の変化を観察する仕事は大人がチーム別に担当し、巡回ドローンをもう一台増やすことなった。当分のあいだ森を自由に歩き回れないと思うと残念だったが、ダニーは、ハルの脚が治ればまたパトロールを任せると言ってくれた。

＊

ひとりになってみると、以前はあまり足を向けていなかった丘の上に興味が湧いた。そこにはレイチェルの温室があり、わたしは温室を近くで見たことがなかった。ハルは、そこへ近づけば恐ろしい植物が吐き出す毒にやられて死ぬかもしれないという大人たちの言葉を信じ、温室を怖がっていた。

でも、わたしはその話を最初から疑っていたし、自分の耐性が強いことを知っていたから、恐怖よりも好奇心が勝った。そこにはあらゆる奇妙な植物と機械装置があるというが、それらはなんのためのものなのか。レイチェルは一日中温室でなにをしているのか。猛毒をもつ植物を管理しながらも平気でいられるのはなぜなのか。

ひとりになって二週間ほど経ったころ、温室が見える丘のふもとになにかが落ちているのを見つけた。それはドローンだったが、ハルといるとき森で拾ったことのあるものとは形が違った。そっと突くと一瞬だけ電源が入り、すぐにぱたりと動かなくなった。ひょっとして、外部から送りこまれた巡回ドローンだろうか？

ハルのところへ持って行くと、心配は要らないというようにすぐさま首を振った。

「ここに三角形がふたつ描いてあるでしょ。この村のドローンってこと。壊れてるんじゃなかったら、あった所に置いとけばいい。巡回ドローンはもともと、放っておけばソーラー充電できるから」

「見つけた場所に戻す？」

「うん。ちょっとぐらいずれててもかまわないけど、近い所に。そうすれば決められた巡回ルートを外れないんだって。よくわかんなかったら、ジスさんのところに持ってってもいいし」

ジスさんの名前が出ると、これらのドローンで彼女がなにをしているのかが気になったが、かといって会いに行く勇気もなかった。わたしはハルに言われたとおり、ドローンをもとあった場所に戻すことにした。

翌朝、ドローンを手に丘へ向かった。ところが、どこにあったのかが思い出せず、そうこうするうちにあらぬ場所に来ていることに気づいた。背の高い木々の合間に、日差しを跳ね返している温室が見えた。銀色のフレームと大きなガラスで築かれた温室。高い天井から、スプリンクラーと照明、換気装置が下がっている。わたしは足を止め、ガラス屋根の下いっぱいに広がる植物を見た。壁面に並べられた大きな鉢植えと色鮮やかな実、ハーブ、土に挿してある白いネームプレート、灰色の幹が天井に着きそうなゴムの木と、それに巻きついている紫色のツル、そして、人の背丈ほどもある葉を手のひらのように広げている名も知らぬ植物。

にわかにわれに返った。いつの間にかこんな近くに来ていたなんて。これ以上近づけば怒られるかもしれない。後ずさりしていると、足がなにかにぶつかった。小さな機械が地面を転がった。わたしは、犬の形をしたおもちゃのロボットを拾い上げた。

「ワンちゃん、こんなとこでなにしてるの?」

そもそもがロボットなのだ。それでも、不注意からとはいえ蹴ってしまったことが申し訳ない気がした。ところがよく見ると、犬はどこか不自然に脚をバタつかせている。脚が一本外れていて、思うように動けないようだった。

「壊れちゃったのかな?」

状態を調べ、床に転がっていた脚をあるべき場所にはめてみた。ぐっと力を込めると、脚はカチリと音を立ててつながった。

地面に下ろすと、ロボット犬はまっすぐどこかへ駆けていった。わたしもあとを追った。その先に温室があるため、ハルとのパトロールでは避けていた道だった。前方にみすぼらしいボロボロの掘っ立て小屋が現れ、ロボット犬はそのなかへ入っていった。

大きく開かれた木の扉、その奥にジスさんが見えた。髪を結い上げて作業台の前に立つジスさんは、ゴーグルをはめ、両手に工具を持っていた。ドローンを修理しているようだ。

こちらを振り向いたジスさんはロボット犬とわたし、わたしの手のなかにあるドローンを順に見てから、わたしの顔に視線を戻した。

「ハイ、ナオミ。ここで会うのは初めてね」

いつもと違う様子のジスさんに、わたしは言葉に詰まり口をもごもごさせた。ジスさんがくすりと笑った。

「そのドローン、ここまで持ってきてくれる？」

小屋のなかへ歩を進めると、濃い油のにおいがした。棚にはずらりと機械部品が並び、床の上では丸い形のロボットがぐるぐる回りながら、用途の知れない機械を跳ね飛ばしている。ハンマーやペンチ、ねじ、釘、針金などがテーブルや床の至るところに転がっていた。壁に掛けおかれたラジオからジジッという雑音と、途切れとぎれのマレー語が交互に聞こえてくる。

「なに、気に入った？」

ジスさんは愉快そうな顔でわたしを見た。わたしは小屋のなかの風景に釘づけだった。ここはまた別のタイプの魔法にかかっていた。森がレイチェルの実験室なら、この掘っ立て小屋はジスさんの実験室だった。

その夜、わたしがジスさんの小屋についておおはしゃぎで話すのを、アマラは最後まで聞いてくれた。

「ジスさんが言うには、あそこに、村の地下倉庫につながる通路もあるんだって。初めて見るドローンがすっごくたくさんあって……」

わたしは、ジスさんのロボット犬や、その壊れた脚をいとも簡単に直してあげたことについて、ジスさんがそれを褒めてくれたことについて自慢げに語った。それから、気に入ったのならパトロールの途中でいつでも遊びに来ていいと言われたこと、その代わり、作業用の機械や部品をむやみに触れば手を失くすかもしれないと注意されたことまで。

アマラは、わたしがジスさんからもらった見慣れない実をもぐもぐ食べながら言った。

「うちは栽培担当だから、ジスさんに会いにあの小屋にもよく行くけど、なかに入れてもらったことはないな。作業を見られるのがいやみたい」

「そうなの？　すぐに入れてくれたけど」

「それはナオミが子どもだからよ。ジスさんは、相手が大人か子どもかでずいぶん接し方が違うわ。ダニーとはしょっちゅうけんかしてるし、温室の設備がちゃんと管理されていないときなんかはすっごく神経質になる。ダニーいわく、リーダーはなにを考えてるかわからない人だって。親切で寛大なときもあれば、大事なことを決める場では異常なほど冷たくなるらしいの」

今日会ったジスさんからは、神経質な様子や冷たい態度などかけらも感じなかった。だからアマラの話は、わたしの耳に不思議な響きをもって届いた。アマラは驚いた面持ちのわたしに言った。

「いずれにせよ、子どもにはやさしいんだもの、思いやりがある人ってことはたしかね」

「姉さんはもう子どもじゃないみたいな言い方」

「わたしはもう大人よ。今日ジスさんが小屋に入れてくれたのも、あくまであなたがまだ子どもだからなのよ、ナオミ」

アマラはそう言いながら肩をすくめて見せた。アマラはわたしのみっつ上で十六歳だったが、ふだんは村の大人たちと一緒に仕事をしているためか、この数カ月で急に大人びた気がする。それに、外を流れ歩いていたときよりずっと健康そうだった。わたしはそんなアマラが心強くもあり、ちょっぴり遠く感じもした。わたしにとってアマラはたったひとりの姉だけれど、村の大人たちにとっては、仕事ができ努力を惜しまないことで愛される末っ子だった。それは、以前は知らなかったアマラの一面だった。

わたしは背が少し低いだけで、自分を幼いと思ったことはなかった。でも、ジスさんの掘っ立て小屋に入ることが子どもだけに与えられる特権であるなら、もうしばらく子ども扱いされてもいい気がした。あの小屋は本当に、とびきりすてきだったから。

その日以来、わたしはジスさんの掘っ立て小屋へ通いはじめた。本当は毎日行きたいぐらいだったけれど、面倒がられそうな気がして、週に二度と決めた。小屋へ行くと、ジスさんはたいていなにかの作業をしていたが、椅子に腰かけてぼうっと考え事をしていることも多かった。いつでも、わたしを見つけるなり手を振ってくれた。ジスさんは、わたしに近況を尋ねたり、廃墟から持ち帰った部品で組み立てた機械を見せてくれたり、なにか話してくれと頼んで、金属の表面にやすりをかけながら、その一週間でわたしの身に起きたささいな出来事を聞いた。少し経つと、棚から部品を取ってくれとか、森に落ちているドローンを拾ってきてくれとかいう簡単な用事も頼まれるようになった。なんだか、ジスさん付きの助手になった気がして嬉しかった。

ある日、ジスさんについて温室のすぐそばまで行った。ジスさんがなかへ入るための保護服を着ていたとき、ガラスの壁越しに、植物に水をやっていたレイチェルと目が合った。びっくりしているわたしをよそに、レイチェルはぼんやりとこちらを見つめてから視線をほかへ移した。植物学者だと聞いて白いガウンを着ているものと思っていたが、実際は全身に暗い色のローブをまとい、頭部も目以外はほとんど見えなかった。まばたきするたびにどこかミステリアスな光を放つ、薄茶色の瞳がやけに印象的だった。

レイチェルの姿に驚いたと言うと、ジスさんはふんと笑った。

「へんなやつでしょ？　わたしも最初は驚いた」

わたしはジスさんがレイチェルを「やつ」と呼んだことにも驚いた。ふたりはどんな関係なんだろう？　ジスさんとレイチェルはどういうわけでこの村に住むようになったのか。どちらが先にここへ来たのか。どうしてこの村を守っていくことに決めたのか。気になって仕方なかったけれど、一方では、村人でもよく知らないことをむやみに尋ねるのは失礼な気がした。

ジスさんも村人たちと同じことを言った。温室に入るのはとても危険だと。

「温室内はダスト濃度がすごく高いの。並大抵の耐性じゃもたないくらい。外に漏れないよう気をつけてはいるけど……どうだかね。入らないのがいちばん」

わたしは内心、自分には完全耐性があるから平気だろうとも思ったが、ともかく絶対に入らないとうなずいた。いくら耐性があるといっても、高濃度のダストにさらされていいわけがないことはランカウイでいやというほど思い知らされた。でも、となると、そんな危険な場所で一日中過ごしているレイチェルは人一倍強力な耐性をもっているんだろうか？

わたしはレイチェルが自分と同じような部類である可能性を考えてみた。わたしのように研究所でモルモットにされていたところを逃げ出したか、外の世界で耐性種のハンターたちに脅かされていたか。知りたいことは山ほどあったものの、レイチェルは温室から出てこず、わたしが温室へ入ることもなかったため、会話をするチャンスはなかった。わたしがレイチェルについて質問するたびに、ジスさんはそれを避けているように見えた。温室内の世界は外部の世界と完璧に切り離された、独自のルールをもつ場所のようだった。

ジスさんはしばしば、村人たちとグループをつくって近隣の廃墟へ出かけた。村を巡回するドローンはすべて、廃墟から持ち帰った壊れたロボットや廃機械を改造したものだった。

「狙うのは、目立ったものはすでに持ち去られたあとの、廃品だけが残ってる地域。フリムビレッジの存在に気づかれては困るからよ。そういう廃墟を歩いてると、すごく変な感じがするの。他人のお墓を掘り返して、ここの暮らしを築いてるような。ダストフォール以降、世界は以前にもまして矛盾に満ちている気がする」

わたしはうなずいた。ジスさんが言おうとしていることに心からうなずけた。死と生がひとところに共存しているかのような奇妙さ。もしかすると、このフリムビレッジもそんな場所なのかもしれない。古びた衣類や年季の入った家財道具、ダストフォール以前にここで暮らしていた人たちの痕跡かもしれないなにかを見つけるたび、彼らはどこへ行ったのか、いまも生きているのだろうかと想像した。

ハルの脚が、軽い散歩ができるくらいに回復したころ、ジスさんが久しぶりに会館へ下りてきた。ジスさんがかごから取り出したものを見て、大人たちの口から嘆声が漏れた。人だかりの隙間に頭をねじこんで見てみると、コーヒーの生豆だった。シャイエンが身を乗り出して訊いた。

「驚いた、これをどこから？」

「レイチェルが温室で栽培してくれたの。新鮮なコーヒーを飲みたいって拝み倒したら」

みんなが歓声を上げながら見学するなか、アマラがステンレスのやかんとふちの欠けたカップを運んできて、コーヒーセレモニーを披露すると言った。小さいころにふるさとでよく見かけた光景だ。地元の人たちはお客さんが来ると、こんなふうにテーブルをセットして何時間でもコーヒーを淹れ、ポップコーンなどのおやつを添えて出したものだ。ここにはポップコーンも陶器のポットもなかったけれど、アマラが火を起こしてフライパンでコーヒーを炒り、エチオピアスタイルで淹れたコーヒーを配っているのを見ていると、昔のことが思い出されてやるせなくなった。

残念ながら、コーヒーはひどい味だった。アマラの腕が衰えたわけではなく、コーヒーの品種や栽培場所が問題のようだった。それでも大人たちは、こんな環境でインスタントではなく淹れたてのコーヒーを飲めることに感激しているのか、不満ひとつこぼさなかった。わたしはまずいコーヒーをひと口ずつ大事に飲みながら、またもレイチェルのことを考えていた。こんな土地で新鮮なコーヒーを飲みたいという、ジスさんの突拍子もない願いをなんとかして叶えようとする植物学者。彼女はいったいどんな人なのだろう。

＊

村には朝から不穏な空気が漂っていた。明け方、巡回ドローンが森の近くで怪しい人影を見つけたのだという。幸い煙霧弾が瞬時に作動して追い払ったものの、意図してやって来なければたどり着けないはずのこんな場所で、なにかを調べていたということ自体が怪しい。ハルが言うには、以前もまれに、村のうわさを聞きつけてやって来る耐性種のハンターがいたそうだ。しばらく見かけなかったので安心していたところへ、再び現れたということらしい。

「ダニーが、もう森の境界には絶対行くなって。そこは巡回ドローンに任せたからって」

ハルが肩をすくめながら言った。

「でもさ、ドローンになにがわかるって言うんだろう。せっかく村を守るチャンスなのに。ね、わたしたち、今日から境界のパトロールをもう少し徹底しよう」

「そんなことしてたらまた脚を折るかもよ」

「ふん、意気地なし」

そうは言いつつも、ハルは緊張した面持ちを隠せないでいた。

村の雰囲気があわただしくなっていくのを感じた。なにか起きたわけではなかったけれど、村の近くに侵入者が現れた場合どう対応すべきか、戦闘用の武器をいまから配置しておくべきではないかと議論しているのが耳に入り、わたしまで不安になった。この村が完璧な隠れ場になってくれるものと期待していたわけではない。でも、こんなふうに目前に危険が迫っているとは思いもよらなかった。

ハルと森のパトロールを再開してからも、わたしは暇さえあればジスさんの掘っ立て小屋に立ち寄った。村で感じていた不安も、ここに来れば不思議と消えた。人づき合いが得意なわけでもなければ、機械以外はさほど興味もないジスさんがこの村のリーダーである理由がなんとなくわかる気がした。ジスさんは心に安定をもたらしてくれる人だった。トラブルが起きてもどうにかして解決してくれそうだと思える、そんな心の安定を。

ふだんは朝から作業に取り組んでいるジスさんも、時には遅れて来ることがあった。そんな日は小屋の周りを散歩しながら、丘の上の温室を眺めた。明るい昼間でも、温室には明かりが灯っていた。温室の壁づたいに伸びている変わった植物を見ていると、ときどきガラス越しにレイチェルに出くわした。見えるのはいつでも、彼女のふたつの目だけだったけれど。

「レイチェル、こんにちは」

わたしはガラス越しに話しかけた。ジスさんがスピーカー付きの温室のドアの前でレイチェルと話しているのを見たことがある。いちばん外側のガラスドアは薄く、スピーカーを通さなくても声が聞こえた。レイチェルは「こんにちは」と短く答えた。低くて落ち着いた声。初めてレイチェルの声を聞いたとき、わたしは驚いた。彼女のことを、この世の人ではない、別世界に暮らす魔法使いのような存在のように感じていたからだ。レイチェルがわたしと同じ空気を吸い、その空気で伝わる声をもっていることが不思議に思われた。

ある日、小さなドアから温室内を行き来するロボット犬に、「このあいだ菜園で穫れたハーブの香り、最高でした」と書いたメモをくわえさせてレイチェルのもとへ送ったことがある。それはもともと子ども用のおもちゃロボットで、ジスさんが廃墟から拾ってきたものを改造し、ふたりが簡単なメモをやりとりするのに使われていた。温室に入るには保護服を着るなどの準備が必要だけれど、この方法ならその面倒を省ける。犬は温室を出入りするたびにエアシャワーを二度浴びた。わたしはシャワーを終えたロボット犬の、やわらかい背中を撫でた。

ジスさんはわたしに、犬のロボットに好きな名前をつけてかまわないと言った。わたしは擦れて黄銅色になった犬の鼻を見て、〝ストロベリー〟と名づけた。ロボット犬も自分の名前を覚えられるんだろうか。疑問に思いながらも呼びつづけていると、最初のうちは反応しなかったものの、ある日を境に「ベリー!」と呼べば小さな銀色の脚で草の上を走ってくるようになった。

温室の近くで、ジスさんとレイチェルの会話を聞いたこともある。人に聞かれたくないならこんなにおおっぴらに話さないだろうと思いながらも、なぜか盗み聞きしている気になった。それには理由がある。ふたりは食用作物について学術的な熱い討論をくり広げ、温度維持装置と冷却機を点検しなければならないと話していたかと思うと、いきなり冷や水を浴びせられたかのように気まずい空気になるのだった。ふたりのあいだには、なにかしらの不均衡があるのではないか。ジスさんに対するレイチェルの態度と、レイチェルに対するジスさんの態度には明らかに差があった。ジスさんが温室を去るとき、レイチェルは物思わしげな目でいつまでもその後ろ姿を見つめていた。だからわたしは、まるで見てはいけないものを見てしまったかのような気分にとらわれた。

「レイチェルとはどこで知り合ったんですか？」

村へ下りていく途中でそう尋ねると、ジスさんはややうろたえた様子で「え……話すほどのものじゃないよ」とはぐらかそうとしたが、わたしがしつこく食い下がると、いつものおどけた態度で答えた。

「偶然よ。うーん、ほかに言い方があればいいけど、偶然としか説明できないな。あいつの第一印象はひどかった。性根が腐ってるんじゃないかって。いまもそんなに変わらない気はするけど」

「じゃあ、いまは友だちなんですか？」

「まあ、ある程度は。どうして？」

「友だちなのかどうか、気になって」

「違和感を感じる？」

否定しないでいると、ジスさんはしばし考えこんでいた。だんだん複雑な表情になっていくジスさんを見ていられず、話題を切り替えようとしたときだった。

「どうだろう。わたしはレイチェルのことを……なんて言えばいいかな。わたしたち、なにかを間違っちゃったのよ。最初からだったかもしれないし、いつの間にかこんがらがっちゃったのかもしれない。きっとわたしが悪かったんだけど、もう後戻りはできない。ただひたすら、できる限りの責任を果たそうとしてるだけ」

きょとんとしているわたしを見て、ジスさんがくすりと笑った。

「これは個人的な問題であって、村とは関係ないことよ。レイチェルとわたしは友だちだけど、ある種の契約で結ばれた関係でもある。ほかにやりようもないの。レイチェルは植物を扱う。わたしは整備士として、仲介役としてレイチェルをサポートする。それぞれの仕事をやるまでよ。それでじゅうぶん」

そう言うと、ジスさんは手を伸ばしてわたしの癖っ毛をくしゃくしゃかき乱した。そのときのジスさんのやさしいまなざしは、彼女がレイチェルと話しているときには一度も見せたことのないものだった。ジスさんはレイチェルと向き合っているとき、なにかに惑わされているかのような、と同時に、不安と戸惑いの混じった表情をよく浮かべた。その場から逃げ出して、消えてしまいたがっているような。

そんな表情を目にしたわたしは、漠然と考えた。わたしにとっていい人が、他人にとってそうであるとは限らないと。もしかするとジスさんは、わたしとレイチェルにとってそんな存在なのかもしれないと。

＊

その日の午前は雨が降りつづいた。わたしとハルが森のふもとの指標となる木をチェックしに出かけようとしたところ、いま行けば雨と泥で服を駄目にしてしまうとシャイエンに引き止められた。わたしたちは会館の軒下で雨を眺めた。栽培チームはハウスに水が流れこむのを防ごうとおおわらわだった。

天気はダストのせいで崩れっぱなしだった。この森はもとは熱帯雨林で、作物の栽培には向いていなかった。ところが、ダストによる乾燥化で天候も土壌も変わってしまったのだという。そこへ予想外の天候不順まで重なり、みんなの頭を悩ませていた。廃墟の探査から戻った人々によれば、村の外はなお深刻な異常気象に見舞われているという。

ランカウイの研究所にいたとき、研究員たちがこう話していたのを思い出す。国際協議体がダスト濃度を薄める方法を研究している、最も優秀な人たちが世界を救うために膝を突き合わせて話し合っているのだから、遠からず打つ手が見つかるだろうというものだった。方法は見つかったのだろうか？　どれも失敗に終わったのだろうか？　それとも、ドーム内での暮らしをなんとしても守り抜くという方針に切り替えたのだろうか。

辺りは夜のごとく暗く、うすら寒かった。銃弾のような雨が打ちつけている。わたしは寒気を感じ、そっと体をこごめた。隣には、椅子にもたれてうたた寝しているハルがいる。雨が降ろうが降るまいがすやすやと眠りつづけるハルは、まるで暖かい日差しのもとにいるかのように穏やかに見え、それがなんだか可笑しかった。

午後になって少しずつ空が晴れてくると、わたしとハルは腰を上げた。

地面がぬかるみ、足を持ち上げるたびに泥が跳ねた。今日チェックする予定の木が見えてきたころ、突然ハルが手でわたしを押しとどめた。

「見て、足跡よ」

大きさからして、小動物のもののようだった。それまで森で動物を見かけたことはなかった。この村を探し歩いていたときに動物の死骸を見つけたのがすべてだったが、死んだ動物が足跡を残すことはできない。生きたなにかがいるのだ。ここのダスト濃度が下がったために、再び動物が現れはじめた？

ハルが「シッ」と身を屈めた。カサコソ音が聞こえる。わたしも体を低くして息を殺した。ハルが、足跡が続いている方向を指した。足跡は森のふもと、われらが恵みの森とその外側との境界へ向かっていた。境界への接近をダニーに止められていたことを思い出しながらも、わたしたちはどんどん森を下っていった。いますぐ足跡の正体を知りたかった。足跡が途絶えた地点でハルが立ち止まり、わたしは木陰に隠れてハルを引っ張った。

そこにミーアキャットのような動物がいた。

ハルがシェリルに習った手話で訊いてきた。生け捕りにして持ち帰る？　わたしはうなずいた。大人たちを呼んだりドローンを呼び出せば、あの動物は逃げてしまうだろう。ハルが慎重に背中のかばんを下ろし、網を取り出した。ミーアキャットはこけの生《む》した岩を引っかいている。

ハルがそちらへにじり寄った瞬間、ミーアキャットの目が奇妙に光るのが見えた。わたしはハッとして叫んだ。

「待って！　気をつけ……」

ハルが悲鳴を上げながら脇へ転がり、一歩出遅れたわたしはミーアキャットに飛びかかると同時にぬかるみの上をすべった。捕まえたと思ったのに、腕に激痛を感じた。ミーアキャットは爪で腕を引っかき、懐をすり抜けていった。わたしは直感した。

生きた動物じゃない。

ハルは走ってミーアキャットを追いかけた。わたしも腕から血を流しながらあとを追った。森の境界が近づいていた。次の瞬間、それが姿をくらませた。わたしは周囲に目を見張った。

長い廃墟暮らしで鍛えられた直感。これは罠だ。どこからか旧式の車らしきエンジン音が聞こえてきた。境界の向こう、この森と別の森のあいだの道。わたしはハルの腕を引っ張って木陰に隠れた。

ここに誰かいる。わたしたち以外の誰かが。

保護服を着たふたりの人間が境界の辺りをうろついていた。ヘルメットのせいで顔は見えない。いったいどこから現れたのだろう？　耐性種のハンターだろうか？　それとも……。

わたしはポケットから丸い煙霧弾を出して彼らのほうへ転がした。そして、無線の呼び出しボタンを押した。巡回ドローンを呼ばなければ。お願い、早く来て、早く……。

煙霧弾が爆発し、一瞬で辺りが霧に包まれると、彼らはなにか叫び合いながら移動しはじめた。足音が響くなか、お願いだから見つかりませんようにと願った。そんな思いもむなしく、霧のなかで、間近にいたヘルメットの奥の目とわたしの視線がかち合った。次の瞬間、わたしはハルの腕をつかんで全速力で駆け出した。彼らは聞き取れない言葉を発しながら追いかけてきた。

霧がますます深まり、前が見えなかった。木にぶつかり、ぬかるみの上を転げた。全身に落ち葉と泥がくっつき、視界をふさがれた。ごろごろと転がる音と、引き金をひく音。四方から騒音が耳を打ち、方向さえわからなかった。続けて、巡回ドローンの射撃音が響いた。

わたしはハルをつかまえて藪の陰に隠れた。霧のなかで足音に耳を澄まし、相手の死角と思われる位置に立った。そのとき、脇を通り抜けていく小さな動物を見つけた。作り物のミーアキャットだった。

腕を伸ばした瞬間、ハルがわたしの手首に手を伸ばした。

「ダメ！」

わたしは全身でそれを捕まえた。なめらかな金属の質感があった。激しく回転するそれに刺され、わたしは悲鳴を上げた。地面にぶつけて擦りむいた肩が痛んだ。霧のなかで発砲音とレーザー武器の音が入り乱れ、悪夢を見ているかのようだった。

あるシーンが頭をよぎった。研究室のガラスを割って逃げ出した日、ドームに侵入して無差別に発砲してきた人々……。

目の前が白くかすんでいくのは霧のせいだろうか、それとも意識が遠のいていくせいだろうか。

じっとりと濡れた手を肩に感じた。わたしはなんとか目を開けた。地面を揺らしていた振動と騒音はもう聞こえない。永遠とも感じられた時間は終わっていた。霧も晴れていた。

「ナオミ、ナオミ！」

わたしの肩を揺さぶっているのはアマラだ。その肩越しにジスさんが見える。ジスさんは銃を構えたまま、こわばった表情で辺りを警戒していた。

アマラは叫びながら、両手でわたしの顔を包んだ。わたしは作り物のミーアキャットをひしと胸に抱いたままジスさんを呼んだ。

「ジスさん！」

驚いた表情のジスさんが近づいてきた。

「これが、あの人たちと一緒に」

腕はミーアキャットに引っかかれて傷だらけだった。それに気づいたアマラが悲鳴を上げたが、わたしには呻き声を漏らす力も残っていなかった。全体重をかけていたからか、ミーアキャットはいまやぴくりともしなかった。ジスさんはわたしの有り様に声を失いながらも、迅速にミーアキャットを受け取って紐でしばり、それからわたしを助け起こした。

侵入者はドローンに撃たれて死んでいた。保護服の胸元にはいくつも穴が開き、ヘルメットの奥に窒息で皮膚が紫色になった死体が見えた。ジスさんは死体の処理に悩んだ末に、体のどこかに追跡用インプラントが残っているかもしれないからと、森のふもとから川に流すことに決めた。シャイエンが、身元がわからないようにと死体の顔を傷つけ、保護服の識別マークを剝がした。

また無謀なまねをしたと怒られるのではないかというハルの心配とは裏腹に、ダニーはわたしたちの勇敢さを褒めてくれた。

「でも、二度と境界には近づかないこと。今後はパトロールチームを別途配置することにしたから」

ミーアキャットは予想どおりスパイロボットだった。ジスさんはロボットのチップを分離してから、電源をそっくり取り除いた。村の人たちはわたしがミーアキャットの正体を見抜いたことに驚いていたけれど、ジスさんのロボット犬を頻繁に見ていたおかげで本物の動物ではないと見分けられたのだった。

「ナオミ、お手柄だったわね。おかげで侵入者の正体を知ることができた。彼らがどこから来たのか、どんな目的をもって来たのかが」

ジスさんはそう言いながらわたしの目を見た。

「なにより、ナオミが死ななくてよかった。結果からすると、あなたは賢明な判断をしたと言うべきね。でも、実際のところはわからない。ミーアキャットの刃が擦り減っていたせいで助かったけれど、さもなくばあなたは死んでいた。爆弾ロボットの可能性だってあった。あなたに村を救われたのはたしかだけど……ナオミ、次からは逃げて。いい？」

褒められているのかどうかよくわからなかったけれど、そう話すジスさんの表情は温かくも悲しげで、悪い気はしなかった。なにより自分が村とジスさんを救ったのだということが嬉しかった。

大人たちは、侵入者について詳しくは教えてくれなかった。ダニーは村の会議で、彼らは偶然そうなんだ、とわたしはうなずいた。この森にたどり着いただけで、初めから森の存在を知ってやって来たわけではないと言った。そんなのは嘘で、なにか隠しているに違いないと考える村人も多かった。子どもたちも鵜呑みにはしなかった。

「ダニーは嘘をつかない。わたしたちに事実を隠す理由なんてないでしょ」

「そうかな、村に混乱を招きたくないんじゃない？　みんなが怖がって出て行っちゃったら、作物の栽培ができなくなるから。それに、侵入者を調べたのはジスさんだし。ダニーが間違ってるかもしれないでしょ」

「じゃあ、ジスさんがわたしたちに嘘ついてるって言うの？」

「ジスさんの言うことはなんでも信じなきゃいけないわけ？」

子どもたちの言い争いはしばらく続いた。わたしにはその会話が、大人たちの口げんかをなぞらえているように感じられた。

ハルが言うには、この村に人々が住み着きはじめたころ、耐性種たちのあいだでささやかれていたうわさを聞きつけて攻めこんできたハンターたちがいたそうだ。争いは一度きりだったものの、その奇襲で死者も出た。ダニーの顔にある傷痕も、そのときできたのだという。ハルは肩をすくめて言った。

「あのときダニーは、わたしを家に閉じこめた。でも、次は絶対にじっとしていない。わたしも一緒に戦う」

村の雰囲気は一変した。廃墟の探査に出かけた人たちを責める者もいた。彼らの無用心で村の存在がばれたのだ、でなければ外部に漏れるわけがないと。廃墟探査チームは毎回メンバーが入れ変わる。会館ではそのうちの誰が犯人かつきとめるべきだと激しい口論が起こり、ダニーの登場でなんとか収まった。

ある日、アマラが泣きはらした目で帰宅した。ヤニンとシャイエンが、夜のあいだ温室の明かりを灯しておくのは村にとって危険だと言い争いになり、シャイエンはアマラに、あんたたち姉妹も森をさ迷っていたところで温室の明かりを見てやって来たじゃないかと言った。ふたりの口げんかを黙って見守っていたアマラは嘘をつくわけにもいかず、そうだと答えた。するとヤニンは、攻撃の矛先をなぜかアマラのほうへ向けた。

「あんたたちってその温室のおかげで生きてるんじゃない！　どの口が言ってるのよ。いまさら明かりを消せっていうの？」

わたしはそれまで、みんなは温室を神殿かなにかのように感じているのだと思っていた。でも、そうではなかった。人々は温室を仰ぎ見ると同時に、いまいましくも感じていたのだ。

ハルが以前あったことを話してくれた。わたしとアマラがここに来る数カ月前、四日も暴雨が続いたことがあったという。作物は雨で流され、屋根が壊れた家もあったが、発電所の停電がいちばんの痛手だった。廃墟探査チームが発電所を修理するための部品を見つけてきたが、復旧には時間がかかり、村人たちは電気を使えない日々を過ごしていた。暗くなっても明かりを灯せないのはもちろん、食材はすべて腐り、ポンプが使えないので度々渓谷に水汲みに行かねばならなかった。

まともにお風呂にも入れずにいるなか、毎晩明かりの灯っている温室を見て不平をこぼす者が増えていった。人間より植物のほうが大事なのか、順番が逆じゃないかと言う人もいた。ジスさんは、それが村と温室との契約条件なのだと一蹴した。温室の電力が止まることはなかった。村人たちがお腹を空かせたまま眠りにつく夜も、温室にはいつでも明かりが灯っていた。温室は村に希望を与え、村は希望の代償を払わねばならなかった。だが、全員がその取り引きに快く同意していたわけではなかったのだ。

侵入者があって以来、フリムビレッジは安全な場所ではないのだと思い知らされた。でもそれ以上にわたしを苦しめたのは、小さな亀裂がこの村に生んだ、不安という霧だった。ハルはまるで大人のように、「大丈夫。こういうことは前にもあったから」と言ったが、こうした亀裂が、やがてこの村に癒えない傷痕を残すのではないか、そしてついにはこの村を滅ぼしてしまうのではないかと不安だった。

つらくなると、わたしはジスさんの掘っ立て小屋を訪れた。フリムビレッジにありとあらゆる嵐が吹き荒れていても、ジスさんの小屋と温室だけは、どこか下界とはかけ離れた世界のように感じられた。でも、その気流も変わりつつあった。小屋の武器は日に日に数を増していき、作業台に並ぶドローンは、明らかに殺傷力をもっていそうな恐ろしい形態をしていた。ジスさんはラジオで外部からの信号をキャッチし、ニュースを聞いた。ドームシティやドーム村で私設放送を流している人々がいるのだという。ある日の放送は雑音がひどく、わたしにはよく聞き取れなかった。一方で、ジスさんはしばらく沈んだ表情だったかと思うと、席を立ってこう言った。

「ナオミ、村へ下りなきゃならない。いますぐに」

会館に集まった人たちは顔をこわばらせてジスさんの説明を聞いた。強力なダストストームが森に向かってきているという。しだいに勢力を増すと思われるが、それに備える時間は十日ほどしかないと。

「経路を計算してみたの。この森を通るのは間違いない。全員作業を中断して、嵐に備えてほしい」

ダストストームは、局地的に飽和状態となったダストが気流を乱しながら移動する現象だ。そうして異常増殖したダストストームは風の強さや風雨の有無にかかわらず、ルート上のありとあらゆる有機体をさらっていく。ストームは多くのドームシティを壊滅へと導いた。わたしは一度もストームを経験したことはなかったが、重たく沈んだ雰囲気から予想できた。それは、太刀打ちする間もなく死をかっさらっていく嵐なのだった。

村に恐怖と不安が広がりはじめた。村はそれまでダストに耐え抜いてきた。村にはダストに抵抗力をもつ植物と分解薬、耐性をもつ人々がいた。でも、村がいっそう強力なダストに耐えられるのか、ここに育つ魔法のような植物がどういった理屈でダストに耐えているのか知る者はなかった。フリムビレッジの存在は奇跡に違いなかったが、奇跡という言葉にその根拠の危うさが表れてもいた。この隠れ場は、不安定な基盤のうえにつくられていた。

村人たちはふだんの作業をすべて中断して封鎖にとりかかった。ゴムで窓とドアの隙間をふさいで回り、村じゅうにゴムの焼けるにおいが漂った。もともと避難所としてつくられた地下倉庫が安全だという人もいれば、もし地下に外部の空気が流れこんだら一巻の終わりだという人もいた。結論はなかなか出なかった。作物はまだ熟しきらないものまで残らず収穫されて薄い保護シートで覆われたが、ダストストームに耐えられるとは思えなかった。人々は不安を吹き飛ばすために準備に手を尽くしたが、そのただならぬ雰囲気がかえって不安の霧を厚くしていた。

ジスさんに頼まれて巡回ドローンを回収し小屋に向かっていたとき、丘の上手から甲高い声が聞こえてきた。温室のほうだった。ジスさんが温室のガラスドアの前で、レイチェルに向かって怒りをあらわにしていた。内容は聞き取れなかったものの、その状況を見るに忍びず、小屋にドローンを置いて村へ逃げ帰った。

二日後、ジスさんはリヤカーに、初めてみるツル植物を山のように積んで現れた。なんの変哲もないように見えるそれは、熊手のような形の葉と小ぶりの棘、長いひげ根をもつ植物だった。軍手の入ったかごもそばにあった。

「これを植えるって、いまから？　こっちは嵐の準備で手一杯なのに」

シャイエンが信じられないという顔で不平をぶつけ、人々もそれに同調した。だが、ジスさんとダニーのあいだで激論がくり広げられたのち、けっきょくこの新たな作業に取りかかることに決まった。

「こういうのを〝藁にもすがる思い〟っていうのよね。それにしても、ほんとに藁みたい」

ハルが軍手をはめた手でツル植物を持ち上げながら、怪訝そうな顔で言った。じかに触るのは危険だから必ず軍手をはめるようにと、ジスさんから説明があった。

初めは村を中心に、その後、森全体にこのツル植物を植えるという大規模な作業だった。村人全員が駆り出され、子どもたちも小さなリヤカーを押して森のあちこちをついて回らねばならなかった。

軍手をはめて森へツル植物を運んでいるとき、シャイエンとジスさんが言い争っている現場を目撃した。

「なにも知らない状態じゃ決められない。なんでもかんでもハイそうですかとは従えないわよ。レイチェルに雇われてるわけでもあるまいし。こんなもので村を守るだなんて、あなたとレイチェルの言うことなら黙って信じろっていうの？」

「村を守るとは言ってない。助けにはなるだろうって」

ジスさんが冷めた口調で続けた。

「シャイエン、わたしにもレイチェルの頭のなかはわからない。レイチェルがなにを考えてるのか知りたいのはわたしも同じよ。彼女が植えろと命令したわけじゃない。わたしが頼みこんでもらってきたの。生物の死骸を栄養にして育つ、あっという間に森を覆うような恐ろしい植物よ。でも、いま頼れるのはこれだけなの。それだけこの村は危ういってこと。ほかに手があるなら聞かせてちょうだい」

ジスさんがフリムビレッジについてこんなに冷ややかに話すのを見たのは初めてだった。ジスさん本人も目の前のこの植物についてさほど確信がないのだ。

「その判断が間違ってたら？　そのときはどうするのよ？」

シャイエンの問いに、ジスさんは答えなかった。シャイエンはそんなジスさんをひとしきりにらんでから、自分はいっそ村を封鎖するほうに力を入れたいと言ってリヤカーを置き、森を出て行ってしまった。すると、様子をうかがっていた人たちのうち、数人がシャイエンのあとを追って村へ戻っていった。残りの人たちはジスさんと一緒にツル植物を植えた。わたしは大人たちのあとについて、地面に促進剤を注入した。フリムビレッジで栽培される植物にはレイチェルが作った特殊な促進剤が必要で、それがなければ芽も出ないのだとアマラから聞いていた。

ジスさんとダニーの指示に従って森の至る所にツル植物を植え、促進剤を注入するのに丸三日かかった。菜園に作物を植えるのとは違い、その作業はあたかもツル植物で森を覆ってしまおうとしているかのようだった。ツル植物は恐ろしいスピードで育った。初日に植えたものは数日も経たないうちに、森の木々をつたって這い上がっていった。

「気流がおかしいわ。嵐が近づいてる」

高みから森の周囲を観察していたアマラが言った。アマラは空気中のダストが濃くなるときの、錆びた金属のようなにおいを嗅ぎ分けられた。

ツル植物はわずか数日で驚くほどの成長を見せたが、その様子は人々に安堵をもたらすどころか、ますます不安を増幅させた。間もなくやって来る嵐にくらべて、あまりに頼りなく見えたのだ。嵐が予想を上回る速度で接近してくると、ジスさんは子どもたちから先に倉庫に避難させた。大人たちは自身の選択によって、封鎖した家に残るか地下倉庫へ移動した。

でも、温室はどうなったんだろう？　誰かあそこを密閉するのを手伝ったんだろうか？　地下倉庫へ下りる前、温室のほうを気にしていたわたしにジスさんが言った。

「レイチェルは大丈夫。温室はもともと外の空気が入らないようになってるから。それに、あのなかは嵐を心配しなくてもいいの」

人々は各自の避難場所へと散っていった。わたしはアマラと一緒に地下倉庫へ下りた。頑丈な鉄のドアが閉まると、倉庫内は重たい空気に包まれた。ちかちか点滅していた非常灯を誰かが切ってしまうと、明かりになるものは小さなランプだけになった。わたしは暗い倉庫の隅に毛布を敷いて横たわり、アマラは隣で壁にもたれた。床からかび臭いにおいがした。

嵐のあとも、わたしはきっと平気だろう。ランカウイで高濃度のダスト実験ブースに入ったときも無事だったのだから。でも、アマラとハルは？　村の人たちは……？　いちばん身近な人さえ助けられない自分の非力さがもどかしかった。

地上に続くドアの前でラジオを聞いていたアマラが言った。

「すぐそこまで迫ってる」

間もなくラジオもぱたりと途切れ、風でドアがガタガタ揺れはじめた。わたしは一睡もできなかった。眠れなかった。大人たちは保護服を着てたびたび倉庫の入り口を確かめに行った。わたしに手伝えることはなかった。ちくちくする毛布の上で寝返りを打っていると、大人が寝袋を持ってきて敷いてくれた。でも、緊張のあまり目が冴えてしまったわたしは、壁にもたれて闇をにらんでいた。隣で眠っているアマラの息は不規則で、呼吸がぴたりと止まるたびに胸がひやりとした。

嵐は夜通し続いた。夜中も、朝も、ガタガタいう音はやまなかった。午後になると風の音は弱まったものの、外の様子はわからなかった。闇のなかにぽつぽつ明かりが浮かんでからも、みな緊張した様子で押し黙り、固唾を呑んで時計ばかり見つめていた。わたしは、死んだように眠っているアマラの肩を叩いた。地下のダスト濃度が上がった感じはしないが、それはどこまでも自分の感覚であって、アマラが無事かはわからない。なかなか起きてくれないので、わたしは焦りを覚えてアマラを揺さぶりはじめた。アマラが目を開けたとき、わたしは安堵のあまり泣きそうになった。アマラがびっくりして体を起こし、わたしを抱き締めた。

「ナオミ、泣かないで。眠ってただけよ。大丈夫だから……」

すすり泣いているわたしの背中を叩きながら、アマラは近くの人に状況を尋ねた。ダニーとシャイエンを含む大人数人が、万が一の事態に備え、保護服を着てダスト濃度を確認しに行ったという。地下は再び静寂に包まれた。大丈夫だという慰めも、心配だというつぶやきも、そのすべてが不安をあおる言葉のように聞こえた。

耐えがたい静けさを、鉄のドアを開く大きな音が破った。

「大丈夫！　みんな外へ出てきて！」

誰かの声に、あふれ出る喜びがにじんでいた。

わたしはアマラと一緒に階段を上り、地上へ出た。村は落ち葉と土埃でめちゃくちゃになっていた。一方で、霧はすっかり遠のき、空気から濃い草の香りがした。ひとつだけ、目立っておかしな点があった。地面や屋根、そこらじゅうの平地に、丸くて大きな、白い塊が積もっていた。なにがあったのかはわからないが、これだけははっきりしていた。いまこの村は、安全だということ。誰も死ななかったということ。

日が暮れかけていた。森を覆うツル植物がきらきらと光った。密閉されていたドアがひとつふたつと開き、屋根から塵と土が落ちてくる。嵐が無事に通りすぎたことをみなが実感するまでに多少の時間がかかったが、空気中にふわふわと漂う青い塵はある奇跡を物語っていた。

外へ出てきたミリアが地面の落ち葉を拾った。数日前に植えたツル植物の、熊手の形をした葉っぱだった。村人たちの視線がミリアに集中した。わたしたちはなにかを目撃していた。

助かった村と、助かった植物、それらの関連性を。

ミリアが葉っぱを高く掲げた。葉から青い塵が舞い落ちた。

「救われたのね、この植物に……」

*

人々は、レイチェルが村を救ったのだと言った。正しくは、レイチェルがつくったツル植物がダストストームから村を守ったのだと。それがどんなふうに機能して、どんな働きをするのかは誰も理解できなかった。でも、小難しい説明は必要なかった。目の前の現象を、助かった村を目の当たりにするだけでじゅうぶんだった。ダストストームの一件は、ほとんど信仰に近いなにかを生んだ。そして人々は、こんなことをささやくようになった。

レイチェルはこの世界を救うための実験をしている。

それを聞いたわたしは、なぜか不安な気持ちになった。ジスさんがレイチェルと話すとき、決まって冷たい表情になるのを思い出した。レイチェルは本当に世界を救うために実験しているんだろうか？　だとしたら、なぜ温室に閉じこもっているのだろう？　もしもそうではなく、別の目的があるとしたら……その実験の真相を知るのはジスさんだけだと思われた。

ダストストーム以降、ツル植物は猛烈なスピードで成長していた。わずか数日で村じゅうに存在感を知らしめるほどに育ったばかりか、見る間に村の建物や機材はもちろん、森の木々までも覆いつくしてしまった。菜園の作物とは異なり、それは野生そのものの姿をしていた。人が通る道と菜園の周りにジスさんが除草剤をまいたが、ツル植物は勢いを失うことなく四方へ伸びていった。

ところが、おかしな点があった。この攻撃的なツル植物でさえ、森の境界を決して越えなかったのだ。森の外へ広がらないのは、作物もこのツル植物も同じだった。あっという間に森を占領したけれど、この森の外へは一歩も出ない、力強くも慎重な植物。

「植物が森の外へ出られないのはどうしてなんだろう？」

わたしが言うと、ハルが答えた。

「ここが恵みの森だからでしょ」

「じゃあ、その恵みをほどこしたのは？」

そう口にしてから、不思議にもある答えが頭をもたげた。レイチェル。本当にレイチェルが、この森にだけ魔法をかけたのだろうか？

森はますます奇妙な様相を呈していった。黒く干からびた木々をつたって伸びたツル植物は、森を味わい深い緑に染めなおした。絵の具をいくつも混ぜたかのような、それでいて濁った感じのしない深緑色。死んだ森の上に新しい植物が育っていた。

日が沈み闇が下りてくると、ツル植物の葉っぱとその下の土に得体の知れない光がちらついた。青い塵が舞うこともあった。わたしはジスさんの掘っ立て小屋の前の椅子に腰かけ、それらがつくり上げる不思議な風景を眺めた。

この森は、とうてい地球のものとは思えない。誰かが宇宙のとある風景に手を加えてつくった、箱庭に近い気がした。まるでツル植物がフリムビレッジを呑みこみ、この場所を奇妙な植物だけが育つことのできる空間に変えてしまったようだった。

そのころ、村人たちはよく衝突していた。お使いに行くたび、会館へ行くたびに人々のいがみ合う声が聞こえてきた。植物を持って森の外へ出るべきだという意見と、そんなことをしても無駄だという意見がぶつかり合っていた。

「ドームシティと交渉して、人類全体の再建を話し合うべきよ。この奇跡を目にすれば、誰だって人類の再建を信じるはず」

「もっともだわ。これまでドームシティが門戸を閉ざしていたのは、ドームの外にはわずかな可能性もないと考えていたからよ。可能性があることを示せば、彼らも態度を変えるわ」

とりわけダニーはこの立場を擁護した。ダニーは、ドームシティにもまともな人間はいるはずだ、自分たちの言葉に耳を傾ける人もいるはずだと言った。

「あっちだって切羽詰まってるんだから、断る理由がないだろ？」

シャイエンがこれに反発した。

「そうは言っても、ここの植物はこの森でしか育たないじゃない？　それを見せたところで、ドームシティのやつらなら、この森を奪うことしか考えないわよ」

「恵みの森って話を鵜呑みにしてるのか？　植物がここでしか育たないのには、まだ解明できてない理由がある。あたしたちにはわからなくても、ドームシティの科学者たちが一丸となればきっと究明できるよ」

「呆れた、あいつらが外部の人間に好意的だとでも？　わたしたちを実験台にしようとしたのよ?」

「交渉するだけしてみようってこと」

「交渉は言葉の通じる人とするものでしょ。あそこに住む人間はみんな怪物よ！　自分が生き残ることしか考えてないんだから」

「ドームだからって怪物ばかりいるわけじゃないだろ。死ぬまでここに閉じこめられたままでいるつもり？」

「閉じこめられた？　フリムビレッジは牢獄じゃない、わたしたちの手でつくり上げた生活の場でしょ」

「本当にこの暮らしが永遠に続くと思ってる？」

なにが正しいのかわたしにはわからなかった。ただ、世界をそんなに簡単に語れることが不思議だった。フリムビレッジの外にいる人たちを救うのだとか、人類全体の再建を考えるべきだという話だけは受け入れがたかった。わたしたちは世界から見捨てられた。彼らはわたしたちを搾取し放り出した。その事実だけは絶対に忘れられない。なのに、どうして捨てられた側のわたしたちが世界を建てなおさなければならないのか。

どこからか風が吹きつけてくると、生い茂る木々の合間のわずかな空白が青い光で染まった。

その風景を見ていると、透明なスノーボールのなかにいるような感覚に陥った。儚くも美しい、いまにも壊れてしまいそうに危ういスノーボール。

＊

ジスさんが温室から新しい種と苗を持ってきた。大人たちはそれを、境界の向こうの死んだ森に植えた。子どもたちもジスさんから配られた促進剤を手にあとに従った。人々は、今度の植物は森の境界を越えられるかもしれないと言った。期待を抱いていたのはジスさんも同じだった。その植物を外部へ持ち出さなくても、少なくとも村のエリアを拡大することはできるだろうと。

ところが、十日過ぎても死んだ森に芽が吹くことはなく、ひと月後も変化はなかった。

わたしはダニーに内緒で森の境界へ出かけ、境界線上にびっしり生えたツル植物を見た。

その晩ジスさんの掘っ立て小屋に行ってみると、まだ明かりがついていた。だがジスさんの姿はなく、ロボット犬だけが床をぐるぐる回っていた。

「こんばんは、ベリー。元気だった？」

わたしは床にしゃがんでロボット犬の頭を撫でた。犬の口にメモが挟まれている。薄く口を開けた拍子にメモが落ち、わたしはそれを拾って広げた。

――レイチェル、あなたの本当の望みはなに？

奥にもうひとつメモがあった。

　――答えて。

　作業台の上を見た。工具は置き場にきちんと片付けられ、そこにはツル植物だけが散らばっていた。

　外へ出てみると、丘の上手にジスさんが見えた。ジスさんはレイチェルに話しかけていた。全部は聞き取れなかったが、なにかを訴えているようだった。

「レイチェル、ちゃんとわたしを見て。どうしてそうなの？　本当に、どうして……。永遠にここにいたいと本気で思ってるの？　それとも……」

　小屋の前には、根こそぎ引っこ抜かれたツル植物が山のように積み重なっていた。素手で触れてはいけないというジスさんの言葉を思い出した。それでもわたしは指を一本伸ばし、茎の表面にある細かな棘をこすってみた。硬くてざらざらした感触だが、痛くはない。ところが手をひっくり返してみると、指先が赤く腫れていた。


　ツル植物が村を守ったのはたしかだが、それだけでないことはすぐに明らかになった。菜園の作物を台無しにしてしまったのだ。半年以上手塩にかけた作物が死に絶え、栽培担当の人たちは胸を痛めた。ツル植物は地中に長いひげ根を伸ばして菜園の作物を全滅させ、その根にみずからの根を巻きつけて気色悪い塊をつくった。室内栽培の作物だけは無事だったが、それさえも地中から忍び入ってくるツル植物の根にやられかけていた。アマラはこの件でひどく苛立っていた。菜園が枯れるにつれ、栄養カプセルと食料品を求めて廃墟を探査する回数が増えていったが、それさえも葛藤の原因になった。もともとよく出かけていた場所は、すでに流れ者やドームから送り出されたハンターに荒らされていて、わたしたちが求める物資は残っていなかった。シャイエンがもっと足を延ばそうと言い張り、けっきょく四日かけて遠征に出たものの、収穫はゼロに等しかった。危険を冒して探査に出かけてももう無駄だとか、それならあのツル植物からどうにかしろといういがみ合いが続いた。

次にジスさんに会ったのは、ずいぶん経ってからのことだ。ダニーのお使いをして家に戻ると、ジスさんが玄関の前に立っていた。

「ああ、ナオミ。待ってたの」

「わたしを、ですか?」

ジスさんがうなずいた。わたしは面食らっていた。いつもはわたしが訪ねて行くほうだったから。ここ最近は、忙しくて落ち着かない様子の彼女をわずらわせたくないと思い、あえて訪問を控えていた。それなのに、まさか彼女のほうから訪ねてくるなんて。

「大切な話があって」

ジスさんはそれだけ言って、足早にどこかへ歩き出した。なんの話だろう？　行き会う人たちが何事かという目でこちらを見ているのがわかった。

ジスさんに連れられて来たのは、意外にも、温室に隣接する閉鎖された研究所だった。明かりは消えていたが、ドアの脇の配電盤をいじると、小さな照明がひとつだけついた。床には割れたタイルと土が散乱している。ジスさんは雑然とした廊下を過ぎ、ある実験室の前で足を止めた。なかはきれいに片付けられている。テーブルにはガラスのフラスコとビーカー、村の菜園で見かけた薬用植物が数種類置かれていた。

「これからナオミに、分解薬の作り方を教える」

突然のことに、事がうまくのみこめなかった。わたしはジスさんとテーブルの上を交互に見てから、つっかえつっかえ答えた。

「え……あの分解薬ですか？　レイチェルが作ってる？　でも、どうしてそれを……わたしに？」

「もしもの場合に備えてね。それに、あなたがいちばん向いてそうだから」

頭のなかにいくつもの疑問が湧いた。わたしはおずおずと訊いた。

「わたしにできるなら、当然ほかの子たちにもできるんじゃありませんか。わたしひとりに託すにはあまりに重要な仕事ですし」

「いろいろあってね。わたしはあなたに、それと、ほかの誰にも分解薬の製造法を教えてはならない状況にあるの」

わたしは困惑した。ジスさんはわたしの顔色を見ると、いたずらっぽい笑みを浮かべて言った。

「それに、これを教えたってことがばれたら、村に混乱を招く可能性もある」

「それじゃ、その……大丈夫なんですか？」

わたしはまぬけな表情で目をしばたたいた。ジスさんがくすりと笑った。

「説明するとちょっと長くなるんだけど、いい？　分解薬はレイチェルと村との取り引きなの。あなたたちが考えてるように、村の人たちが一方的にもらってるわけじゃない。つまり、分解薬の製造法は事実上、レイチェルが独占してるってこと。ただでさえ温室に不満をもつ人たちがいるのに、こっちの手札を見せるわけにはいかないでしょ？　でも、わたしはまた違う立場にある。もしもレイチェルが分解薬を作れなくなったら？　あるいは、分解薬を必要とする人がいまよりずっと増えたら？　わたしはそういった場合に備えなきゃならない」

頭がこんがらがったが、わたしはじっと黙ってジスさんの話を聞いた。

「かといって、あけっぴろげに教えるわけにもいかない。そんなことしたらレイチェルはすぐに気づくだろうから、錬金術師が弟子にそっと伝授するように教えなきゃね。この場所はいま、古代の秘訣伝授室ってわけ。あなたはわたしの弟子。できればまた次の弟子たちにも教えたいけど」

わかるようなわからないような。わたしはジスさんの顔をまじまじと見つめて訊いた。

「レイチェルが分解薬を作れなくなったんですか？　どこか悪いとか……」

「ううん、レイチェルは元気よ」

「じゃあ、レイチェルがドームシティに行こうとしてるとか？」

「いや、それも絶対にない。レイチェルはなにがあってもこの取り引きを続けるつもりなの。もしかするとそれが問題になるかもしれない。あるいは、わたしが要らない心配をしてるのかも。とにかく、当分のあいだは心配ないけど、それでも、世の中いつなにが起こるかわからない。備えあれば憂いなし、よ」

依然納得できないままだったけれど、ジスさんは説明はここまでというように、テーブルに視線を移した。必要以上のことは口にしない性格を知っていたから、わたしも口をつぐんだ。なにより、分解薬の製造法を教えてくれるというのだ、断る理由もない。

「必要な材料と重量、製造過程を正確に記録しておくのが科学の原則よね。だけど今回は違う。秘密にしておくことがあなたのためだろうから。いまはそういう時代なの。原則があだとなり、例外が武器となる。この悲惨な時代が終わるまでは、あなたの頭のなかにきっちり製造法をしまっておくこと。記録は絶対に残さないこと。どんなに信頼できる人にも教えないこと」

今度もわかるようなわからないような話だった。それでもわたしはうなずいた。記憶力には自信がある。

ところがいざ始まると、その自信は急速にしぼんでいった。たんに使用量や順序を覚えるだけでは、分解薬を完成することはできなかった。植物に必要な成分を抽出し、それを混ぜ、加熱し、冷却して濾過《ろか》するまでの工程をひとりで、誰の手も借りずにやりとげなければならない。絶え間ない練習が必要だった。

ジスさんは、計量器がないときに間に合わせで使える計量法まで教えてくれた。

「難しいでしょ？　自分で作ったものをためらわずに飲めるようになるまで、練習あるのみよ」

ジスさんが作った分解薬にくらべ、わたしの作ったものは水っぽく、色も薄かった。分解効果はおろか、飲んで死ななければ幸いといえた。

わたしたちは週に二度、閉鎖された実験室で落ち合った。フリムビレッジの軋轢は徐々に深まっていて、人々は終始ぎすぎすしていた。だから、実験室にいるときだけが唯一、心穏やかな時間に思えた。分解薬の作り方も板についてきて、しだいにジスさんの指示がなくても正確に作れるようになった。粘度の上がった液体をスティックでかき混ぜながら、ジスさんはなぜ自分にこの製造法を教えるのか、なぜそうしなければならないのか考えた。なぜレイチェルとジスさんの関係は心許なく映るのか、そして、村の亀裂についてどう思っているのか。

「村の人たちは、レイチェルがわたしたちを救うための研究をしてると言っています。それは本当なんでしょうか？」

わたしの問いに、ジスさんが笑った。

「へえ、そんなことを？　村では英雄扱いなのね」

「みんなじゃありません。〝レイチェル教〟ともいえるほど崇拝してる人もいるけど、どうしてこんなに素晴らしい植物を外部へ広めないのかって不審がってる人もいます。なにか意図があるんじゃないかって」

ジスさんは少し考えてから言った。

「レイチェルは単純に自分のやりたいことをやってるだけ。世界を救うつもりもないし、かといって村の人たちを従わせようってわけでもない。レイチェルがここにいるのは……それはたぶん、彼女にとってここがいちばん落ち着く場所だから」

レイチェルについて話すとき、ジスさんはいつもこんな具合だった。レイチェルに親しみを感じているようでありながらも、ほんの少しシニカルな態度。

「本人が望めば、レイチェルは人類の救世主になれると思う。情報もあれば腕もあるし、運も持ち合わせてる。でも、レイチェルはそれを望んでいない」

「じゃあ、レイチェルはなにを望んでるんですか？」

「それこそがいまだに解けない謎なのよ。レイチェルはなにを望んでるのか。いったいなにをあげれば、こちらの望むものをくれるのか」

ジスさんはそう言いながら、自分で製造したばかりの分解薬をビーカーに注いだ。いまではジスさんが作ったものとわたしが作ったものにほとんど差はないものの、やはり彼女の分解薬のほうが理想的な粘度をもっていた。

「レイチェルはね、わたしたちの助けになるものをくれることもあれば、わたしたちを滅ぼしかねないなにかをつくることもある。正確には、レイチェルがそうしてるというより、彼女のつくった植物がね。だから、レイチェルがいい人か悪い人かって質問は無意味だと思う。わたしたちはレイチェルと契約関係にある。でも、この契約は永遠じゃないかもしれない。なぜって、この契約の基本となる前提が……いつかはなくなってしまうから」

わたしはその言葉にぎくりとした。なくなってしまう、それはこの村のことだろうか。そんな話がささやかれているのを知っていた。村がなくなるかもしれない、すでに限界なのかもしれないと。

「じゃあジスさんも、この村が終わりつつあると思ってるんですか？　だからわたしに分解薬の製造法を教えてくれてる。そうですよね？」

そう尋ねると、ジスさんは返事の代わりにちょっと膝を屈め、わたしの目をのぞき見た。

「みんながそう言ってるの?」

「ツル植物が増殖して以来、そう言う人が増えました。いろんなことがささやかれています。みんな意見が違うみたいで。以前はこんなに口げんかすることもなかったのに」

「そう。どんな意見があるのか聞かせてくれる?」

わたしは、自分がこれまでに聞いた村人たちの意見をかいつまんで話した。レイチェルのつくった植物が、ダストに耐えられるだけでなくダストから村を守りうると知って以来、ある人々は、レイチェルを説き伏せて植物を村の外へ持ち出すべきだと主張した。この村だけで栽培するのではなく、ドームシティと取り引きするなり、ドームシティの科学者たちに後続研究と大規模栽培を提案するなりすべきだと。ダニーは、フリムビレッジはあくまでも一時的な〝避難所〟にすぎないと主張しつづけていた。一方、これまでどおりここで暮らしていくのがいちばんだという人々もいた。ハルはこのところダニーと意見が分かれ、顔を合わせるたびに口論になると言っている。

話を聞き終えたジスさんが言った。

「それじゃあ、ナオミはどう思う?」

「わたしの意見はひとつ、フリムビレッジを守るべきです。村の外は危険すぎます。わたしはドームシティの人たちのやり方を見てきました。彼らが弱者のためになにかするなんてありえません。人類を救うなんて考えたこともないはずです。わたしたちがダストに耐えうる植物を持って行けば、これはもうけものだと懐に入れる。それからわたしたちを殺すに決まってます」

「そうね、ナオミ。わたしも同じ考えよ」

ジスさんがうなずきながら言った。

「ドーム内の人たちは決して人類のために動こうとしないでしょうね。他人の死を平気な顔で見守れた人だけがあそこに入れたのだから。人類にとっては不幸なことに、そういう人たちだけが最後の人間として残った。わたしたちの滅亡は決まったようなものよ。たとえドームの人たちが最後まで生き延びたとしても、そんな人類がつくる世界なんて知れてるもの。きっと長くはもたない」

ジスさんが同意してくれて嬉しかった。でも、次に出た言葉は少し意外だった。

「それでもわたしたちは、レイチェルの植物を広めなきゃならない」

「……どうして？」

短い沈黙を経て、ジスさんが口を開いた。

「ここに来るまでにたくさんのコロニーを見てきたけど、どこもパターンは同じ。初めは仰々しい幟《のぼり》を掲げて集まるの。ユートピア共同体を標榜したり、宗教を中心にしたり、ハンターたちの集まりだったり、平和な生存を望む人たちの集まりだったり。どの集団も、ドームシティのなかで答えを見つけられないから、その外で代わりとなるものをつくろうとしてた。でも、それがなんであろうと、けっきょくは破局を迎える。ドームの代わりになるものなんてないのよ。かといって、ドーム内で別の道を見つけられるか？　答えはノー。ナオミの言うとおり、ドームのなかはもっとひどい。自分かわいさにドームを封鎖し、ひと握りの資源をめぐって虐殺をくり広げる。それならどうすべきか？」

わたしはぽかんとした顔でジスさんを見つめた。ジスさんはわたしを真正面から見据え、真剣な顔つきで言った。

「ドームをなくすの。みんなが外で暮らすようにするのよ。不完全なままで。それが解決策となるかって？　もちろんそうはならない。また同じ問題が起こるでしょうね。でも、なにもしないわけにはいかない、なにかしなきゃならないの。現状維持なんてありえない。終末が待ち構えてるだけよ。途方もないことをやりつづけること、それがわたしたちを少しでもましなところへ運んでくれるの」

わたしにはちんぷんかんぷんだった。どうやってドームをなくすというのか、その外で人々がどうやって生き延びるというのか……。

「でも、フリムビレッジは壊滅していません。ここだって解決策のひとつでしょう？　レイチェルの植物があれば、わたしたちは安全でいられます。外部から攻撃されれば反撃すればいい。わたしも一緒に戦います」

わたしの言葉に、ジスさんは沈黙した。わたしは必死になって言った。

「この村が好きなんです。こんなところはどこにもなかったし、これからもないと思う。ここ以外の場所は悲惨すぎました。ここだけが違ったんです」

わたしを見つめるジスさんの表情はとても複雑だった。

「ナオミ、そう言ってくれるのは嬉しいけど……」

ジスさんは最後まで言わず、長いあいだわたしを見つめてから、急にわたしの頭をくしゃくしゃにかき乱して言った。

「そうね、ナオミの言うとおり。ずっとここにいられたらどんなにいいだろう。まだ終わってもいないのに、いまから終わりを考えるのはよくないことね」

そうして、突然話題を変えた。

「さて、分解薬の出来はどう？　自分で作ったものを自分で飲む自信があるなら、うまくできたってことよ」

「ん……試してみます」

わたしは分解薬をコップに注いだ。ひとまず見た目は悪くない。でも、いざコップを口元に運ぼうとするとどうしてもためらわれる。

「オッケー。今日はここまで」

ジスさんがくすくす笑いながらわたしのコップを奪った。

「またのお楽しみに。次こそうまく作れるわ」

＊

除草剤の効果もなくツル植物が森全体に広がると、村は非常事態に突入した。いまや菜園ばかりか、室内栽培していた植物までもが壊滅状態にあった。食料の配給が二日に一度に減り、残りは栄養カプセルに頼らねばならなくなった。

戦闘ドローンは朝から晩まで警告音を鳴らした。侵入者は後を絶たず、識別マークを剝がした死体を毎晩のように谷川に流した。侵入者を防ごうとして大怪我を負う人もいた。なかには、村を維持するのはもう無理だと考える人もいるようだった。そういった意見は村の会議でおそるおそる取り扱われていたが、いつしか人々の心にじりじりと食い入りはじめた。子どもたちが戦闘に加わることはなかったものの、みんなは村に忍び寄る不安と恐怖を敏感にキャッチしていた。もう誰も声を上げて笑わなかった。

ジスさんと大人たちは毎日リヤカーで武器を運んだ。やがて地下倉庫のホバーカーをあるだけ運び出すと、それに乗って森の境界に地雷を埋めて回った。シャイエンが低い声でこう警告した。

「みんな、むやみに外へ出てはダメよ。地雷は侵入者と内部の人間を区分できないんだから」

死の塵が世界を覆っていた。物資を手に入れるために近隣の廃墟に出かけて戻った人たちは、人間が生存できる区域が急速に狭まっていると言った。ドームシティでは自分たちの身を守るために、ますます残忍な方法で侵入者を虐殺した。小さな村々もドームシティから送りこまれたロボットによって破壊された。使えるものはすべてさらわれ、残っているのは死体だけだと、目撃した人たちは言った。ダストストームが頻出し、村を封鎖してシェルターで待機する時間が増えていった。二日から三日、さらに五日へと。森から見渡せる周辺地域には、いつでも赤く重たい霧が立ちこめていた。そしてしばらくすると、あたかも血の海が広がっているかのようになにも見えなくなった。

ダストストームから生き残るにはツル植物が必要だった。だがそれは、人々に飢えを強いた。初めは美しく思えた青い塵も、いまや苦しみの源のように感じられた。耐性の弱い人間はみずからこの村を出て行くべきだとなじる人も現れた。もう一度そんなことを言ったらただではおかないとジスさんが怒りをあらわにすると、事態はいったん収まったものの、ひとたび芽生えた不信は容易に消えなかった。アマラの口数はどんどん減っていった。

いくつかのグループが廃墟に発電機を探しに行った日、村を出て行ったホバーカーが一台、行方をくらませた。乗っていたのはヤニンとミリアで、初めは、拉致か攻撃の可能性を疑った。しかしドローンに残っていた記録は、ヤニンが自発的にホバーカーに乗りこみ、北のドームシティに向かったことを示していた。倉庫に保管していた種子と苗、作物がなくなっていたことがわかった。誰かが、追跡してヤニンとミリアを殺すべきだと言い出したが、シャイエンは、何年も一緒に暮らしてきた人たちを殺せるものかと言い返した。ジスさんは逃亡者について一切言及しなかった。うわさによるとヤニンは、種子とドームシティの入居権を交換したのだという。そのドームシティにはヤニンの遠い親戚がいるという話もあった。この事態を伝え聞いたハルはぶるぶる体を震わせた。

「自分たちだけ生き残るために、わたしたちを裏切ったんだ」

「でも、どうせここの植物は外では育たないのに、ヤニンはどういうつもりなのかな」

「なんでもするよ。手段を選ばずに。外で育たないことがわかれば、きっとこの森を手に入れようとする。植物だけじゃない、ヤニンはこの村ごと売り渡したんだ」

逃亡者の一件は、人々の軋轢にまたもや油を注いだ。

「だから言ったろ。植物を使ってドームシティと取り引きすべきだって。ここに閉じこもってちゃ答えなんか出ない。いったいいつまでここに隠れてるつもり？　そうしたところで、外の人間があたしたちを見逃してくれるとでも？」

ダニーとハルの言い争いもますます頻繁になった。会館のそばを通りかかるとき、ふたりがぶつかり合っている姿がよく目についた。

夜になると、アマラはひどく疲れた顔で帰宅した。その顔を見ていると胸が傷んだ。アマラは誰よりもここに来たがっていたのに。誰よりもここで暮らしたがっていたのに。どうしてわたしたちはどこにも根を下ろせず、永遠に続く場所もないのだろう。

「姉さん、死ぬならここでって言ってたじゃない。わたし、覚えてるよ」

アマラは悲しげな目でわたしを見返したきり、押し黙っていた。

ジスさんとの会話を何度も思い返していた。ジスさんも分解薬の作り方を教えながら、レイチェルの植物をここから持ち出すべきだと言っていた。でもそれは、ダニーの意見とは違った意味を含んでいそうだった。ダニーは植物をドームシティへ持って行くべきだと言うが、ジスさんはドームシティは解決方法にならないと言った。

植物を持って行くなら、もしそうするなら、どこへ？　ドームシティ以外に、いったいどこがあるというんだろう？

分解薬を作るレッスンは中断していた。ジスさんは襲撃に備えて、昼夜を問わず機械を整備していた。ためらった末に掘っ立て小屋に行ってみたが、扉の鍵は閉まっていた。

丘の上手からジスさんの声が聞こえてきた。温室の前でジスさんがレイチェルに向かって声を荒らげている。泣いているようでもあり、なにか頼みこんでいるようでもあった。

「どういうつもりかわかってる。どんな気持ちなのかも。でも、これ以上ここにはいられない。誓うよ。レイチェルが望むなら、わたしはなんだって……」

ガラス越しのレイチェルがどんな表情を浮かべているのかは見えなかった。いったいなにが起きているんだろう？　少しずつこの場所を、世界を理解しつつあると思っていたのに、いまはなにひとつわからない。

＊

思えば、別れのときを迎えるまでのあいだに、わずかながら平和な日々があった。一週間？　それとも十日ほどだったろうか。その後にフリムビレッジを襲った数々の出来事にくらべれば、一瞬の平和だったにせよ、決して忘れられない日々だ。

その日、わたしとハルは会館の前の平たい岩に腰かけて夕陽を見ていた。ほんの数日前まで、巡回ドローンのサイレンと戦闘ドローンの爆撃音に耳をつんざかれそうな日々が続いていたのに、外部からの侵入が嘘のようにぴたりと途切れていた。ツル植物が菜園を枯らして久しかったが、アマラが森でずいぶんたくさんの食べられる実を見つけ、久々に新鮮な果物と野菜でお腹を満たしたあとだった。

青く光る塵がゆっくりと宙を舞っていた。わたしは、青い光で森を染めるその植物を見ながら、苦しみはいつも美しさと共に訪れるのだと思うようになった。あるいは、美しさがいつも苦しみを伴うのか。この村に生と死を同時にもたらしたこの植物は、わたしにそんな真実を教えてくれた。いずれにせよわたしはもう、目の前の美しい風景に手放しで感動できる人ではなくなりつつあった。

久々の満腹感で気だるく、風も心地よかった。悩ましい出来事をしばし忘れられるほどの、信じがたい静けさ。戦闘も飢えもなかったことのようだった。このまま目を閉じて眠ってしまいたいと思ったとき、ハルが突然、あー、あー、と喉の調子を整えた。

「なに？」

ハルはにっと笑ってみせると、歌いはじめた。

聴き慣れないメロディーの歌だった。ハルもところどころ歌詞が思い出せないのか、ハミングとでたらめな歌詞を織り交ぜながら歌った。みんな手を止めて、歌に耳を澄ませた。光る塵が夕闇を舞い、その合間をハルの歌声がすいすい横切っていく。正直に言って、とびきり素晴らしいとは言えなかった。でも、わたしたちの心をやさしく撫で下ろすにはじゅうぶんなめらかな歌声だった。歌が終わると人々は笑顔で拍手を送り、ハルは肩をすくめながら腰を下ろした。満足げな表情だった。

と、丘のほうから下りてきたのか、ジスさんがリヤカーを手に立ち止まっているのを見つけた。

少し驚いたような顔でこちらを見ている。わたしがさっと手招きすると、ジスさんはゆっくりリヤカーを引いてわたしたちの前まで来た。

「ハルの歌、聴きました？　なんて上手なのかしら。オーディションまで受けたっていうのは本当だったのね」

「ほらね。あたしは劇場で会ったときから見抜いてた」

アマラとダニーがはしゃいでいるあいだ、わたしはなぜか、ジスさんの視線がいまここではなく、別のどこかを見ているような気がした。そしてこの瞬間を、いま目の前にしながらすでに懐かしがっているようだと。それはあくまでわたしの推測にすぎなかったけれど、そんなジスさんが気になって仕方なかった。

村の道沿いに並ぶ小さな外灯がぽつぽつと灯りはじめた。ジスさんはリヤカーいっぱいに積まれた植物を地面に並べて、わたしたちを呼び集めた。トレーの穴にずらりと並ぶ苗、袋入りの種、すでに茎の伸びたものまで、いろんな植物があった。なかでもいちばん多いのはツル植物だ。

「もしもここを出て行くことになった場合は、そこでこれらの植物を植えてほしい。とくにツル植物を。そうすれば、ドームがなくても少しはもつはずだから」

わたしはツル植物をまじまじと観察した。数カ月前にみんなで森に植えたものと似ているけれど、もう少し茎がしっかりしているふうでもあった。隣にいたハルが口を挟んだ。

「どうしてわたしたちがここを出て行くと思うんですか？」

ジスさんは不意をつかれたようにきょとんとし、やがてかすかにほほ笑んだ。いつも感じられる力強さが消えたような気がし、どこかはかなく悲しげに見えた。

「出て行くと思ってるわけじゃない。万一のときの話。このツル植物は外の世界に、この場所と同じような環境をつくる唯一の手段よ。もしもわたしたちがここを守りきれなくなっても、これがあればまた別のフリムビレッジをつくれる」

ジスさんがなぜそんなことを言うのかわかるような気がした。ここを出ていくと仮定するのも、わたしに分解薬の製造法を教えてくれた理由も、いまならわかる気がした。ジスさんはこの風景を見ながら、同時にこの風景の終焉を想像していた。

「でも、わたしにはこの場所だけでじゅうぶんです。別のフリムビレッジなんかつくりたいと思いません。いまここにいる人たち、この人たちじゃなきゃ意味がないんです」

ハルがわたしの言葉にうなずいて言った。

「そうよ。わたしたちはここを離れない。それに、外には恵みの森もないでしょう？」

ジスさんはやや呆気にとられた表情で、愉快そうに笑った。そばにいたアマラも、わたしとハルの言うとおりだと加勢した。

本当はわたしにも想像がついていた。フリムビレッジは永遠ではないのだと。でも、ここに残るのだとくり返すことで安心できるのだった。

ジスさんはふだんのおどけた態度に戻って言った。

「だとしても、植えると約束してくれるといいんだけど。ここじゃなくても、また会えるでしょ。暮らせる所があって、植物があれば。どう?」

「さあ。考えておきます」

わたしは笑いながらそう言った。約束は最後まで避けたかった。ジスさんはそれ以上なにも言わず、ほほ笑みながらわたしの頭を撫でた。

*

初めてフリムビレッジを訪れたとき、永遠なんてものは考えていなかった。わたしとアマラには今日を生き抜く場所、明日の身の置き場が必要だった。そうして毎日を積み上げていけば、この村は存在しつづけ、わたしたちの逃げ場も無事だと思っていた。でも、森の外の世界は時々刻々と滅びつつあった。頭上を覆う滅亡という黒雲は日増しに厚くなっていたのに、それを見上げるのがいやで目を背けていただけだ。

ほどなくしてダニーが村を去った。みんな、朝になってようやく彼女の不在に気づいた。自室の絵はすべて運び出されていた。一枚だけ、明らかにわざと残して行ったのだろう絵があった。

ハルの肖像画だった。

こんなもの破ってやるといきり立つハルを、アマラがなだめた。ハルはかろうじて落ち着きを取り戻すと、絵をぐしゃぐしゃにして部屋の隅に投げた。それからわんわん泣いてはダニーをこき下ろし、泣き疲れて眠ってはまたもダニーを罵倒しつづけた。わたしは、アマラがハルを慰めるのを見守っていた。

「ダニーは自分のやり方を貫きたかったのよ。わたしたちとは意見が違ってたでしょ？　ほら、この村がいつまで存続するかについて」

アマラが気遣うように言ったが、ハルの態度は変わらなかった。

「わたしたち、ずっとその問題について話してた。ダニーはわたしの言葉に耳も傾けようとせずに、けっきょくわたしを捨てたんだ。卑怯者！　裏切り者！」

ハルが真っ赤に腫れた目をこすりながら言った。

「わたしは死ぬまでここにいる。外の世界になにがあるってのよ？　ドームシティの人たちが迎え入れてくれるだなんて、ばかばかしい。みんながどうやってこの村を、温室を守ってきたか……」

そう、人々が守ってきたのは村だけでなく、温室でもあるのだ。村人が傷つき、死に、去っていくあいだ、レイチェルは一度も温室から出てこなかった。みんなが言うように、本当にレイチエルは人類を救うために温室にいるのだろうか？　レイチェルはいまだに、ジスさんの言うように〝自分がやりたいこと〟だけをしているのだろうか？　ジスさんの言葉がしきりに思い出された。

〈本人が望めば、レイチェルは人類の救世主になれると思う〉

レイチェルは救世主になりたいと望んだことなどあるのだろうか。

わたしは温室を見上げた。温室は依然、神殿のように見えた。でも、ここにきて得られた結論は、神殿を守る人々が去ってしまえばその神殿も意味を失うということだ。

その地でのあらゆる物語が幕を下ろそうとしていた日、別れは突然やって来た。でも、わたしはフリムビレッジにいるあいだずっと、最後の日を想像していたように思う。

その夜、わたしは浅い眠りについていた。寝返りを打ちながら夢を見ていた気がする。ある日突然ダストが消え去り、ドームシティが門戸を開き、わたしたちはフリムビレッジに残る夢。そのとき、どこからか現れたツル植物がわたしにぐるぐる絡みつき、次の瞬間、ドンドンとドアを叩く音が聞こえた。

「ナオミ！」

アマラがわたしを揺さぶり起こした。

「行かなきゃ！　いますぐに！」

わたしは着の身着のままで外へ飛び出した。むせかえるような煙が村に立ちこめ、ひりつくような熱気が感じられた。夢だと思いたかったけれど、咳が止まらなかった。なにが起きているのかは、どこからともなく聞こえてくる悲鳴から察することができた。

誰かが森に火を放った。侵入者たち、森を欲しがっている人たち。戦い、息絶え、悲鳴を上げる夜がまたやって来た。

わたしは、アマラが一緒に戦おうと言うのを、これまでは大人たちが立ち向かってきたが、今日は自分たちも一緒に戦おうと言うのを待っていた。けれど、わたしの手首をつかんで走るアマラは黙ったままだ。直感が胸を貫いた。明かりのもとで、アマラの赤い目が見えた。

地下倉庫に保管されていたホバーカーが会館の前に並んでいた。空き地に人々が集まっている。武器の代わりに大きな袋が次々に手渡され、ホバーカーに積みこまれていく。

「わたしは行けない、行かない！」

ハルが叫んだ。シャイエンがハルを無理やりホバーカーに乗せた。誰も武器を構えなかった。みんな逃げ出そうとしていた。村を去ろうとしていた。村は侵入者の手で無残に破壊され踏みにじられるだろう。そしてここには誰も残らないだろう。

逃げることには慣れていた。発つことにも慣れていた。爆撃音と悲鳴をあとに、生きるために走ることにも慣れっこだった。でも、なぜよりによってこの場所で、またも同じことをくり返さなければならないのだろう。それがなぜ今日でなければならないのだろう。

人々は挨拶を交わす間もなく別れた。ホバーカーがめいめい、別の方向へ去っていった。残りの戦闘ドローンが侵入者たちの視線をかく乱しているうちに出発しなければならない。もうもうと立ちこめる煙のせいで、誰が残り誰が去ったのかわからなかった。アマラがわたしの手首を引っ張った。

「急がなきゃ。わたしたちの車はあっちよ」

「ダメ。姉さん、待って」

誰かがこちらへ走ってきていた。アマラに引っ張られたが、わたしは頑として動かず、煙のなかから現れたその人を見た。ジスさんだった。

「ナオミ！　急がなきゃ……」

アマラは切羽詰まった様子だったが、わたしとジスさんを交互に見て口を閉じた。胸が締めつけられるようだった。

「こんなに急に……こんなのってないです」

泣き出したわたしの前で、ジスさんはどうしていいかわからない表情だった。

「ジスさんだってここを離れたくないって言ってたじゃない。挨拶する時間もくれなかったじゃない」

「ナオミ」

「最後のレッスンもまだなのに……」

「聞いて。ナオミ」

ジスさんは掘っ立て小屋で、実験室でそうしたように、ちょっと腰を屈めてわたしと目線を合わせた。

「これが最後じゃない」

わたしは涙をぬぐいながらジスさんを見た。

「実験をするときがきたの。わたしが教えたこと、それから、わたしたちが村でやってきたことを覚えておいて。今度はわたしたちの行く先すべてがこの森、この温室よ。ドームの中じゃなく、外を変えるの。できるだけ遠くへ行って、そこでまた別のフリムビレッジをつくるの。わかった？」

ホバーカーに積まれていた袋の中身がそのときになってわかった。いまジスさんは、どこへでもいいから行ってレイチェルの植物を植えろと、あらゆる場所に広めろと言っていた。わたしに約束を求めていた。

「成功するとは言いきれない。いまよりひどくなるかもしれない。でももしも、ナオミ、あなたが望むなら……」

「そうすればまた会えますか？　また別のフリムビレッジをつくれば、そしたら……」

わたしはジスさんを見上げながら訊いた。ジスさんは悲しげな面持ちで黙って見返すばかりだった。なにか言いたくてもどかしそうな様子だったが、それは言葉となって出なかった。その短い沈黙が教えてくれた。わたしに嘘をつきたくないのだ、それだけわたしを大事に思ってくれているのだと。

「やります」

わたしは言った。

「約束します。行って植物を植えます」

厚い煙にさえぎられ、ジスさんの表情はよく見えなかった。わたしには、ジスさんが言葉にしなかった真実がわかっていた。涙で言葉を継げそうになかった。踵を返してアマラのあとを追おうとしたときだった。

「ナオミ」

わたしは振り向いてジスさんを見た。

「ナオミの作る分解薬は大丈夫。もう――」

ジスさんの声は爆撃音とホバーカーの騒音にかき消されてよく聞こえなかった。でも、それがジスさんのお別れの挨拶だということ、そしてきっとこんな言葉だったのだろうことはわかった。〝自分を疑わないで〟。濃い煙が鼻をついた。これ以上ここにとどまることはできない。

アマラがわたしの腕を引っ張った。

「もう出なきゃ！」

なにかに押されたように後ずさりしながら、アマラに従って車に乗った。ホバーカーのドアが閉まり、車体が浮いた。最後に後ろを振り返った。わたしを見ているジスさんがいた。だがその姿は、すぐに煙に覆われて見えなくなった。

わたしはゆっくりとシートにもたれた。涙をこらえられなかった。

わたしが心をゆだねていたフリムビレッジは、永遠に続くものではなかった。ずっと前からそうと知りつつも、終わりが来ないことを願っていた。でも、村を去っても心はいつもこの場所に、ひょっとすると生涯ここを離れられないだろうことを、わたしはすでに知っていた。

第三章

地球の果ての温室で

十五年ぶりのオニュは大きく様変わりしていた。アヨンがシルバータウンの近くに住んでいたころにはなかった家々が見える。静かな住宅街だったその町に、いまは飲食店や服屋が並んでいた。昔のままの姿をとどめているのは、シルバータウンとオニュのあいだにある小川、ペンキで塗りなおされた古い木の橋ぐらいだった。貢献者のお年寄りたちが住んでいたシルバータウンは、政治的な理由で管理が行き届かなくなるなどで議論の的となり、時の経過とともに相当数が他地域へ移っていったという。かつての閑静な郊外といった面影はなく、移り変わりの激しい煩雑な都市となっていた。

郷愁にため息をつく暇もなかった。アヨンはオニュのあちこちを訪ね回った。十一歳のころにいっとき暮らした町で、親戚でもなく、近所に暮らしていただけのお年寄りを探すのは容易ではなかった。ヒスが暮らしていた家はすでになく、そこには手工芸品の店が建っていた。それさえもいまは閉店して看板があるのみ、しかも近所の人たちは引っ越してきたばかりで、イ・ヒスなどという名は聞いたこともないという。

シルバータウンのお年寄りたちには最初からさほど期待していなかった。仮に当時を覚えている人が残っていたとしても、ヒスの行方を知っていそうな人はいないだろうと思ったからだ。果たしてそのとおりだった。おそるおそる声をかけてみても、「そんな人は知らないね」とピシャリとはねつけられた。子どものころにここに住んでいたのだという言葉に顔をほころばせる人もいるにはいたが、ヒスを探しているのだと聞くと急に無愛想になるのだった。

三日目になると、アヨンはヒスの捜索にいったん区切りをつけ、早めに宿へ戻った。もし彼女の行方を知る人がひとりでもいたら、なんとしてでも聞き出して次の目的地を決めることもできた。だが、誰ひとり知らないかもしれないと思うと先が思いやられた。ベッドに腰かけて携帯を開くと、ユンジェからメッセージが届いていた。

――だから探偵を雇おうかって言ったのに。費用と時間はかかっても、この小さな国で人ひとり捜せないこともないでしょ?

ユンジェの言うことを聞くべきだったろうか。でも、それで見つかるのだろうか。韓国がいくら狭いといっても、見つからない人もたくさんいる。まして、この小さな国で蒸発してしまった人もたくさんいるのだ……。アヨンはしばらく考えていたが、意地になってこう返事を送った。

――まだ一日あります。もう少しだけ時間をください。

新発売のバジルサンドを何度も勧めてくるルームサービスロボットを送り返し、ヘッドボードにもたれると、三日間の疲れがどっと押し寄せてきた。アヨンはため息をつきながらこのひと月を振り返った。アディスアベバの生態学シンポジウムに赴き、ルダンとナオミに会った。ナオミから驚くべき証言を聞き、韓国行きの飛行機のなかでインタビュー記録を何度も読み返した。ナオミの同意はもらっていたものの、本当にこれを公開していいのか悩ましかった。だが、インタビューを読み返せば読み返すほど、公開するべきなのだという確信が強まった。

ナオミの語るフリムビレッジの話は、ひとりの人間の過去以上の意味をもっていた。具体的な言葉で説明することはアヨンにもまだ難しかったが、それがたんにモスバナという植物にまつわる話だけに留まらないことも明らかだった。アヨンがまっさきにこのことを伝えたのはユンジェだった。電話上でかいつまんで話しているときからやけに集中して聞いていると思ったら、証言の全文を読んでみるようにとファイルを送ってからのちも、長らく音沙汰がなかった。夜も深まってからメッセージを送ると、既読表示になるだけで返信がない。アヨンはユンジェに電話をかけてみた。

「先輩、どうでしょう。これ、学会がひっくり返るような話だと思いませんか？　ダスト生態学の基本前提がそっくり書き換えられそうな話ですよね。ダスト抵抗種の植物が、自然適応したのではなく本当に誰かにつくられたのだとしたら、そして、わたしたちがうとましがっていた雑草に大気中のダストを減少させる働きがあるとしたら……。想像しただけで驚きです」

ユンジェは長い沈黙のあと、こう言った。

「もしもこれが本当なら、学会だけじゃなく世界中がひっくり返るわ」

その予想は的中した。学会がひっくり返るぐらいの騒ぎではなかった。ナオミの証言を過小評価していたのだ。アヨンはナオミの証言から、人々の好奇心をかきたてそうな部分を簡潔にまとめて生物学コミュニティに送った。表向きはダスト抵抗種の植物に関する新しい仮説というものだったが、反応は爆発的だった。

滅亡の時代、植物研究所を中心とするとあるコロニーと、そこで改良されたダスト抵抗種の植物。それらを植え、共に暮らし、それを世界中に広めた人々の話。植物学者なら誰しも魅了されそうな、それ以外の人々もじゅうぶんに興味を引かれそうな話だった。

具体的な証言のいくつかは、アヨンが知る過去の記録と合致した。ダスト時代の地下シェルター、巨大なドームシティ、小規模のドーム村、ドームから締め出された人々への暴力、ダストに耐性をもつ者が〝耐性種〟と呼ばれ搾取されていた過去については、すでに多くの証言と記録が存在している。アヨンはナオミの証言にもとづいて、その温室コロニーが〝フリム（Forest

Research Institute Malaysia, FRIM)〟という、かつてクアラルンプール北西の国立公園内にあった、山林研究所を中心とする集落にあったものと推測した。ナオミが述べた地理的条件や、熱帯雨林気候、研究所と居住地が共存する特殊な構造の村という細部が一致していた。もとは比較的都心に近い復元林にあったものが、二〇四〇年代後半にもう少し山林寄りに移転したという点まで。

だが問題は、フリムでの共同生活についてはナオミの証言以外に証拠がないことだった。そのため、アヨンの書いた記事に寄せられた関心はほどなく、疑いと非難にとってかわった。唯一残った写真だとナオミが見せてくれたものは、暗い森のなかに浮かぶかすかな光に過ぎなかった。ナオミの言うとおりなら、そこに住んでいた人々はダスト終息前にさまざまな地域へ散っていった。終息後に世界がもとの姿を取り戻すには数十年もの時間がかかったため、彼らはお互いの無事を確かめることさえできなかったはずだ。アヨンはひょっとしたらと思い、クアラルンプールの研究者たちに連絡してみたが、そんな隠れ場があったという話は初耳だという。一部の研究者がひと肌脱いで調べてくれたものの、フリムがあったはずの地域はクアラルンプールの再建地域内にあり、すでに開発事業が進んでいて以前の痕跡は残っていないという事実もわかった。

アヨンのメッセージボックスには、早くナオミの話の続きを教えてくれと急かす声と、科学者ならきちんとした根拠にもとづいて主張しろという非難のメッセージが殺到した。ある研究者は長文のメールでアヨンを批判していた。

あなたが公開したナオミの話は、とても興味深く、楽しい昔話を聞いているかのようでした。長いあいだ忘れていた古い過去と、不幸な時代における人間性の喪失、そんなさなかも希望をもって生きようとする人間の意志について多くを伝えてくれる、非常に魅力的な伝説のように聞こえました。

(……)

しかし、人類がダストから救われたのは魔女たちの薬草のためではなく、ダストに立ち向かい、その解決法を懸命に研究し、協議体をつくってディスアセンブラの開発に至った科学者たちの献身ゆえです。周知のとおり、再建は一部の英雄ではなく、人類全体の偉大な協力によってなしとげられたのです。どうかその教訓を、摩訶不思議な昔話などで汚してしまわないことを祈ります。

苦々しい気分だったが、証拠がないのだから仕方ない。ナオミの証言にはモスバナという植物種にまつわる話だけでなく、かつてフリムビレッジに暮らし、のちにそこを去っていった人々が、もしかすると多くの人々を救ったかもしれない、そして、その温室で生まれたダスト抵抗種が世界中に広まったのかもしれないという思い切った主張が含まれていた。それが、残りの人類の知る真実とあまりにかけ離れているために、これほど長いあいだ無視されてきたのかもしれないのだ。アヨンの記憶する、青く光る不思議なツル植物、ヘウォルで起きたモスバナの異常増殖、そして、ダスト時代のフリムビレッジというパズルのピースをひとつながりにするストーリーはなにより魅力的だったが、それをたんなる昔話にしないためには理にかなった証拠が必要だった。

アヨンが四日間の休暇をとってオニュに来たのは、ここで残りのピースを見つけられるはずだという確信があったからだ。フリムビレッジのリーダーであり、機械に強く、なにを考えているのやらわかりにくい性格のジス。ナオミの話を振り返れば振り返るほど、その人が、自分の頭のなかのある人物と重なる気がした。機械整備士として働き、ドームシティの英雄たちを軽蔑し、ダストから生き残ったものの、絶えずなにかを探し回っていたヒス。彼女の庭で見たツル植物の細部や、彼女が聞かせてくれたドームの外でのリアルな冒険談、子どもたちに大人気だった機械だらけの倉庫。すべてが子どものころの記憶であるため、ぼんやりとしか思い出せないのが惜しまれた。ヒスとジスさんが同一人物だというのはあくまで自分の心証でしかなかったものの、ナオミはあの日、アヨンが語ったヒスとの思い出を聞いてこう言った。

〈アヨンさんがここまで来た理由がわかったわ。わたしたちが出会うべくして出会った理由もね。わたしは運命なんて信じない、でも、同じものを追いかける者同士は一本の線上で会うことになると信じてる。わたしたちはあの奇妙な青い光に導かれ、同じ人によって結びつけられてるみたいね。あの人の生死がわかったら必ず知らせてちょうだい〉
ところがいざオニュに足を運んでみると、ヒスにたどり着けそうな手がかりさえ見つからず、アヨンは焦っていた。いったいどうやって彼女を捜せばいいのだろう？　ユンジェの言うとおり、いまからでも探偵を雇うか興信所に依頼すべきだろうか？　だがヒスが生きていたら、そんな方法で自分を見つけようとしたことをいとわしく思うのではないか？　自分が掲載したナオミの話は、生物学コミュニティの外部にも広がりはじめている。彼女もどこかでそれを耳にしているのではないか？　あるいは、ナオミが心苦しそうに推測したとおり、すでにこの世の人ではなくなっているのか……。
アヨンは深いため息をつきながら宙を見つめ、習慣のように〈ストレンジャー・テイルズ〉にアクセスした。まだ多くはないが、ここにも、フリムビレッジを知っているとか、フリムビレッジに住んでいたとかいう情報がぽつぽつアップされていた。むろん、それらのほとんどは作り話だと思われた。ひょっとしたらと思い読んでみると、細部はナオミの話とまったく異なっていたからだ。
だが、決して忘れられそうにない情報もひとつあった。それは、アヨンが以前ここに匿名で投稿した記事に、非公開設定で答えたものだった。

悪魔の植物を研究している植物学者、あなたがナオミの話を掲載した方ですね？　わたしは生物学者でもなければ、あなたとは一面識もない間柄ですが、もしやと思いこのサイトで検索してみたらヒットしたんです。〈隣のおばあさんのモスバナの庭〉の話が。何度も読み返しました。なぜなら、わたしも同じようなものを見たことがあるから。

添付の写真を見てくれませんか。赤ん坊のころのわたしの写真。わたしの顔や家族について興味はないでしょうから、そこにはステッカーを貼っておきました。でもその後ろ、わたしを抱いている祖母の背後を見てください。ツル植物で覆われた垣根が見えるでしょうか？　当時のことは覚えていません。とても小さかったので。祖母の顔でさえ、写真がなければ生涯知らなかったかもしれません。母はこの写真を見せながら、祖母は庭の手入れをする気がなかった、いつも変な雑草を生え放題にしていたのだとこぼしました。庭師を呼びたがらなかったとも。雑草が垣根を越えて隣の家に入っていくので、母はよく隣人たちに苦情を言われたそうです。

おばが一度、見るに堪えないと作業員に雑草を刈ってもらったとき、祖母はひどく怒ったそうです。ほどなく、庭はまたもツル植物に覆われました。祖母もときどきその庭に座っていたようです。笑っているような泣いているな、神妙な面持ちで。夜更けに祖母を捜しに出た母は、幽霊と見間違えて逃げたこともありました。不思議な光が宙に浮いていたからです。みんな、祖母のことを変わり者の老人としか思っていませんでした。

わたしたちは祖母のお葬式で、そのツル植物を飾りに使いました。祖母に贈るジョークのつもりで。

どうしてその理由を聞こうとしなかったんでしょう？

祖母はダスト時代に世界中を渡り歩いたあと、ドイツに住み着いて家庭を築きました。ドームシティはどうだったかと訊いても、ただ笑うばかりでした。

もうおわかりでしょう？　わたしがなにを言おうとしているのか。少なくともひとつ以上の地域に、モスバナの庭を育てていた変わり者の老人たちがいたということです。

どうかこの話を最後まで追いつづけてください。

母はあなたの記事を読んでからというもの、毎日のように泣いています。

学者は、仮説を立て、実験し、その結果をもとに結論を出す。あるいは、観測からデータを蓄積し、正確な分析を経て帰納的にひとつの理論を導き出す。それが科学の一般方式だ。でも、ある奇妙で美しい現象を発見し、その根拠を執拗に追いかけることもまた、ひとつの有効な科学的方法論かもしれない。失敗することもあり、ともすればほとんどが失敗に終わるだろうけれど、追いかけないことには決して見つかることのない驚くべき真実がその先にあるかもしれない、アヨンはそう考えた。

翌日は最終調査に拍車をかけることにした。シルバータウンのお年寄りたちに健康補助食品を配り歩きながらやっとつきとめたのは、ヒスが七年ほど前にオニュに戻ってきたということ、そこでまたもデモ隊の肩をもってシルバータウンのお年寄りたちと大げんかになり、今度は自分の家を売り払って町を出て行ってしまったということだった。となると、次の目的地はオニュ以外の町ということになるが、それがどこなのかは想像がつかなかった。

今日もこうしてむなしく一日を終えるのかと思いながらタブレットを取り出すと、ユンジェから長文のメールが届いていた。研究センターの植物チーム全体にもＣＣで共有されていた。


［ヘウォル市のモスバナサンプルについての全ゲノムシーケンス結果］

結果および分析データシートは以下に添付しています。

まず、モスバナという種はわたしたちの予想どおり、ダストフォール以前には存在していませんでした。野生型ゲノムを複数の研究所で確認し合い、大元となるマレーシア棲息種をつきとめました。つまり、この植物は人工的に編集されたものだということです。マレーシア自生植物であるヨウモウカギヅタと濃色葉サルトリイバラ、ヘデラ属のジョウリョクセイヨウキヅタ、それ以外にもカラハナソウ（*Humulus*）属の一部を混ぜて遺伝的編集が加えられているものと見られます。複数の種からキメラを生み出す手法は二〇五〇年代にもよく見られた植物エンジニアリングの技法ですが、それが特定の作物品種ではなく、このような雑草に使われているとは誰も予想していませんでした。ダスト前後に消失した種や分類学的データがあまりに多く、さほど疑問に思わず見過ごしていたこともあるでしょう。

もうひとつ、これまで研究者たちのあいだでモスバナが編集された植物だと知られていなかった理由、同時に、このミステリーの最もおもしろい点についてお話しします。ヘウォルで発見されたモスバナは、野生型のモスバナとゲノムが異なるとミーティングでお伝えしました。これは、野生型のモスバナに遺伝的編集が加えられたものではありませんでした。むしろそのゲノムは、野生型のモスバナ〝以前〟のかたちをしていたのです。つまり、いまヘウォルに広がっているモスバナは世界中に分布する、なかでも東南アジア一帯に広がっている二十二世紀現在のモスバナではありません。どちらが先かは葉緑体のゲノムの検討後に明らかになるでしょうが、とりあえずはこのヘウォルのモスバナを〝原種〟としておきましょう。

モスバナはこの数十年間、急速に世界へ広がりながら遺伝的変異を経たものと思われます。

野生型モスバナは原種よりずっと多様な遺伝型をもち、それが編集されたものであると疑う必要もないほどでこぼこした箇所が散見されます。不必要なＤＮＡが自然に入りこんでいるということです。より詳しく調べる必要がありますが、植物の表現型においても多くの違いがありそうです。一方でヘウォルの原種は、このようなでこぼこした自然的突然変異が起こる前のゲノムを有しています。先日チョン・アヨン研究員が提示した興味深い仮説のとおりなら、フリムビレッジの温室で誕生した〝最初のモスバナ〟こそが、いまヘウォルに広がっているということです。

いったいこの事件の真の原因はなんなのでしょう？　山林庁の職員と住民の方々には申し訳ない話ですが、わたしはこのヘウォルのモスバナの異常増殖の一件がおもしろくてなりません。次回のチームミーティングで話し合うこととしましょう。

メールを読み終えるころ、アヨン個人のデバイスにもメッセージが届いた。それもユンジェからのものだった。

――言ったでしょ？　見つかりそうにないならとっとと戻ってきなさい。解決策はひとつじゃないんだから。

くすりと笑いが漏れた。ユンジェの言い分も間違いではない。問題を解く方法はいくつもあり、目的地へつながる道もいくつもある。だが、わざわざこうしてオニュに出向いたのは、これが唯一の方法だと考えたからではない。この問題を解くことは、科学者としての好奇心だけでなく、自分の心の奥底にある感情と結びついている気がしていた。アヨンをいまここに至らしめた、ミステリアスな過去をもちながら忽然と姿をくらませてしまったある人物への憧れと好奇心、そして懐かしさ。いまヒスを探す理由は、それが最適の解決策だからではなく、アヨンの心をひきつけるのがほかならぬこの道だったからだ。

ユンジェのメールとモスバナのシーケンス結果分析シートを読んでいたアヨンの頭に浮かんだのは、またもやヒスだった。いまヘウォルで広がっているのがフリムビレッジで生まれた〝原種〟だとしたら、そして、フリムビレッジのジスとヒスが同一人物だという自分の推測が当たっているなら、ひょっとすると今回の増殖は、数年前に姿をくらませたヒスと関係しているのではないか？　そして、これは本当にもしもの話だが……ヒスがこの事件の張本人だとしたら？　根拠のない飛躍であることはわかっている。でも、ヒスが向かったのがヘウォルだとして、いったいなぜこんな、生物テロにも似たまねをするのか？

糸口が見つかったかもしれないと思うと胸が高鳴った。いまヘウォルにいるのが誰であろうと、その人物は直接・間接的にフリムビレッジと関わっているはずだ。モスバナの異常増殖が報告されたのはごく最近のことだから、彼女はいまそのどこか、ひょっとしたらヘウォルの近くに住んでいるのかもしれない。

＊

「ひと月後にアディスアベバで、もう一度ナオミとルダンに会うことになりました。フリムビレッジについては前回思い出せる限り話したから、村を出たその後について話してくれるそうです。〝ランガノの魔女たち〟についてアムハラ語で書かれた記録はけっこう残ってるんですが、翻訳機に頼っての調査だと限界もありますし。当事者からの聞き取りならより多くのヒントが見つかるかと」

「インタビューを少し前倒しにはできない？　エチオピアでのインタビューなら出張扱いにできるし、みんな続きを首を長くして待ってるみたいなのよ」

「ルダンが言うには、アマラが急に調子を崩して、いまナオミは看病にあたってるみたいなんです。アマラが元気になってくれるといいんですが……」

「そう、それなら仕方ないわね。こっちが待つしか」

「取材の申し込みが殺到してて、一つひとつ断るのに苦労してるとか。当面はルダンが代わりに連絡を受けているようです。口が軽いほうなのでちょっと心配なところですが」

ルダンは殺到する取材に困惑しながらも、一方では小躍りしているようだった。ナオミとアマラが直接取材に応じられるようになるまではなるべく記者たちに会わないほうがいいとアヨンが念を押したにもかかわらず、すでにアディスアベバ一帯のマスコミではルダンの発言を引用した記事が飛び交っているようだった。ナオミの話が広まるのは嬉しいことだが、人々の関心がつねに好意的なものであるとは限らない。よくわからないとルダンが口を濁した部分について、早くも揚げ足を取るような非難が見受けられた。アヨンは願った。当分のあいだは、ナオミが自分に向けられた非難を目にしないことを。

アディスアベバでのシンポジウム以降、研究センターはあわただしい空気に包まれていた。スビンは国立樹木院に提出するシンポジウムの結果報告をまとめるため、一日中ホログラムスクリーンに目を這わせていたし、パクチーフはモスバナのゲノムに関する山林庁からの質問攻勢にかかりきりのようだった。ユンジェもスクリーンいっぱいにゲノム分析データを映し、腕組みをして画面に見入っていた。フリムビレッジについてのアヨンの文書が学界に広く知れわたり、ユンジェがモスバナに関するローカルデータの提供を呼びかけると、各地域の研究者たちが論文で発表されていないデータまで収集して送ってくれたおかげで、植物チームはいっそう忙しくなった。実験テーブルには、あらゆる地域から届いたモスバナの標本が、封筒に入ったままラベリングされていた。シンポジウムで挨拶を交わしたエチオピアの研究者たちからもメールが殺到した。カン所長がモスバナ増殖の一件とフリムビレッジの後日談にひどくご執心であることも幸いといえば幸いで、しばらくはこの件に集中できそうだった。

一方で、殺到するメールのなかにはアヨンへの怒りをあらわにした地雷のようなものも交じっていた。フリムビレッジの話は、アヨンが予想だにしなかった意外な波紋を呼んだ。ダスト終息についてのありとあらゆる仮説が広まりはじめたのだ。ダスト対応協議体とディスアセンブラは国際的な詐欺にすぎないとか、はたまた、モスバナは人類を救うために地球からプレゼントされたのだとか……。ほとんどは無視してかまわない内容だったが、ダスト消息の真の理由についてはアヨンも気になるところだった。

周知のとおり、ダストは二〇六四年に始まった世界ダスト対応協議体のディスアセンブラ広域散布によって二〇七〇年五月に終息した。ディスアセンブラがダストを消したという事実はあまたの再現実験とシミュレーションを通して立証済みであり、いまさら疑う余地はない。ナオミもおそらく、この事実は知っているはずだ。だとしたら、ナオミはモスバナにどんな力があると考えているのだろう？　モスバナがダストを消したといまも信じているのだろうか。

アヨンはそんなことを思い悩みながらメールボックスを開いた。少し前に届いていたメールがひとつ。ヘウォル市のリサイクル処理業者からの返事だった。アヨンが待っていたものだ。相変わらずゲノムの資料とにらめっこをしているユンジェに声をかけた。

「ユンジェ先輩、やっぱりもう一度ヘウォルに行ってみます」

「なんでまた？　モスバナのサンプルならもうじゅうぶんだけど」

アヨンはさきほどのメールをユンジェに見せた。初めは首を傾げて読んでいたユンジェだが、徐々にその目を大きく見開いた。そしてデバイスをアヨンに返しながら言った。

「なにかおもしろいことがわかったら、すぐに知らせてよね」

「もちろんです」


今回アヨンが向かったのは、ヘウォルの復興現場からやや離れた、古い倉庫やコンテナハウスがぱらぱらと佇む町だった。かつて発掘事業が盛んだったころは、それでひとつの町が成り立ちそうなほど多くの私設発掘会社が軒を連ねていたらしい。いまは、ぼろい倉庫のあちこちに〝廃業〟と書かれた紙がはためき、スプレーで×印がつけられていたり、窓が割れている建物もあった。そうでないものは、そもそも窓がないか、フィルムで隠されてなかが見えなくなっている。明るい日差しが降り注いでいるのに、まるで滅びた村を歩いているかのような感覚にとらわれた。

アヨンは少し緊張気味に辺りを見回し、〈ミロ・テクノロジー〉という小さな看板がかかったグレーの建物の前で立ち止まった。呼び鈴までもが黄色く褪せている。

「ご連絡した、研究員のチョン・アヨンと申します」

黒いフィルムが貼られた引き戸がカラカラと開いた瞬間、なかから古い油のにおいが漏れてきた。足を踏み入れ、棚を埋めつくしている機械装置、部品箱、ペンキ缶やスプレーといったものを見回しながら、アヨンは戸を開けてくれた男のあとに従った。そこは倉庫を兼ねた事務室で、建物自体はそれほど大きくないが、ギリギリまで物を詰めこんでいるせいで道に迷いこんだような気分になる。男に案内された小さな接待室にも、ソファとテーブルの周りには工具の箱が積まれていた。

かつてのミロ・テクノロジーの社長、いまは別の発掘会社のマネージャーをやっているというチャンは、きまり悪そうに状況を説明した。

「ここはもう、会社というのは名前だけでして、営業は中断しています。昨年からちょっとずつ倉庫を片付けてはいるんですが……いまの勤め先にお呼びするのもなんなので、こちらへお越しいただきました。本当のところ、胸を張って言えるような事業ではありませんでした。違法ではありませんが、合法ともいいがたい、ぎりぎりのラインでしたから。ご存知のとおり、人型ロボットの新規製造は厳しく禁じられています。そこで、人型ロボットを求める人たちは、ヘウォル市の発掘事業に目をつけたんです。うちの場合はロボットを実際に使いたい人というより、コレクターやマニアを主な顧客としていました」

ロボットの組み立てや部品収集に対する規制が厳しくなった昨今、業者の多くは姿を消したが、ほんの数年前まではヘウォルの廃墟を掘り返し、そこで見つけた人型ロボットを組み立ててこっそり販売するビジネスが盛んだった。そのほかにもヘウォルには金になるものが多くあったが、私設のリサイクル処理業者の半分は、人型ロボットの部品を集めることに力を入れてきたといっていい。実際、アヨンが問い合わせたなかには、ロボットの再組み立て工場といえるほど広大な敷地と設備を有する業者もあった。だがそういったところからは、なにも知らないという答えしか返ってこなかった。ほとんどは、自分たちにはわからない、あるいは、うわさには聞いたことがある、といった程度の返事をよこした。それでも一部の業者は懇切丁寧に答えてくれ、そのひとりがこのチャン社長だった。

アヨンが記憶をたどって思い出したのは、ヒスの家で見た人型ロボットだった。ヒスは、何日も家を空けて戻るときには、機械の部品をたんまり持ち帰った。そしてここヘウォルは、かつて国内最大のロボット生産地として栄え、その後はロボットたちの墓場となり、くず鉄の山と化してからは……あまたのリサイクル処理業者がロボットを発掘する場所となった。アヨンは、かつてヒスが家を留守にして向かっていた場所こそヘウォルだったのではないかと推測した。

ヘウォルのリサイクル処理業者に聞いて回ってわかったことはふたつ。ひとつは、数年前までひとりのお年寄りが発掘会社の集まるこの一帯によく出没していたこと。人型ロボットのコレクターが出入りすることは珍しくなかったが、ヒスぐらい年老いた人間はいやでも目立つうえに、いつも特定の形の部品を探し歩いていたため、ここでもよく知られた存在だったようだ。ふたつめは、まだモスバナが異常増殖しはじめる前に、リヤカーを引いて発掘現場を歩き回っていた怪しい人物がいたということ。しかしたった一度遠目に見かけただけで、ヒスと似た点があったのかははっきりしない。

チャンはコーヒーをひと口すすってから続けた。

「昔のロボットを探している人のほとんどは、骨董品を集めているか、ロストテクノロジーにのめりこんでいる人です。再組み立てロボットでなにかしようって人もいないわけじゃありませんが、元通りに復元するには精巧な技術を要するので、普通はやりません。たんに集めるだけなら取り締まりも厳しくないし、わたしどもにとってもそういったコレクターに高く買ってもらったほうが都合がいい。でも、わたしや何人かの業者がヒスさんのことを覚えているのは、そういうありふれたコレクターとはちょっと違っていたからです」

「それはどういった点で？」

「ヒスさんはたんなる趣味でロボットを集めている感じではありませんでした。なにかを再現して確かめようとしているようだったというか。ほら、たとえば、いつの時代もいるじゃないですか。永久機関の存在を証明するために不可能と思われる実験を生涯やりつづける……そういうタイプの人じゃないかって。かといって、決して変な方ではありませんでした。むしろとてもおもしろくて品のいい方でしたよ。機械の知識も豊富で」

チャンの話を聞きながら、アヨンはヒスの家にあった機械の数々、やや不気味でもあった人型ロボットの外身、ノートブックにびっしり書き留められていた数字と実験の痕跡を思い出した。ヒスはあの実験からなにを導こうとしていたのだろう？

「この事件、覚えてらっしゃいますか？　五年前のことです」

チャンはアヨンが差し出したタブレットの記事をしげしげと見てから、うなずいた。

「覚えています。同業者のあいだでもずいぶん話題になりましたが、怪談のようでもあったし、あまりに奇妙な出来事で……なにより証拠がなかったもので、みんなそのうち忘れてしまいました」

それは、ヘウォルで発掘された人型ロボットについての記事だった。ある廃品処理場のオーナーは、それをリサイクル業者から捨て値で買った。しかしどう見ても高価なものに見えたため、電源を入れ替えてみると、ロボットが突然目を覚まして逃げていったという話。チャンの言うとおり、逃げたロボットの行方もわからなければ証拠となる写真もなく、警察がひととおり捜索しただけで忘れ去られた事件だった。

「あ、そうそう、ヒスさんにこの事件について訊かれたことがありました。ただ、わたしどももとくに知っていることはなく、彼女もそれ以上は追求してこなかったと記憶しています。その後間もなく、弊社は運営方針を一般顧客から政府事業中心へと切り替えました。ヒスさんの姿を見かけなくなったのもそのころだったと思います」

　ヒスの連絡先を教えてもらえないかという質問に、チャンは、顧客情報はどんなに昔のものでも教えられないと言った。たとえ連絡先が残っていたとしても、いまも変わっていない可能性は低いだろうし、彼の言い分もわかる。アヨンは頭を下げて挨拶した。

「本当にありがとうございました。わたしどもの研究調査の一環で伺ったんですが、わたし個人にとっても大きな意味をもつ方なんです。こうして少しでも足取りをつかむことができてよかったです」

　重ねて礼を言い、帰ろうとしていたアヨンを、チャンが呼び止めた。

「待ってください。自宅の住所ではありませんが……ときどきカタログを送っていた住所があるんです」

　彼はしばしためらっているようだったが、ほどなく住所を書き写した紙を差し出した。

　ミロ・テクノロジーをあとにしたアヨンは、停めてあったホバーカーで戻ってきた。チャンにもらった住所はヘウォルからさほど遠くない、近隣の町にある老人ホームだった。その足で向かいたかったが、まずは電話で問い合わせるのが礼儀だと思い、連絡先を探し当てて電話をかけることにした。

　ヒスは本当にそこにいるのだろうか？　もう一度彼女に会えるのだろうか？

「ダスト生態研究センター研究員のチョン・アヨンと申します。実は、そちらにヒスさんという方がいらっしゃるか伺いたくお電話しました。イ・ヒス、あるいはイ・ジスという名前の……」

アヨンはじれったい気持ちでスタッフの応答を待った。電話越しに「そういう方はいらっしゃいませんが」という返事と、周囲になにか確かめる声、「少々お待ちください」という言葉と、入り乱れた騒音が聞こえてきた。その時間が、アヨンには永遠のように感じられた。

「四年前までここにいらっしゃいました。残念ですがもう……」

胸が締めつけられるようだった。余生を送ることを目的とするホームだっただけに、もうヒスに会えないのだということは訊かずともわかった。ところが、スタッフの次の言葉は意外だった。

「あの、ヒスさんのことをご存知なら、一度こちらにおいでになっていただけませんか？　お渡ししたいものがあるんです」

ホバーカーに住所を入力して一時間ほど移動した。やって来たのは郊外にある広やかな老人ホームで、施設は年季が入っているものの、安穏とした情景が印象的だった。よく手入れされた庭を横切ってロビーに入ると、落ち着いた雰囲気の室内が広がっていた。長く勤めているスタッフのなかにヒスを記憶している人たちがいた。最後までスタッフに親切で、健康が悪化していくあいだも毎日規則正しい生活を送っていたそうだ。ヒスがなにかを探しにヘウォルに通っていたことも知られていた。医師の助言に従って、調子の悪いときはホームで過ごし、いいときは一週間ほど留守にした。だが徐々に体が弱り、短期の外出さえできなくなると、その後は急激に気力が衰えはじめたという。

「最後に行きたい所があるのだとおっしゃってました。でも、けっきょくは叶わず……。旅行かばんを用意していたので、かなり遠くへ行こうとしてらしたんじゃないかと……」

アヨンはスタッフに、ヒスの行方を追ってここまで来たことを説明し、彼女にもう会えないのなら、どんなことでもいいから話を聞かせてくれないかとおそるおそる頼んだ。スタッフは少しためらってから、倉庫に保管されていた小さなチップを持ってきた。

「多目的メモリーチップです。主にご老人の記憶を保つために使われますが、これで生涯の回顧記録を残す方も多いんです。記録装置にアクセスすれば、神経イメージと連動して、言葉や文章以外にも多様なかたちで記憶を残せます。ここに、ヒスさんが長い時間かけてつづった回想記録が入っています」

スタッフがアヨンのほうへチップを差し出した。アヨンはつられて受け取ったが、ヒスと緊密な関係にあるわけでもない自分がもらってよいものかわからなかった。

「普通は家族の方にお渡ししています。非常にプライベートな部分もあるので……。でもヒスさんの場合は、自分には家族がいないけど、しばらくはこの記録を廃棄せずに残しておいてくれと、もしも記録のロックを解除できる人がいたら渡してもいいからとお願いされていたんです。実は去年で規定の保管期間が終わり、廃棄される予定でした。でも、ヒスさんがそこまでおっしゃっていた以上は必要とされる方がいらっしゃるのではと思い、取っておいたんです」

スタッフは、記録を照会できる装置を貸し出すこともできると言ってくれた。

「ただ、パスワードについての手がかりはありませんでした。万一のためにアーカイブ業者に送ろうとしたんですが、パスワードがわからなければ永久保管はできないと断られたんです」

メモリーチップを受け取って老人ホームを出ながら、アヨンは複雑な思いに駆られていた。本当にこれを読んでもいいのだろうか？　十年以上前にちょっと付き合いがあっただけの女の子のためにヒスが記録を残したはずもなく、おそらくはほかの誰かのために残したものと思われるが……。もしもパスワードをつきとめられたら、記録を見てもいいだろうか？　そもそもパスワードがわからなかったら？

どうするべきか頭が混乱したが、アヨンが来ていなかったらメモリーチップを廃棄する予定だったというスタッフの言葉が浮かんだ。ヒスがチップを残したのは、誰でもいいからこれを読んでほしいと望んだからに違いない。

回想記録を読む時間が必要だった。老人ホームで出力装置を借りてきたから、この近くに宿をとってもう一泊したほうがよさそうだと判断した。

その夜、アヨンは宿で出力装置にチップをつなげた。スタッフに言われたとおり、文字列のパスワードが必要だった。アヨンは思いつく単語をいくつか入れてみた。フリムビレッジ、ダストフォール、温室、植物、モスバナ……。単語を組み合わせてみたり、文字の配列を変えてみたりもした。

上限まで間違うと出力装置が一定時間ロックアウトされるため、やみくもに入力することはできない。最初に思いついたものはすべて外れた。

アヨンはしばらく手を止め、ナオミの話に出てくるジスなら最後になにを探しに行っただろうと考えてみた。子どものころ、ヒスに聞いた言葉が思い出された。

〈植物ってのは、実にうまく組み立てられた機械のようでもあるのさ。わたしも昔は知らなかったけど、長い時間をかけてそれを教えてくれた子がいたんだよ〉

ほどなく制限が解除され、アヨンは思いついた名前を入れた。すると画面上の入力ウィンドウが消え、メッセージが表示された。

感覚装置を通じて記録内容をアウトプットします。Output 端子を確認してください。

鼓動が高鳴り、同時に、心が異様なほど冷静になっていくのを感じた。震える手で確認ボタンを押す。ほどなく、頭に装着しているヘッドセットモニターに、再現された画像と音声がなだれこんできた。

眠っていた記憶のドアを開く鍵は〝レイチェル〟だった。

——

二〇五三年夏

ジスがレイチェルに初めて会ったのは、サンディエゴのソラリタ研究所でのことだ。

待ち合わせ場所までの通路には、至る所に〈出入り禁止〉〈呼吸注意〉〈霧に注意〉といった注意書きが貼られていた。短い間隔で大きな非常ボタンがあり、緊急時の脱出方法を案内していた。いったいなにをつくっているのやら、見た目は普通の通路だったが、ジスはなんとなく息を止めがちに歩いた。

ソラリタ研究所は世界最大のスマートパーティクルの生産地に造られた大型研究団地で、入り口から早くも見せびらかすかのように大きな広報展示物が飾られている。いくつもの展示物と宣伝文句のなかで、ジスの視線を引くのはひとつぐらいだった。

地球を救うグリーンテクノロジー、ソラリタがリードします。

グリーンテクノロジーの一環として、ナノ粒子を使って有機物を短期間で環境親和的なレベルの物質に還元する研究が行われていることぐらいは、ニュースを通して毎日耳に入ってくる。気候危機に瀕しているいま、世間の期待を集めている技術だという話もうんざりするほど聞いていた。原理については詳しく知らないが、ジスの顧客のなかにも似たような技術を用いて、血液をナノソリューションに入れ替えた人たちがいるという。

訪問客に許されたエリアを外れると、保安監視が一段と厳しくなった。天井のあちこちにカメラがあり、武器を携えた警備員たちが通路を行き交っているが、とくに気にすることはない。自分の仕事を終え、出て行くのみだ。ある研究員の、壊れた機械の腕を修理すること。どんな人間かは知らないが、保安区域から少しも出られないほど忙しいようだ。

テラスから研究団地を見晴らして休憩室へ戻ると、ひとりの女が椅子に腰かけていた。ひと目で機械だとわかる目がジスに向けられた。ジスはしばしその目の主を見つめた。機械なのは腕だけだと思いこんでいた。こんなふうに全身を機械に取り替えている人間に会うのは久しぶりだった。炎症反応はなかったのだろうか。免疫設定はどうしているのだろう。人工の皮膚であそこまで精密な顔が表現できるとは。

高価な新製品をしげしげと眺めるような視線に気づいたのか、女が顔を曇らせた。思わず好奇心をむきだしにしてしまったと思い、ジスは多少きまり悪そうに、わざとらしくタブレットの予約リストを確かめながら尋ねた。

「今日、修理の予約をされてますよね？　レイチェルさん」

レイチェルはうなずくことで返事に代えた。ジスはレイチェルの前にテーブルをひとつ引きずっていき、器具を並べてから、まずは彼女の腕を診た。まだ開いてもいないのに、ベタベタする糸のようなものが関節にぐるぐる巻きついていて、なかはもっとひどい状態だろうと予想された。

ジスはハンディスキャナーでレイチェルの全身をスキャンした。有機体の割合は三十一パーセント。有機体の割合が三十パーセントを超えるサイボーグの整備は医療施術とみなされるため、必ず医療環境の整った医務室で行う必要がある。

「ここでは修理できませんね」

「二十九パーセントと記録してください」

「どうやって？　ちゃんと数字に出てるのに」

レイチェルはジスの手からハンディスキャナーを取ると、自分の首から下をみずからスキャンした。前にも同じ経験があるのか、慣れた手つきだった。今回は二十九パーセント。原則上は頭のてっぺんからスキャンすることになっているのだが……この様子では、はねつけるのも難しい。

ジスにスキャナーを返しながら、レイチェルが無愛想に言った。

「実際は二十九パーセントよりも低いんです。そのスキャナーはナノソリューションを認識できませんから」

自分の機材をばかにされたような気がしてややカチンときたが、ジスはあえて言い返さなかった。そして肩をすくめて言った。

「了解、ここでやるとしましょう。その代わり、なにかあってもわたしは知らない。そのときはあなたの責任よ」

ジスはレイチェルの腕を分解しはじめた。内部の状態は見た目よりも深刻だった。腕の微細人工筋肉のあいだに粘性のある高分子物質がうんとまとわりついている。初めは植物の茎のようなものかと思ったが、ピンセットでつまみ上げてみるとどうやら違う。そもそもこんな気味の悪い凝集体のようなものが、なぜ機械の内部に入りこんだのかわからない。

「なにをしたんですか？　これじゃ長く使えませんよ」

レイチェルは今度も答えなかった。ジスは眉をひそめながら、まとわりついている物質を丹念に調べた。高価な腕をこんなに雑に扱うなんて、なにを考えているのだろう。それとも、本人が取り替え費用を負担する必要がないいか。

「なにをしてるかは知らないけど、あなたがやってる作業は自分でやるより機械を使ってやったほうがいい。つまり、あなたの腕も機械ではあるけど、人体とつながってる機械でしょ。値が張るし、扱いも難しいのよ。その腕をこんなふうに使うより、いっそ遠隔調整装置を取り入れてもらったらどう？　研究所がやらせてる作業でしょ？　ソラリタはナノボットで大もうけしてるでしょうに、研究員のためにそれくらいしてくれたっていいはずよ」

「そうはいきません。わたしが自分でやらないと」

「いったいなにを？」

「極秘事項なのでおかまいなく」

その言い方に、ジスは一瞬むっとした。なんなの、それならそうと、答えられないとかなんとかごまかせばいいものを……。不快だったが、お金をもらう立場なのだから仕方ない。機械で延命できるほど金持ちだとここまで無遠慮になれるものなのか、それとも、機械装置が社会性を奪うのか。機械と結合した脳は感情のコントロールが単純になるせいで、感情パターンの調節機能を追加する必要があると聞いたことがある。機械脳の分野はジスの担当ではないからよく知らないが、おそらくはそのケースだろう。

ジスは、ピンセットで高分子物質を一つひとつ剝がしていくうちに、この作業だけで二日は徹夜することになりそうだと見立てた。

「お手上げです。いちいち剝がしてられない。新しいものと交換したほうがいいですよ。この機会にどうです？　新しいモデルは密閉度が高いからいまより故障も減るだろうし」

「ほかのエンジニアはうまく直してくれましたが」

「じゃあその人を呼ぶんですね。前回の出張修理からいくらも経ってないはずだけど。交換しないならそれがベストですよ。そうしたところで十日もつかもたないかでしょうけど」

レイチェルが黙っていたため、ジスは当面使える程度にだけ腕の内部を整理してから、持ってきた器具類をかばんにしまった。そして、出張費用をたっぷり上乗せした請求書をタブレットに表示して差し出した。請求書をじっと見つめていたレイチェルが淡々とした声で言った。

「腕を交換します」

ジスはこれ以上ないほどやさしい笑顔を浮かべて、レイチェルからタブレットを受け取った。とっととそう言えばよかったのに。どうせ研究所のお金なんだから。腕の取り替え費用を書き足してもう一度差し出すと、レイチェルは無表情で請求書を確認し、ポケットから出した端末機を接触させてサインした。

次に会ったのは一週間後のことだ。ソラリタ研究所に着き、前回と同じ休憩室に向かっていたジスは、ふとガラス窓の向こうにのぞく風景に視線を奪われた。窓には〈原子の庭〉というプレートが貼られている。よほど危険な場所なのか、三重の保護装置が設けられていた。隔離されたそれぞれの空間で、あらゆる植物が絡み合っているのが見える。放射線でも浴びて育ったかのような異様な姿の植物ばかりだ。レイチェルもああいう危険な研究をしていて事故でサイボーグになったか、あるいは、はなから人間より丈夫なサイボーグ研究員として投入されたかのいずれかだろう。

研究室の内部はガラスで区切られ、それぞれの空間に数字のラベルが貼られていた。いちばん小さい数字のエリアは、内部が霧に満ちている。霧はおかしな色をしていた。赤いようでも、青黒いようでもある。

ジスはそのなかにレイチェルを見つけた。機械の腕を箱のなかに入れて、奇妙な形の植物からなにかを採取している。目の前の植物にすっかり集中している様子で、その瞬間ジスには、植物を見る彼女の目に愛情がこもっていると感じられた。この前とはまったく異なる印象だった。ぜんぜん似合わないけど、植物学者だったってこと？　前回見た高分子物質は、やっぱり植物の一部？　でも、たかが植物がどうやって機械の腕を……。

こちらに気づいたのか、レイチェルが振り向いた。ガラスの窓越しに目が合った。声は聞こえそうになかったが、ジスは口を大きく動かして言った。

「腕、持って来ました」

そう言いながら、背中の大きなリュックを指した。レイチェルはそれを見ると、試料の瓶を手に腰を上げた。

休憩室へ向かうあいだ、ジスはついさきほどの感情を思い返していた。目が合った瞬間、妙な感じがした。胸がムカムカし、お腹を内側から掻かれているかのようなこそばゆさ。機械の瞳はめったに揺れたりしないし、人間のものとは違うからそんな気がしたのだろう、ジスはそう思った。

交換作業のあいだ、レイチェルはひとことも言葉を発しなかった。ジスも黙ってレイチェルの古い腕を取り外し、新しい腕をはめてから細かく調整した。新しい腕についてなにか訊かれるものと思っていたが、レイチェルは自分の研究以外には無関心のようだった。ジスは自分から新しい腕について説明すべきかと悩んだものの、黙っていた。さっき見た、研究室のなかのレイチェル、その真剣なまなざし、かち合った視線、そういったものがぐるぐると頭を巡っていた。

「なにかあれば会社のほうに連絡を」

ジスは当たり障りのない挨拶をして研究所を出た。そのときはそれが、あの社会性のないサイボーグと会う最後だと思っていた。

＊

二〇五五年秋

ダストフォールが始まったとき、ジスは整備兵として軍に勤務していた。増加したバイオニック兵士を管理するための人材を募集していると聞き、多額の報酬と安定した生活を求めて入隊したのだった。そこが自分の墓場になるとは思いもせずに。制御不能なレベルのスマートパーティクルの流出がサンディエゴで始まったという記事をたしかに読んだのに、三十分もしないうちにすべて消えていた。ジスはそのとき、レイチェルの顔を思い浮かべた。そして、理解できないほど多くのサイボーグ研究員を採用していたあの研究所への疑問も。

自家増殖する塵は〝ダスト〟と名づけられた。それは急激に数を増して大気層を覆い、世界中の無人工場が都市を護るドームを製造するために稼動しはじめた。急ごしらえのドームさえ間に合わなかった地域は無残に滅んだ。軍人たちはドームシティの入り口に群がってくる人々を片っ端から殺した。みずから手を下すこともあったが、多くは殺人機械の仕事だった。むろん、その機械を整備するのは人間の整備士だった。

テストの結果、ジスには若干のダスト耐性があることがわかり、汚れたロボットの整備をほとんどひとりで行わねばならなかった。ダストによる汚れならまだよかったが、実際は人間の内臓や肉片で汚れたものが多く、仕事のたびに気が滅入った。ロボットにこびりついている血や出どころのわからない赤い塊を毎日のように拭き取った。かといって待遇がいいわけでもなく、週に三、四日はきな臭い整備室の隅っこで仮眠をとる毎日だった。そんなある日、壊れたロボットの腹部を割き、そのナイフに誰のものかわからないはらわたがくっついてきたとき、ジスは残る契約日数を数えた。まだ期間満了にはほど遠く、軍はちょっとやそっとの怪我では辞めさせてくれそうにない。ドームシティの居住権は当然諦めねばならないが、すべて投げ出して逃げたいと思った。ドームの外で死のうが修理中のロボットに刺されて死のうが、大して変わらないではないかと。

誰か追いかけてくるかもしれないと思ったが、軍がそんな無駄骨を折るはずもなかった。ドームシティの軍人がやることは決まっている。ドームを守ることと、略奪に値する対象を攻撃すること。彼らは生命体がドームの外でいくらも生きられないことを知っている。自分には耐性があるというが、大したものではなさそうに思われた。シンガポールから空輸したという呼吸用保護具を着ければもう少し、全身を保護するスーツを着ればさらにもう少し……。だがそもそも、そこまでして生き残る必要があるのか？　万事が面倒だったが、なによりもまず、この血生臭さの染みついた整備室を出たかった。

一台のホバーカーを頼りに都市を離れようと決めたときは、ここよりはいくぶんましな場所で死ぬつもりだった。だが長旅をするうち、気持ちに変化が生まれた。意外にも、ドームの外には愉快な出来事が待ち受けていた。すべての人間が、劣悪な避難所や規律に厳しいドームシティで生きているわけではなかった。人口の相当数が急性中毒で死亡したのち、残された人々は自分たちなりのコミュニティを営んでいた。立派な避難所とはいかなくても、地下には簡素な洞窟をつくり、地上には粗末なドームで覆った村をつくった。

ダストに勝てない人々は早々に死んでしまったのだから、生き残ったのはいくらかでも耐性のある人々だった。それなら数年は生きられそうなものなのに、そういったコロニーのほとんどは半年ももたなかった。たいていは仲間割れのせいだった。世界は時々刻々と滅亡に向かっていて、食料はじゅうぶんではなく、自分たちを護っているのはどう見ても粗悪な、間に合わせのドームにすぎなかったからだ。人々は文明の残骸をかき集めるようにして生きながらえた。廃墟と化したドームシティで、わずか数箱の栄養カプセルをめぐって互いの首を狙い、胸を突き刺し合った。

ジスはホバーカーで、あらゆるタイプの〝ダストフォール共同体〟を見て回った。彼らは一様に哀れな顔をしていながらも、自分たちこそが唯一の希望であり最後のユートピアだと声を張り上げた。村はその一つひとつが残酷で奇怪なルールをもっていた。少年たちを閉じこめて至れり尽くせりもてなし、最後にはばらばらにして食料にしていた村もあった。吐き気がしてならず、そこでは水だけもらってすぐに発ったが、宗教をもつ比較的平和なコロニーには一週間ほど滞在した。だが、礼拝に出ないジスに彼らの尿で作った〝聖なる飲み物〟を飲ませて改宗させようとする信徒が現れるなり、急いで村をあとにした。

ジスは略奪の対象になるほどのものを持っておらず、整備の腕は交換価値があったため、どうにかこうにか生きながらえた。同じ場所に滞在するのは長くてひと月ほど。人々はジスがどこへ行くのか、なにを探しているのか知りたがったが、実のところ目的地などなかった。長くいればわずらわしいことが増えるからまた旅立つというだけで。実際、一度あとにしたコロニーに戻ってみると、ほとんどが消失していた。初めは知り合いになった人たちの生死を気にかけていたジスも、一年ほどそんなことが続くとうんざりしはじめた。どうせ死んでいるだろう、どこかでのたれ死んでいるだろう、そう推測するだけだった。

マレーシアのあるコロニーで、ジスはレイチェルに再会した。そこに身を置いて、住人たちの古いパソコンやタブレットやらを修理しながら小遣い稼ぎをしていると、ある日現れた女が無愛想にこう訊いた。壊れた機械の腕を治せるかと。大きなフードをかぶっていて顔はよく見えなかったが、腕を見た瞬間気づいた。それが数年前に会った、口数の少ない無礼なサイボーグ研究員だということに。腕はさらにアップグレードされていたが、故障の原因は同じだった。気味の悪い高分子物質が腕の内部に絡みついていた。

「直せますか?」

「まあ……それなりの代金をいただけるなら」

レイチェルは言い値でいいと言った。ここの通貨と共用通貨とを合わせたとんでもない金額を提示したにもかかわらず、レイチェルはうなずいた。どうやら、ジスのことを覚えていないらしい。本当に覚えてない? ジスは怪訝に思うと同時に、多少の苛立ちを覚えた。

「あの人は？」

「誰も正体を知らないよ。どこからやって来たんだかひとことも口にしない。その辺の山奥に閉じこもって実験をしてるとか言ってたっけ。ときどき必要なものがあると下りてきて、代金代わりに薬効のあるハーブをくれるんだ。変な味のするジュースのときもある。あの女が言うには、解毒作用があるんだとか。だからまあ、勝手にやらせてるのさ。どこで手に入れて来るんだろうね」

ジスはその村にふた月以上滞在した。ドームシティを出てから、一カ所にそれほど長くいたのは初めてだった。それまで見てきたコロニーのなかではまだましということもあったが、レイチェルへの好奇心からでもあった。

レイチェルが、今度はもう片方の腕の修理を頼んできた。その後はしばらく音沙汰がなかった。ダストストームの襲来でコロニーの住人の半数以上が死ぬと、残る人々の意見が割れるのをジスは目の当たりにした。ドームシティに行って入れてくれるよう頼むべきだ。地下シェルターへ入るべきだ。いや、そんなふうに生きるくらいならこのまま外で死んだほうがましだ……。ジスはそんな光景を数えきれないほど見てきたため、このコロニーの成れの果てが想像できた。ある者は死に、ある者はドームシティへ行って追い払われ、ある者は大金を積んで避難所に入るだろう。裏切られたと感じた者たちが、互いになじり合い殺し合うだろう。いつでもそうだった。つまらない結末。コロニーが当初掲げていた幟がどれほどご大層で美しいかにかかわらず、みな同じ結末を迎える。

そろそろ潮時だと思ったジスの頭に、山奥に閉じこもって実験をしているというレイチェルの顔がふと浮かんだ。

ジスがホバーカーでやって来たのは、死んだ森だった。入り口からすでに悪臭がしていた。ダスト以前は人の往来があったのか、道がある。虫一匹いない静寂に包まれた森は不思議な感じがした。こんな所でいったいなにをしているのだろう。

山道に沿ってしばらく上ると、信じられない光景が広がっていた。角張った屋根の、大きなガラスの温室があった。さまざまな植物が透明なガラスにへばりついている。大きな木と、それに絡まる巨大なツルや熱帯植物が見えた。温室もその隣の研究所も、電気は通っていないようだ。ほとんどの施設は管理が行き届いていない様子だった。

ジスは温室の入り口に立ち、大声でレイチェルを呼んだ。なんの反応もない。いざとなったらガラスを割って入ろうかと思いつつ、ぐっとドアを押してみると、拍子抜けするほどあっけなく開いた。温室は三重構造になっていて、いちばん外側には平凡な植物があった。そして隔離された空間の奥へ行けば行くほど、奇妙な形の植物が並んでいる。これと同じ構造を前にも見たことがある。ソラリタ研究所の、原子の庭。

レイチェルはあそこでの研究を続けているのだろうか？　サンディエゴからここへ来てまで？　突然、ポケットのなかに入れておいたダスト濃度測定器がけたたましい警告音を鳴らしはじめた。驚いたジスは呼吸フィルターをさらにきつく締めた。いったいなにをしているというのか。ダストがこんなにも……。

不吉な赤い霧が立ちこめるその場所、植物はおろかいかなる生物も存在しなさそうないちばん奥まった場所に、なにかがいた。ジスが探していたそれが。

目の前のレイチェルの姿に、ジスは言葉を失った。

「え？　死んでる？」

ジスは呆れたように、ガラスの壁にもたれて座っているレイチェルを見た。レイチェルは目を閉じていた。胸の切開線に沿って、なかの部品があらわになっている。彼女の手の内に電源ボタンがあった。ボタンをみずから押したようだった。

＊

「どうしてわたしを起こしたんですか？」

レイチェルの顔には不快感がにじんでいた。ジスはその表情に多少なりとも感嘆した。最後に会ったとき、有機体の割合は全体の約三十パーセントにすぎなかったと記憶しているが、今回の分析結果では二十パーセント未満に減っていた。さらに、血液はすべてソラリタのナノソリューションに入れ替わっている。いまや、ほとんど人間とは別の存在といってもよかった。それなのに、こんなにも感情表現がはっきりしているとは。誰の手際かはわからないが、顔面筋肉の造りは非常に繊細で、機械の脳ともうまくリンクしているようだ。先端バイオニックの分野が大きく発展していると知ってはいたものの、ジスは義手と義足ばかり扱ってきたため、誰かの機械脳をじかに見るのは初めてだった。

最初の二回は電源を入れても正気に戻らず、くり返し自殺を図った。そのため、その辺にあったロープでレイチェルの腕をしばった。

「なんで起こしたのかって？　こっちこそ訊きたい。レイチェル、こんなにすてきな温室をつくっておいて、どうして死のうとしたの？」

「死のうとしたんじゃありません。どうしてわたしの名前を知ってるんですか？」

「どっから見ても自殺したサイボーグだったけど。それはそうと、わたしのこと覚えてない？　ほんとに？」

レイチェルが口をつぐんだ。ジスはひとつ待ってやろうじゃないかという気で、腕組みをしてレイチェルを見下ろしていた。レイチェルはしばらくなんともいえない視線を向けていたが、やがて口を開いた。

「自殺じゃなくて、眠ろうとしたんです。数年後に目覚めようと」

「あっそ。じゃあ、なんでそんなことを？」

レイチェルは答えなかった。どうしたらこの頑固なサイボーグから答えを引き出せるか悩んでみたが、少々のことでは口を割りそうになかった。

「レイチェル、ここを少し見させてもらったけど、驚いた。あなたにはソラリタで会ったはずだけど、あのときなにを研究していたのかいまになってわかった。ここにある植物はダストで死なないんでしょ？　それに、この森にもまだ枯れていない植物があった」

「わたしはわたしの植物を守っただけです」

レイチェルが淡々と答えた。

「ソラリタの幹部たちは痕跡を消すために、わたしを殺し、わたしの植物たちまで燃やそうとしました。それを黙って見てはいられませんでした」

「じゃあこのダストには、本当にソラリタが関わってるってこと？　なにがどうなってるのか、あなたは知ってるの？」

「彼らは自家増殖ナノボットの粒子サイズを小さくする実験をしていました。そうすれば分子レベルですべてをコントロールし、再組み立てできると考えたんです。忠告する人たちもいましたが、聞こうとしませんでした」

レイチェルは平然と語った。

「極度に小さくなった粒子はコントロールが効かなくなり、やがて増殖バグが発生しました。スタッフたちは逃げ出す際に閉鎖プロトコルに従いませんでした。粒子はそのまま放たれました」

ジスはしばらく間を置いてから言った。

「あなたは世界を滅亡させた研究所のスタッフだったってことね」

「わたしの研究ではありませんでしたが……否定はしません」

「事態を収拾する方法も知ってる」

「なぜわたしがそれを知ってると？」

「ソラリタが犯した過ちで、あなたはソラリタの研究員だった。それなのに、他人事だとしらを切るつもり？　自分には関係ないって？」

「……そういうわけじゃありませんが、わたしの行っていた研究はダストの増殖とは無関係です。当然、元に戻す方法も知りません」

レイチェルには表情がなく、感情をとらえがたかった。ジスは肩をすくめて言った。

「そう言うけど、状況的に怪しすぎるのよ。世界の終末が目前に迫ってるのに、わざわざ海を渡ってこんな森の奥で実験をしてるなんて。どうしてここに来て、どうやってこの温室を見つけたの？　ここの植物にはどんな価値があるの？　普通の植物じゃないはずよね。なにかおもしろいものを見つけたのなら、ほかの人たちにも教えてから死ぬべきじゃない？」

「知りません。それに、もしわたしが知っていたとして、なぜそれをあなたに教えてから死ななきゃならないんでしょうか？」

ジスはまじまじとレイチェルを観察した。やはりなにか知っているようだが、教えるつもりはなさそうだった。もっぱら自分の植物にしか関心がないらしい。これは演技なのか、それとも事実を言っているだけなのか？　彼女はサンディエゴからはるばるやって来て、温室を占有し実験を重ねてきた。山のふもとの村で聞いたところによれば、ダストを分解する薬の製法も知っている。おそらくはそれ以上のことも。それにもかかわらず、自分はただ植物を守ろうとしただけでなにも知らないと言い張っている。

ジスが眉をひそめて言った。

「人類の救世主になれってわけじゃない。おたくらのせいでわたしたちが死にそうになってるんだから、最低限の責任は果たすべきでしょ。違う？」

＊

もちろんレイチェルは、人類を救うことになど一切興味がなかった。最低限の責任を果たす気もなさそうだった。数日そばで見ていた限りでは。

レイチェルの興味の対象は、自分の植物だけだった。自殺を図った理由をジスがしつこく追及すると、レイチェルは呆れた返答をした。人間が消え去った世界で自分のつくった植物が地球を覆いつくすことを願い、数年の時を越えてそれを目の当たりにするつもりだったと。突拍子もない発想だったが、これまでレイチェルを観察してきた結果からすると、じゅうぶん実行に移しておかしくなさそうだった。

だがその言葉を鵜呑みにするには、自分を停止させることが永遠の死につながるという明白な事実を看過していたという点が気がかりだった。作動を停止させたところで、彼女の生身の体まで一時停止状態になるわけではない。彼女にはまだ機械化されていない有機体の部分があり、機械の部分にしても、数年放置すればダストと湿気で使い物にならなくなるのはわかりきっていた。それはレイチェルの植物も同じだ。研究所に電力を供給する小型発電所は少し前に稼動が止まり、温室の植物はすでに一部死んでいた。植物を枯れさせないためには、レイチェルもまた目覚めていなければならない。彼女は本当にその事実を知らなかったのだろうか？

ジスが本当に、滅亡に対する責任をレイチェルに期待したわけではない。彼女がソラリタ研究所に所属していたからといって、いまのような事態は一研究員の意志で起こりえるものではなかったからだ。ソラリタの向こう見ずな研究をあおり立てたのは、気候危機を簡単なソリューションひとつで解決しようというもくろみに淡い期待をかけていた人たち全員だったと見ていい。それに、人類を救うことに関心がないのはジスもまた同じだった。ドームシティの内外を目にしてジスが至った結論は、人間は生き残るべき価値をもった種ではないということだった。

だが、いまのジスはレイチェルのつくった植物を求めていた。ダストにも耐えたあの驚くべき植物たち、そして、彼女の作る分解薬。長くもちこたえた例のないコロニーを転々とすることにうんざりしていた。この抵抗種の植物と分解薬があれば、しばらくはここにとどまれる。

「あなたの体は手入れが必要よね。自分で修理するには限界がある。あなたにもわたしが必要なはずよ」

ジスがレイチェルに提案したのは取り引きだった。それは、レイチェルのサイボーグの体と有機体であるジスの体を、お互いにサポートするというものだ。どちらにとっても損はない取り引きだった。レイチェルは温室で植物の研究をしたい。ジスは漂流生活に区切りをつけてしばらく休みたい。初めはそんなふうに利害関係が一致していた。

そして、もうひとつ取り引きの理由を挙げるなら、それはレイチェルへの好奇心だった。閉鎖された温室に逃げこんでひとり植物の世話をし、数年間休眠しようと決心したサイボーグ。ジスは彼女の内面をのぞいてみたかった。植物を前にするところりと変わるその表情をもっと見ていたかった。歯車の噛み合った機械の構造を知りたくなるように、レイチェルにも似たような種類の好奇心を抱いていた。

＊

しばらくして、二十人ほどの女たちが温室を訪ねてきた。クアラルンプールで起きた虐殺から逃れてきた人々だった。ほとんどが耐性種で、保護服を着ている女も数人交ざっていた。リーダー格のダニーという女の説明によれば、耐性種同士でドーム内に避難所を作って暮らしていたのだが、のちにドームシティを脱出したのだという。そして、ジスが最近までいたコロニーの人々に出会い、山奥でハーブを育てている人についてのうわさを聞いて訪ねてきた。だが実際は、ハーブが栽培できるのならほかの場所よりもダスト濃度が低いのだろうと期待しただけで、本当の狙いは温室の下手にある空き家のようだった。

かつて研究所を中心とした観光地として造られたらしいフリムビレッジには、数十人が住めそうな家々があった。どうせジスには必要ないものだった。かといってなんの合意もなく近所に人を住まわせれば、のちのち面倒の種になる可能性もある。それなら取り引きをすればいい。ジスもまた、ここにレイチェルとふたりきりでは長続きしないだろうと考えていたところだった。

「レイチェル、あの人たちに提案してみるのはどう？　丘のすぐふもとに暮らす人々と取り引きすれば、わざわざ分解薬を持って山のふもとまで行かなくてよくなる。あなたは分解薬を与え、あの人たちは温室の維持に協力する。あの人たちに発電所を管理してもらって、施設の整備に必要な部品を見つけてきてもらえば、あなただって自分のつくった植物をもっと本格的に栽培できるでしょ。運がよければ、育てた植物を使った料理にもありつけるかも」

レイチェルは無表情のまま、ちらりとジスを見た。

「わたしはなにも食べる必要がないんだけど」

「わたしが飢え死にしたらあんたの腕も無事じゃないわよ」

レイチェルはじっと自分の腕を見下ろしてから、好きにしてくれというようにうなずいた。その夜、ジスはレイチェルから分解薬の入ったウォーターパックを受け取った。

取り引きはうまくいった。ほどなく女たちはみずから村のルールを作り、家々の修理を始めた。ルールには、レイチェルの温室にはジスしか近づけないというものもあった。レイチェルは分解薬を作って村に送り、試しに改良した植物のうち食用植物の種子を分け与えた。菜園から始まった作物栽培は徐々に面積を広げ、村はたちまち活気を帯びるようになった。

数カ月後、またもや十人ほどの女たちがやって来た。ジスは、彼女たちがいたというメルシンのドームシティが完全に崩壊したという話を聞いた。ジスは武器を携え、村人数人と一緒にメルシンへ向かった。廃墟を漁るハンターたちがうわさを聞きつけて集まってくることは明らかだったから、あえてダストの霧が濃いときを狙った。おびただしい数の死体をかき分けて、使えそうな物資を拾い集めた。村の地下倉庫に、古い武器やドローン、機械部品、家電製品が積まれていった。ジスは侵入者に備えて森の上空に巡回ドローンを飛ばし、人々に武器の使い方を教えた。メルシンから来た女たちのなかには元軍人もいたため、事はスムーズに運んだ。一軒の家を改造して共用の食料貯蔵庫とした。発電所の電力はじゅうぶんとはいえなかったが、村に欠かせない機械類に供給するにはそれで事足りた。

村を拡張し、管理し、維持することにおいて、人々は熱意にあふれていた。この村はそれまでジスが滞在したどの場所とも違っていた。ドームの外で見たコロニーの大半はこうではなかった。ドームの外で暮らす人々は、ばかばかしい信念に身も心も縛られていた。宗教か宗教に準ずる価値を信奉していて、それだけがこの悲惨な世界を耐え抜く力になると信じているようだった。だが、この村の人々はいかなる信念ももたずして、ただ明日を信じた。彼らはこの村の終わりを想像しなかった。ひと月後の倉庫の補修について、来年の作物栽培プランについて当然のことのように話した。レイチェルの温室が、村に希望という感覚を、死との距離感をもたらしているように見えた。たとえその実体が、不安定な取り引きにすぎないとしても。

＊

二〇五六年冬

近隣のドームシティが立て続けに崩壊した。クアンタン、ムアール、ベントン一帯はすべて廃墟になったという情報が入ってきた。村を訪れる流れ者も増えてきた。珍しく男性がやって来たり、彼らが家族を連れてきたりすることもあった。黙認していたものの、たいていはいやな終わり方を迎えた。村人たちの親密さを利用し利益をせしめて逃げようとする者、廃墟とは異なる村ならではの厳しいルールに適応できない者もいた。ジスは新参者たちに対して一種の保留期間をもうけ、時には悩んだ末に合流を断った。断られて激怒する者、おとなしく去るのかと思いきや村の作物を前に理性を失う者。最悪の場合、あとに響かないよう対処する必要があった。ジスはこっそり始末したかったが、村人たちは警告の意味を込めて、あえて死体を棹に吊るした。

村がある程度大きくなると、ジスはこの森を偽のダストで隠すことにした。侵入者が近づいてきたときのために、森がダスト飽和状態であるかのようにカモフラージュするのだ。いくら耐性があっても、死の痕跡しかない森へ入ろうとするものは少ない。新たな住人は迎えず、霧で村を隠し、侵入者には残酷な仕打ちをするうちに、森を訪れる者は少なくなった。

その決定について、ジスとは異なる意見をもつ者も多かった。彼らは危険を冒してでもこの村を大きくしたがった。とくにダニーは、耐性種が村にたどり着けるように積極的に広めるべきだと主張した。それが同情や人類愛からくるものではなく、あくまでも村の利益を考えた、方向性の異なる提案であることはわかっていた。にもかかわらず、ジスには共感しがたかった。人が増えれば問題も増える。すでにレイチェルも、村人に飲ませる分解薬を作るのに多くの時間を割いていた。だが人々は、今後も残りの家々を修理し、外部からもっと人を迎え入れ、さらには学校をつくって子どもたちに教えたがった。

なぜなのだろう。どうせ世界は滅亡に向かっていて、すべては死に至るまでの猶予にすぎないのに、いったいなぜ事を大きくしようとするのか。

ジスは当初、村人たちと自分の関係を、たんに取り引きで結ばれた関係だと考えていた。正確には、自分は温室と村の取り引きをとりもっているだけだと。ジスが自分に課した役割ははっきりしていた。温室の維持を手伝ってくれる対価として村人たちに種子と分解薬を渡すこと、そして、人々が村と温室の境界を侵さないよう仲介役を務めること……。だが、いつからか人々はジスのことを〝ジスさん〟と親しみを込めて呼びはじめ、さらには、村のリーダー扱いして事の大小を問わず相談にやって来た。それはジスが当初考えていたかたちとはかけ離れていたが、かといっていやだとも思わなかった。

時が経つにつれ、ジスとフリムビレッジの人々との距離はさらに縮まっていった。連れ立って廃墟の探査に出かけ、村を存続させ、森と菜園を管理するなかで、彼らが温室とフリムビレッジを分けて考えていないことを知った。ジスはいまや、村人たちの顔と名前をすべて覚えていた。どこから来たどんな人なのか、互いにどんな関係にあるのかも。心の距離を保つことに失敗した、ジスはそう認めた。この関係がたんなる取り引きの関係にとどまりえないこともはっきりした。

自分が少しずつ、人々のもつある種の活力に染まっていっているようだと思った。数年後の未来ではなく明日の生活を考える、しかも、明日という日が必ず来るのだと信じることから得られる毎日の活気に。

フリムビレッジの人々は、たいていが世界から締め出された人たちだった。ここが彼らを受け入れた唯一の世界だった。人々は自分たちに許された世界をもっと広げたがった。ジスはそれに同意できなかったが、少なくともその気持ちを理解することはできた。

とりわけ子どもたちがジスを見つめるまなざしには、なにかを信じる心が感じられた。子どもたちは遠い未来など考えない。だから、この小さな世界が滅びるとも思わない。地球上の至る所が破滅に向かって突き進もうとも、この村だけは残るはずだと、自分たちが大人になるその日までフリムビレッジは存在するものと信じていた。

それが不可能なことだとジスにはわかっていた。いつかはこの村も、あまたのコロニーのようにお決まりの末路をたどるはずだとも。だができるなら、その最後の瞬間を可能な限り先延ばしにしたかった。

*

二〇五七年春

温室のなかで実験に没頭しているレイチェルを見るとき、ジスは、村人たちにとって彼女が畏敬の対象であることを改めて思うのだった。可笑しくもあった。人々が知っているのは、温室にレイチェルと呼ばれる植物学者がいるということだけで、その実体についてはなにも知らなかった。そのためか、レイチェルについて変なうわさが広まり、好奇心旺盛な子どもたちがこっそり温室に近づいて叱られることもあった。なかには、レイチェルはみんなを救うため、毒性物質まみれの部屋にみずから閉じこもって実験しているのだと固く信じる者もいた。

だが、ジスの知るレイチェルは違った。彼女は植物以外のことに興味をもたない。時にはジスにさえ無関心に見え、それがジスの気に障った。レイチェルがダスト抵抗種の植物を研究する理由は、それでなにかしようというわけではなく、ただそれらが自分の興味を刺激するためであるように映った。いまやレイチェルの生んだ植物は、菜園はもちろん森にまで広がっていた。次に彼女が望むものはなんだろう？

レイチェルの頭のなかを読むのは容易ではなかった。初めて村に人々を迎え入れることに決めたとき、ひょっとするとこれは、レイチェルにとって不公平な取り引きかもしれないと思った。そもそもレイチェルは、温室を存続させる代わりにみずから命を絶ち、長いあいだ眠っているつもりだったと言ったのだ。つまり当時は、温室と発電所の維持に協力してくれる人々など意味をもたなかったことになる。だがいまは、誰よりもレイチェル自身がこの温室と森を望んでいるように見えた。なにが彼女を変えたのだろう？　日がな一日、彼女を植物に没頭させる力はどこから湧いてくるのだろう。なにが機械のように無心に見える彼女を温室にとどまらせるのだろう。

　ジスはそんなレイチェルを見ているのが好きだった。とうてい想像のつかない彼女の思考と内面と感情を知りたかった。ジスに対してとくに興味がないとしても、たとえそうだとしても、生きている限りジスを必要とするはずだという事実に不思議な満足感を覚えた。時が経つにつれ、レイチェルの身体構造は有機体と機械が複雑に絡み合う形へと変わっていった。そこらの整備士ならどこから手をつけていいか戸惑うだろうが、ジスは目を閉じて描けるほどにレイチェルの身体を知りつくしていた。村じゅうが頼りにしているレイチェルは、もっぱらジスだけを頼りにしているサイボーグなのだった。ジスの所有物ではないとしても、決してジスから離れることはできないだろう。植物と温室と自分の身体を維持することが彼女の望みなのだから、今後もジスを必要とするだろう。

　機械音を除けば沈黙だけが漂う温室で、息を殺してピンセットの先を見つめているレイチェル。ごく小さな標本にいつまでも視線を留めているレイチェル。そんなレイチェルをガラス越しに見ていると、ジスの呼吸も止まりそうになった。そうしてなにかの拍子に目が合うと、相手を射抜くようなその視線にジスの密やかな思いを、レイチェルへの執拗な好奇心を見透かされたような気がした。

「来週ぶんの分解薬よ。持って行って」

ウォーターパックを差し出すレイチェルの腕に、得体の知れない液体が飛び散っていた。もしやと思い内部を調べると、やはりべたつくゴムのようなものがくっついている。最初は植物の組織かと思われたが、調べてみると、ダストと有機物が一緒くたになった高分子物質だった。植物のなかには、ダストの凝集現象を誘導する化学物質を出すものがあるようだ。レイチェルは自分の研究についていちいち説明しなかったが、しつこく尋ねれば答えてくれたので、だいたいのことは想像できた。ジスは使えなくなった小さな部品のひとつを取り替えてやりながら言った。

「頼むからもう少し腕を大事にしてよ。面倒なのはわかるけど、フィルムをかぶせて作業すること。廃工場から部品を見つけてくるのもそろそろ限界なんだから」

「なければ片腕でやればいい」

「そんなこと言って、その片腕まで失くしたらどうするの。わたしの熱心なサポートがあるからどうにかなってるんでしょ、ありがたいと思ってよね」

ジスがレイチェルの腕をぽんぽんと叩き、ウォーターパックを手に腰を上げた。レイチェルが振り返って自分に視線を向けるのを感じながら、ジスはその場をあとにした。妙なことに、背中にいつまでも視線がついてくるような気がした。

*

二〇五八年春

村に新しい住人を迎え入れたのは久しぶりだった。ランカウイの研究所から逃げてきた子たちだった。姉妹の怯えた顔を見るとやるせなかったが、ジスはふたりを受け入れないつもりだった。そこをダニーに何度も説得された、見捨てられた子どもたちをまた同じ目に遭わせてはいけない、なにより自力でここにたどり着けたぐらいなら確実に役に立つはずだと。ジスはひとまず話を聞くことにした。村の座標がどのようにして外部に漏れたのか把握する必要もあった。姉のほうとしばらく話してみると、気持ちが変わった。一度だけ、今回だけは例外として、次回からは原則どおりに対応するとダニーに約束させた。

レイチェルは最近、新しい植物を研究していた。改良した植物のダスト抵抗性を調べる過程で発見した植物だ。それらはダストに強いばかりか、大気中のダストの総量を減少させた。すっかり消し去れるわけではないが、箱のなかの測定器の数値が下がっていくのが認められた。

「まだどういう仕組みなのかはわからない。研究を進めてはみるけど、あまり期待しないで」

レイチェルは、ジスがそれらの植物に興味を示したことが意外な様子だった。ジスからしても、以前ならどんな植物がダストの総量を減らそうが、さほど大きな発見だと思わなかっただろう。

どのみち自家増殖という特性をもつため、完全に消し去るのでなければ意味がなく、せいぜい村の寿命がほんの少し延びるぐらいのものと感じたはずだ。だが、いまは少し違った。村には耐性の弱い人々がいて、ダストを減らす植物は彼らのためになる。それに、もしもその機能が本物なら、それはこのフリムビレッジだけでなく、村の外でも重宝されるだろう。

問題はレイチェルだった。彼女はこのところ、感情の起伏がひどかった。日に何度も怒り、ふさぎこんだ。なんでもないことでジスと毎日のように言い争った。彼女がこれほど感情的になる姿をジスは初めて見た。

レイチェルの身体にも機能上のトラブルが頻発し、たびたびブラックアウトを起こした。ジスにとっても、レイチェルの身体を維持するのは容易なことではない。廃墟に出向くたび、書店や図書館の残骸からサイボーグの整備に関する本を見つけてきてはこつこつ勉強していたが、ナノソリューション複合体まで注入されているレイチェルに適用するには限界があった。ダスト濃度の高い温室で過ごす彼女の身体は傷つく一方だった。機械の体だからといって平気なわけではないのだ。

有機体の割合は、ソラリタで初めてレイチェルに会ったときよりずっと減少していた。主要な臓器はダストフォール以前に機械に替わっていて、ナノソリューションが身体の炎症と腐食を抑えてくれてはいたものの、ジスの手入れを必要とする部分はたくさん残っていた。自家増殖型ナノソリューションを補うために触媒と前駆物質を注入しつづけなければならず、義足と義手、それ以外の臓器もメンテナンスが必要だった。最も大変なのが、損傷した有機体の部位を取り除くという、気分の悪くなるような作業だった。血と肉にうんざりしてドームシティから逃げてきたジスにとっては苦行といえた。

「なんだって人間の肉をいじるようになっちゃったんだろう？　医者でもないのに。こんな人生じゃなかったはずなのになあ」

「放っておいてもかまわない。そのうち腐って消えるだろうから」

「これをそのままにしといたら、おとなしく消えてくんじゃなくて、あんたの高価な機械装置まで壊しちゃうのよ。そしたらまた苦労するのはわたし。ことわざにあるでしょ、〝どうせ鞭打たれるなら早いほうがいい〟」

「とても暴力的な表現ね」

　このところレイチェルの身に起きている感情の起伏も、機械脳につながっている有機体の脳の損傷が原因と見られた。分析の結果、ジスは、レイチェルの脳から正常な働きをしていない残りの有機体の部位を取り除き、その代わりとなるメモリーチップをはめこむべきだと判断した。初めは、いまだ人間のように感じられるレイチェルの脳を除去するのだと思うと緊張が走った。だがサイボーグの整備マニュアルによれば、有機体の脳を取り除く施術はさほど珍しいことでもなく、思ったより簡単そうだった。廃墟から見つけてきたチップは全脳注入ナノソリューションと互換可能なもので、施術時にミスさえしなければ問題もなさそうだった。ジスがすべきことは、機械に絡みついて機械脳の作動を妨げている有機体の一部を取り除き、メモリーチップをはめこんでナノソリューションの作動を待つ、それだけだった。

しかしいくら簡単とはいえ、今回手を入れるのは心と思考をつかさどる脳だ。まかり間違えば、レイチェルに取り返しのつかない損傷を負わせてしまう。施術に向けて準備するあいだもずっと、ジスは多大なプレッシャーを感じていた。

「レイチェル、わたしに任せて大丈夫？」

冗談交じりにそう訊いたものの、内心怖かった。すでにサイボーグ化した人々の機械のパーツを整備してきただけであり、いまのように、ひとりの人間をより機械に近づける作業をした経験はなかった。レイチェルはこのところよく見せていた、どこか苛立たしげな表情で言った。

「どうなっても……任せる」

ジスは深呼吸し、レイチェルを眠らせてから、機械の脳にくっついている最後の有機体の部位を取り除く作業を始めた。

この瞬間まで、頭のなかで何度もシミュレーションしたとおりに進めていった。外皮を切開し、機械の脳と有機体の部位との結合部をチェックしてから、有機体の部位を慎重に取り除く。まだ機能している神経組織には触れないよう注意しながら、機械の脳のスペアソケットに追加のメモリーチップをはめた。

ところが次の瞬間、シミュレーションにはなかったアイデアが浮かんだ。機械の脳のパターン安定化機能をオンにしてはどうだろう。それは、マニュアルで何度も目にしていたが、この場で適用するつもりはなかった機能だった。機械脳のスペアソケットの隣、そこにある微細調整スイッチを上げれば作動する。この機能をオンにすると、感情状態が意図した方向に安定化し、性格や態度を調整することができる。人間の脳でいえば、精神薬を服用するのに似ていた。

ジスは手袋をはめた手をスイッチのほうへ伸ばし、しばしためらった。間違いなく、レイチェルの不安定な感情を鎮めるには効果があるだろう。本来なら専門家によるフィッティングが必要だが、いまやジスもレイチェルの身体について知らないことはない。仮に問題が起きても対処できるだろう。

だが、それだけではない。ジスはレイチェルからある種の好意を引き出したかった。たんなる取り引きにもとづいた関係ではなく、好意的な感情にもとづく関係になりたかった。この機能はユーザーに、顔を合わせる対象から肯定的な感覚を受け取るようにするものだが、レイチェルの狭い世界にはジスと植物しかないため、その好意はひとりだけに向けられることになる。

わずかな時間、ジスはこれがレイチェルを騙す行為になりはしないかと悩んだ。同意も得ていない。だが、レイチェルは感情が不安定な状態にあり、任せると言われたのだから、ジスが思うベストな方法がこれだとしたら……。

ジスは微細調整スイッチを上げ、外皮を縫合した。

施術直後はなんの問題もないように見えた。レイチェルに移植した新しいメモリーチップはすぐに活性化し、数日後にはブラックアウトの症状もなくなった。初めはパターンの安定化機能が働いているのか疑わしいほど、レイチェルからこれといった変化は観察できなかった。彼女は相変わらず村人に関心がなく、ジスに淡々とした態度で接し、自分の植物にだけ愛情を注いだ。だがときおり、その視線があまりに長いあいだ、あからさまに自分に注がれているのをジスは感じた。

数週間が過ぎたとき、レイチェルはまたもやブラックアウトを起こした。ごく短い時間で後遺症もなかったが、それでもジスは不安になった。

ひと月後、ジスは、鉢植えの前で泣いているレイチェルに遭遇した。巨大な葉をもつ観葉植物が彼女の顔を半ば隠していた。レイチェルが顔を上げてジスを見た。その姿はとても奇妙なものだった。涙も流れていなければ、泣くために使われる筋肉の動きもぎこちない。だがそれはたしかに、自分が有機体でのみ成り立っていたときの泣く行為を記憶するサイボーグの顔だった。

「助けて。なにかが変なの。頭が割れそう……」

ジスは胸がひやりとした。なにかミスがあったのだろうか？　レイチェルの脳を確かめると、原因がわかった。

ピンセットの先に、取り残されていた有機体の部位がくっついてきた。安堵とも罪悪感ともつかない感情が押し寄せてきた。作業に手落ちがあったのだ。この小さな残余組織が、新しいメモリーチップと既存の機械脳の結合を妨害していた。電気信号の伝達が不完全なせいで感情が不安定になり、ブラックアウト現象が再発していたようだった。こんな初歩的なミスでレイチェルを苦しませてしまったことが申し訳なかった。ジスは今度こそ、有機体組織をひとつ残らず丹念に取り除いた。こうしてレイチェルの脳は完全な機械脳となった。

前回活性化した微細調整スイッチももとに戻そうかとしばし悩んだ。いまやレイチェルの不安定な感情とは無関係だとわかったが、それでも妥当な行為とはいえなかったし、ジスはその一件で多少の罪悪感を感じていた。

そのときふと、レイチェルの、ある感情のこもった視線を思い出した。整備を終えたあとには必ず自分に注がれていた、意味を測りかねる執拗な視線。ジス自身も自分がなにを求めているのかわからなかった。なぜよりによってこの瞬間、あの視線を思い出したのか。だが、レイチェルのそのまなざしが目の前をちらついて離れなかった。あんなまなざしを向けるようになったのはスイッチをオンにしてからのことだろうか？　それともそれ以前から？　ジスが見守ってきたのはレイチェルの身体であって感情ではなかったから、その感情の出どころもわからなかった。にもかかわらず、その視線がもっと自分に注がれることを望んでいることだけはたしかだった。

ジスはけっきょく、スイッチを戻さないまま整備を終えた。

目覚めてすぐのテストで、レイチェルはもう感情の不安定さも、痛みも感じなかった。その代わり、じっとジスに向けられていた瞳が、なにかがおかしいとでも言いたげにほんの少し揺れた。

ジスはそんなレイチェルを見ながら、胸のどこかにかすかなざわつきを覚えた。

＊

「今後、温室に入るのは必要最小限にしてね。内部のダスト濃度をさらに上げるから。高濃度で植物の抵抗性をテストしたいの」

レイチェルの口調には、どこか防御的なニュアンスがあった。言わずもがな、温室に出入りするたびに保護服を着こみ、呼吸フィルターまで着けるのはわずらわしいことではあった。それでも、レイチェルの態度が以前より冷たくなったという感じはぬぐえなかった。ジスはレイチェルから多少なりとも柔和さを引き出したかったのだが、とくに効果はなかったばかりか、むしろ距離感が生まれてしまったことにがっかりした。

翌日、村人たちと廃墟の探査に出たとき、かつて家族が住んでいたのであろう家のなかでロボットの犬を見つけた。それを拾うジスを見て、みんなは目を疑った。ダニーが意外だというふうに口火を切った。

「へえ、そんなものを手に取るなんてね？　おっそろしい殺人ロボットにしか興味ないんだと思ってた」

「ほんと、どうしたんですか、ジスさん」

「生きてる犬でも見つけてきて飼いますか？」

みんながにやにやしながらからかうと、ジスは肩をすくめて言った。

「当然、わたしが好きなのは犬より殺人ロボットよ。でも、殺人ロボットをメッセンジャーに使うことはできないでしょ」

ジスはロボットの犬を掘っ立て小屋に持ち帰って少しだけ手を加えた。改造されたロボット犬は、温室を出入りしながら簡単なメモをやりとりするのにもってこいだった。せかせかと動き回るロボット犬を見せると、レイチェルは彼女特有の、どうとらえていいかわからない表情を浮かべた。

「どう？」

「悪くない」

「ってことは、かなりいい線いってるってことね」

レイチェルは訝しげな表情でロボット犬を見ていたが、それ以上なにも言わなかった。

＊

——マレーシアまで来た理由はなんだったの？

——くだらない質問のためにこの犬を改造したわけじゃないでしょ。

——いや、そのために改造したのよ。

——ソラリタのお偉方に見つからないくらい遠くへ行こうと思って。植物学者として働いてたとき、この研究所とも仕事をしたことがあって、最先端のゲノム改良システムがあることを思い出した。わたしが持ち出したのは、研究していた種子の一部とテンプレートプラント。研究所内部のデータベースにアクセスできればなんでもつくれるから。

——くだらない質問の割にはちゃんと答えてくれるじゃない？

——もう終わり。忙しいの。

＊

二〇五九年夏

フリムビレッジの住人は少しずつ疲弊していった。村の拡大に意欲的だった人たちも限界を感じていた。ドームシティが順に滅びていくと、残る物資の取り合いはますます熾烈になっていった。探査チームの顔ぶれはその都度入れ替えていたが、負傷者が増加するにつれ、もう探査に加わりたくないという者が増えていった。誰かが近隣のドームシティに、フリムビレッジとレイチェルの植物についての情報を流したといううわさが流れた。大規模な襲撃に備えるべきかとも思われた。ひとりふたりの死者では済まないだろうという不吉な予感が村に漂っていた。

外部からの侵入者によってナオミとハルが危険にさらされた出来事は、不安感の起爆剤となった。侵入者は以前からいたものの、しばらく鳴りを潜めていたところでの一件だったからだ。スパイロボットを分析したところ、誰かが村の情報を売ったことが明らかになった。内部の者のしわざか、それとも廃墟探査中に出くわした外部の者のしわざかはまだわからなかった。温室をめぐる村人たちの軋轢もいっそう深まっていった。ジスは村に顔を出した際、なぜ温室の明かりはつけたままなのかと怒りをあらわにする村人の声を聞いた。侵入者どもに村の存在を知らせているようなものだと。ある日の深夜、数人の女たちが村を抜け出そうとした。ホバーカーまで盗み出そうとしていたようだが、ダニーの説得によって村にとどまることになった。

以前のジスなら、いっそ彼女たちを追放していただろう。ホバーカーはおろか、食べ物ひとつ与えずに。だが、いまのジスは違った。この村に不安と軋轢が広がっていくのを手をこまねいて見ていたくはなかった。ジスはこの村の住人たちに大きな親しみを感じていた。みんなジスと共に戦った生存者たちだった。子どもたちの顔も目の前をちらついて仕方なかった。多くの経験を味わった彼らはもう無邪気なだけではなくなっていたが、それにもかかわらず、この村が今後も存続し自分たちはここで大人になるものと固く信じていた。ジスは、この村があっけなく解体してしまうことを望まなかった。

と同時に、この森とフリムビレッジの限界を感じてもいた。けっきょくはこの村も、また別の滅亡の残余物のうえに造られたものであり、森の外の世界が変わらなければここでの暮らしも永遠には続かない。外部からの脅威は刻一刻と忍び寄り、大気中のダスト濃度は徐々に高まっていた。早く減少させる方法を見つけなければ、ティッピングポイントを逃して取り返しのつかないことになるだろうという話をラジオで聞いた。そうなれば、その後は手のほどこしようがなくなるだろうと。

本当に、一部の人たちが言うように、レイチェルの植物を持って外へ出るべきなのだろうか？でも、そんなことが可能なのだろうか？

ジスはレイチェルが研究している植物のなかに、ダストの除去機能をもつものがあることを知っていた。正確にいえば、ダストの過凝集作用を触発する植物。レイチェルの腕から見つかるべたべたした高分子物質は凝集したダスト、すなわち、もはや命を脅かすことはないダストの残余物だった。ジスはその事実を知ったときから凝集機能をもつ植物に注目してきたが、レイチェルはそれらを温室のなかで研究するだけで、外に植えることには関心がなさそうだった。

ジスは、あわよくばレイチェルが本当に人類の救世主になりえると考えていた。彼女はダストに対抗できる植物を持ち、また、それらを改良したり新たな機能を追加したりすることもできる。だが当の本人にそんなつもりはなさそうだった。彼女にとって、この森の外は無意味だった。自分だけの実験室といえるこの温室と森だけが意味をもつのだった。

ジスは、レイチェルのつくった植物がこの森でしか育たないことに疑問をもっていた。植物がこの森の境界を越えられない理由を尋ねると、彼女は平然と答えた。

「この温室の植物はそもそもこの森を出られないようになってるの」

曖昧ながらもきっぱりとした返事だった。いずれにせよ、いまのところレイチェルにこの問題を解決する意思がないことは間違いなさそうだった。ジスはレイチェルの説得にかかった。

「レイチェル、聞いて。あなたがどういうつもりでこれらの植物を研究してるのかはよくわからない。たぶん、わたしが機械をいじるときの楽しさを、あなたは植物を相手にするときに感じてるのね。あなたはこの村に多くのものをもたらした。きっと、取り引きの条件以上のものを。だから、ここの暮らしは身に余るほどのものになった。少なくともこれまでは」

レイチェルは無表情で実験体の植物と向き合っていた。ジスは続けた。

「でも、このすべてはけっきょく終わってしまう。いつかはどこからも栄養カプセルや薬を見つけてこられなくなるだろうし、それはあなたに必要な部品も同じよ。つまり、森の外の世界が再建されない以上、ここの運命も決まりきってるってこと。みんなが言ってるように、ドームシティと交渉しようってわけじゃない。それはわたしも反対よ。でも、方法はほかにもある。わたしたちは危険を分散する必要があるの。いまのように危ういかたちじゃなく、もっと自分たちを守れるやり方で……」

レイチェルが聞いているのか確信はなかった。ジスが話をやめると、少しして、レイチェルがジスに視線を向けた。ジスは彼女の口から出るだろう質問を予想した。それなら具体的になにを望んでいるのか、ほかの植物をくれというのか……きっとそんなことを訊かれるものと。だが、彼女の口から出たのは意外な質問だった。

「外へ出て行くなら、ジス、あなたはどこへ行くつもり？」

ジスは言葉に詰まった。レイチェルに訊かれるまで考えたことがなかった。帰る場所も、行きたい場所もない。ダストフォール以降は、生き残ることに汲々としていた。もしも温室を出ることになったら、どこへでも行ける。言い換えれば、温室を出るべきだという思いがあっただけで、行くべき場所などなかった。それにしてもなぜいま、レイチェルはそんなことを訊くのだろう。

「それは……」

「ううん、あなたがどこへ行こうとしていようと、そんなことは重要じゃない」

レイチェルはそう言いながら、少しばかり顔を仰向けてジスを見下ろすようにした。ジスはその瞬間、この会話で優位に立っているのはレイチェルのようだという奇妙な感覚を抱いた。

「わたしは温室を出ない。そしてわたしにはジス、あなたが必要なの。だからあなたも温室を出られない」

レイチェルはまるで釘を刺すかのようにこう付け足した。

「だからこの話はなかったことにしましょう」

ジスは一発食らったような気分だった。その言葉の意味を反芻すると、笑いがこみ上げてきた。レイチェルがジスを必要としていること、レイチェルがジスを全面的に頼っているサイボーグだということ。それはつい最近まで自分の頭にあったことだった。ジスはそんなことを考えながらある種の陶酔と満足、そして不思議なときめきを感じてきた。レイチェルは自分から離れられないだろう、この世が終わるその日まで自分を必要とするだろうと。

だがいまは、反対にレイチェルが宣言していた。それは、自分はジスが必要だから、ジスが望むものを渡さないというものだった。詰まるところ、ジスを満足させていた事実をそのまま盾に取られたのだった。

レイチェルに望んだのはこういう好意だったろうか？　ジスは苦々しい思いで言った。

「レイチェル、温室はもうすぐ終わりを迎えるかもしれない。ここがわたしたちの永遠のお城ならどんなにいいか。でも、それは不可能よ。すでにわたしたちを裏切った者がいる。スパイロボットからデータが見つかったの。抵抗種の植物があるといううわさはまたたく間に広がるはずよ。ひょっとすると明日が最後の日になることだってありえる」

ジスはそう話している自分を卑怯だと思った。だが、レイチェルを説得しないわけにもいかない。少しためらったのちに、言葉を継いだ。

「はっきりしておきましょう。あなたが欲しいのはわたしじゃなくわたしの腕、つまり整備士としてのわたしよね？　約束する。温室にいられなくなったら、あなたについていくって。あなたがわたしを必要とするあいだは、いつでも。それがわたしたちの取り引きだったから。でも、これだけは知っておいて。いったんここを出たら、いつかはあなたもわたしを必要としなくなる。この世に残ってる整備士はわたしだけじゃないから」

＊

二〇五九年秋

レイチェルがジスを温室の奥へと呼んだ。テーブルには十以上の箱が並んでいる。それぞれの箱のなかに、気温と湿度を調節する機器や照明が見えた。それぞれ異なる気候条件と日照量を再現した実験的空間のようだった。初めて見るツル植物が育っていた。それらは一見似ているようで、葉や茎の形は少しずつ異なっている。

「なにこれ？　全部違う植物なの？」

「モスバナ。どれも同じ種の環境変異よ。外部の条件に適応する遺伝形質が含まれているから、気候や土壌によって表現型が変わる。あなたが前に推測したとおりよ。ある植物は大気中のダストをなくすって仮説」

レイチェルの言葉に、ジスは目を丸くして植物に視線を戻した。見た目はどこにでもありそうなツル植物だった。ツタに似た、特別な力などなさそうな植物。

「仕組みはまだシミュレーション中よ。おそらくはD７分子が凝集酵素として作用していて、この植物が出す有機化学物の一部はそれと似たような働きをする。触媒の特性上、少しの量で大量に凝集させられるはずよ。化学物の生成を担うDNAをほかの植物にも組み込んでみたら、類似の反応があった。この特性そのものは、ダストに自然適応した植物から発見したの。ただし、この植物はとびきり増殖力が強い。増殖速度が最も速い野生の雑草をかけ合わせてつくったキメラだから」

レイチェルは何食わぬ顔でそう話したが、ジスは感嘆を隠せなかった。ダスト抵抗種の植物というだけですごいのに、ダスト除去機能のある植物への改良をとうとうやってのけたのだ。

「レイチェル、あなたは偉大な植物学者として歴史に名を残すはずよ。早いとこ出て行って、人類の救世主になるのはどう？」

冗談半分で言ってみたものの、レイチェルの反応は思ったより薄かった。

「実験室の外でも同じ働きをするかはわからない。副作用のほうが大きいかも」

「この森が丸ごとあなたの実験室なんでしょ？　なによいまさら」

レイチェルは答えず、きゅっと口を結んだ。

「どうしたの？　なにか気になることでも？」

「これはダストを完全に消し去れない。いくら高密度で植えても、ダスト濃度をゼロにすることはできなかった。作動原理もはっきりしていない。人体への毒性もあるし、侵入性もきわめて強いから、森に植えたらすべての生態を破壊してしまうでしょうね。それと、あなたも知ってるように、ここの植物は森の外では育たない。仮にダストを確実に除去できたとしても、人類を救うことはできないってこと」

レイチェルが言った。その言葉の一つひとつが、自分は救世主になどなりたくないという言い訳のようにも聞こえ、ジスはやや拍子抜けした。

「そう。そうよね」

打つ手が見つかりそうで見つからないことがもどかしかった。

「ひとつ訊きたい。じゃあ、なぜこれをつくったの？　わたしは、あなたがこれを森に植えようとしてるんだと思ってた。少なくとも、フリムビレッジを護ろうとして。そうじゃないなら……」

レイチェルは本当に、興味のある実験をしているだけなのだろうか？　彼女にとってはこのすべてがただのお遊びにすぎないのだろうか？　人類を救うためでもなければ、フリムビレッジのためでもなく、たんに自然を相手にいたずらをしているのだろうか？　ジスにはいまだに、レイチェルがなにを望んでいるのか、なにをしようとしているのかわからなかった。

「なぜなら、つくれるから。興味深い特性を見つけたから」

レイチェルは平然と、短く言ってのけた。

「それから、ジス、あなたがこういうものを望んでいるようだったから。だからつくったの。でも、森には植えられない。これがなくたって、フリムビレッジはいまも無事でしょ。こういう植物があるってことを見せたかっただけ」

ジスは、レイチェルに向かってさらに不満をぶつけようとしていた自分がばからしく感じられた。以前もレイチェルのつくった植物が思うように育たなかったことがあり、ジスはそれ以上無理な期待をかけるのをやめた。人類が探し求めてやまない解決策というには、箱のなかの植物はあまりに平凡に見えた。

その手のひらほどの葉っぱを見つめていると、レイチェルが突然実験室の明かりを消した。

「どうしたの、急に」

ジスが振り向くと、レイチェルはモスバナの入った箱を指差した。ジスは箱へ視線を戻し、目の前の光景に唖然とした。

青い光が箱のなかに満ちていた。塵のように舞うものもあれば、土が光を帯びている部分もある。箱ごとに、ずいぶん色の濃いものもあれば、淡い色のものや、ほとんど色のないものもある。ジスがその光景を前に最初に思ったのは、美しいということだった。同時に、その青色が指し示す意味を考えた。

「ダストを除去するときに光るってこと？」

レイチェルが箱を見て言った。

「ううん、その光にはなんの機能もない」

意外な返事だった。

「何度も試してみたけど、凝集やダストの除去とは無関係だった。改良過程で生まれた副産物ね。中立的な、不必要な突然変異。おそらくは肥料から発生する亜酸化窒素が関係していて、それが空気中の特定の分子と反応して発光性の副産物が生成される。それが土や塵の粒子にくっつくの。簡単な遺伝子操作でこの特性をなくすこともできる。無駄に目立つからそうするつもりよ」

「そう。不必要な突然変異、か……」

明かりをつけようともせず、ジスは長いあいだ箱のなかの青い光を見つめていた。

「でも、きれいね」

そう言うジスを、レイチェルがじっと見つめていた。

＊

いますぐモスバナを植えさせてくれというジスの頼みを、レイチェルは断った。一度森を侵食してしまえば取り返しのつかないことになるというのだった。だがジスは、レイチェルがまだ明かしていない理由があると考えていた。ひょっとすると本当の理由は、レイチェルが森を実験室とみなしているからかもしれないと。レイチェルの望みはあくまでより多くの植物を実験することで、だから自分の実験室でもあるフリムビレッジに取り返しのつかない変化をもたらしたくないのだろうと。

強大なダストストームがやって来るという予報を聞いたとき、ジスの頭にまっさきに浮かんだのはモスバナだった。村には耐性の不完全な、今回のダストストームで命を奪われるかもしれない人がいくらかいた。ジスはすがるようにして、時には怒りをあらわにして、レイチェルを説得した。渋々モスバナを差し出すレイチェルがいったいなにを考えているのか、ジスには依然わからなかった。

嵐が村を破壊することはなかった。いや、レイチェルの植物が嵐から村を護った。モスバナはみるみる育ち、またたく間に森を覆った。死に絶えた植物を養分にして木のてっぺんまで伸びた。その葉が古木を取り巻き、あたかも森が生き返ったかのような錯覚を起こさせた。レイチェルの改良種は森に奇妙な色を添えた。死んだ森が、遺伝子の組み換えられた植物で覆いつくされていった。

森は無事で、人々はレイチェルに賛辞を送った。レイチェルがフリムビレッジを救った、次は世界を救うはずだと。彼女は本当に人類の救世主になるだろうと。

ジスは夜通し岩に腰かけ、森を埋めつくす青い塵を見つめた。美しさのほかにはなんの機能もない、だが、ついに取り除かれることのなかった青い光を。

＊

ダストの自家増殖はとどまることを知らず、地球上のありとあらゆる有機物を呑みこんでしまいそうな勢いで広がっていった。ジスは、ドームシティの研究所が手がけた対応策はことごとく失敗に終わったというニュースを伝え聞いた。自家増殖ナノボットをより小さな単位に分解しようというその対策は、ナノボットの増殖をいっそう速める結果に終わった。分解という対応策を用いるには、すでに空気中のダスト濃度が高すぎた。

各地の研究所は、ドームの外のダストを除去する研究から、ドームシティを維持する研究へと方針を変えた。それを聞いたとき、ジスは、終末はもう目と鼻の先だと思った。ドーム内の住人は世界を元に戻す気などない。誰も未来を期待していなかった。ただ自分たちの悲惨な生活を延長することだけが、彼らの唯一の関心事だった。

ドームシティがひとつふたつと壊滅するにつれ、村への侵入者も増えていった。だがそれよりも深刻だったのは、モスバナによって生まれた新たな軋轢だった。モスバナの増殖は村の作物を根絶やしにした。レイチェルが警告したとおりだった。ジスは村が壊滅したり温室が使い物にならなくなったりした場合に備えて、ナオミに分解薬の作り方を教えた。

遅ればせながらモスバナの侵入を防ごうと室内栽培に切り替えたものの、手遅れという感は否めなかった。みんなが疲れていくのがわかった。あとどのくらい耐えられるだろう。レイチェルの言うように、自分は本当に判断を間違ったのだろうか？　だがああしていなければ、誰かがダストストームの犠牲になっていたのではないか？　なにがベストだったのだろう。ジスは罠にかかった気分だった。モスバナはダストから人々を護ってくれたが、同時に、みんなが少しずつ、大切に築いてきたさまざまな可能性までも摘み取ろうとしていた。かろうじて死を免れたと思ったら、そこにさらなる滅亡が待ち受けていた。

ジスは直感した。フリムビレッジも同じ道を歩んでいると。これまで幾度となく目にしてきたコロニーの結末が目の前にちらついた。村の形成、つかの間の平和、それに続く軋轢と裏切り、共同体の破局、死と終末。

本気でレイチェルを説得すべきときが来たとジスは思った。植物が森の外でも育つ方法を見つけなければならない、そしてそれを手に外へ出なければならないと。だが、いかなる説得もレイチェルを変えることはできなかった。どんなに拝み倒しても、不可能だという返事しか聞けなかった。ふたりは幾晩も夜通し植物について語り合ったが、なぜその植物が森の外では育たないのかという問いにレイチェルは固く口を閉ざした。

レイチェルが救世主と呼ばれることを、ジスは内心皮肉に感じていた。彼女はただ、自分がコントロールできる実験室を望んでいるだけなのだから。人々の生も死も、彼女にとっては重要なものではないのだから。

＊

二〇五九年冬

「レイチェル、有機体の割合が減ってきてる。ナノソリューションの補充剤はなかなか見つからないし、あなたがソラリタから持ってきたものもとっくに底をついてる。残りの有機体が正常な機械の部分まで腐食させてるから、不必要な骨と筋肉を取り除かなきゃならないんだけど、わたしにはそこまでできない。遅かれ早かれ、トータルで部品交換が必要よ」

「そう」

「そう、じゃないのよ。ここであなたの身体に合う部品を探すのはもう限界よ。廃墟にはガラクタしか残ってないし、ドームシティはこのところ争いばかりで取り引きに応じてくれそうにないし……いっそ遠くまで足を運んだほうがいいのかも。ソラリタの別の支部とか、そういう所へ。いちばん近い支部でもずいぶん距離があるけど。タイに一カ所あるらしいわ」

人間が自分の体の調子を正確にとらえがたいように、サイボーグもまた整備士なくしてはコンディションを判断しがたい。まるきり嘘というわけではないが、ジスはあえて大げさに表現した。廃墟から持ち帰ったマニュアルによれば、ナノソリューションの補充剤をいちから作ることは、多少手間はかかっても不可能ではない。やや不細工にはなっても、部品を組み合わせてキメラのパーツを作れば、古くなった身体パーツを取り替えることもできる。ただ、ジスはレイチェルに、この温室を出るべきだ、ここは永遠ではないのだというプレッシャーを与えたかった。

その意図がうまく通じなかったのか、レイチェルは平然としている。ジスがまた訊いた。

「変な感じはない？　前みたいに、憂うつだったり不快だったり。有機体の割合が減れば身体感覚も変化するものよ。あなたの脳から有機体をすべて取り除いたときみたいに」

レイチェルが首を振った。まるで会話を拒んでいるように見え、ジスはむかっ腹が立った。ロを閉じ、黙ってレイチェルの腕を取り外した。レイチェルはモスバナを森の外へ植える気もないくせにダストの凝集実験を続けていて、そのせいで高分子凝集体が腕を蝕む速度が速まっていた。なにを考えているのかちっともわからなかった。

ジスが腕を分解する様子を見守っていたレイチェルが、長い沈黙ののちに口を開いた。

「変わったところもある」

「そう？」

ジスはかすかに緊張しながら尋ねた。

「どういうところが？」

「感情の変化」

「どんな感情？」

「あなたに惹かれる」

ジスの手が止まった。

「え……」

ジスはレイチェルの視線を避けた。再び手を動かして機械の腕を分解した。戸惑っていた。なんと言えばいいのかわからなかった。手は慣れた手つきで作業にかかっているが、思考は完全にストップしていた。

レイチェルは口をつぐみ、ジスも押し黙っていた。

なにかの間違いだろう。発端はいくらでも挙げられた。レイチェルをコントロールしたいと思ったとき。初めてレイチェルの感情が不安定になるという現象が起きたとき。パターンの安定化スイッチを相談もせずオンにしたとき。機械の脳に有機体の一部が残ってしまったとき。二度目のチャンスがあったにもかかわらず、またも選択を誤ってしまったとき。

そもそも自分がなにを望んでいたのか、いまとなってはわからなかった。ときおりレイチェルが見せる困惑したまなざし、それを喜んでいたのだろうか？　だが、こんなことを望んだわけではなかった。

「冗談でしょ」

ジスがつぶやいた。レイチェルの返事はなかった。

その日、ふたりは作業が終わるまで押し黙っていた。作業を終えて温室を出る間際、振り返ると、レイチェルはジスを見ていなかった。彼女はテーブルの上の機械の部品をにらんでいた。

＊

ジスが整備のために温室に入ったとき、いつものテーブルにレイチェルの姿はなかった。代わりに、温室のいちばん奥にある実験ブースに明かりが灯っていた。ガラスは半透明のもので、レイチェルがなかにいるのはわかったが、なにをしているかまでは見えない。

この十日間、ジスはレイチェルとほとんど言葉を交わさなかった。簡単な整備のためにちょっと顔を合わせるのも気まずかった。それは向こうも同じだったのか、身体ごと任せるのではなく、テーブルの上に部品だけ置いてあった。植物もそっくりリヤカーに載せてあったりと、できるだけジスを避けているのがわかった。ジスも自分の仕事をこなすだけで、レイチェルのことを考えまいと努めていた。村への侵入者に対応し、戦闘ドローンを修理し、争いで負傷した人たちの介抱で疲れてもいた。ジスはそろそろ決断しなければならなかった。植物を外へ持ち出すこと、なんとかそれを可能にしなければ。

レイチェルが実験を終えて出てくるのを待つことにした。そばにあったパイプ椅子をテーブルのほうへ引っ張ってくる途中、なにかが目に留まった。

別のテーブルの上にメモが散らばっていた。ナオミがベリーと名づけたロボット犬で取り交わしたメモだった。きれいにまとめられていたわけではないが、実験エリア以外は整理整頓に気を遣わないレイチェルの性格上、こんなふうになにかを一カ所に集めておくことは珍しかった。ジスはふっと笑みをこぼした。おおかたは、その日必要なチェック事項を確かめたり、森の指標となる木の生態変化を知らせたりといった業務的な内容だったが、たわいのない会話の痕跡もあった。

あるメモの表には、〝偉大な植物学者レイチェルへ〟というジスの筆跡があった。内容をさっぱり思い出せず、開いてみると、たった一行こう書かれていた。

――ありがとう。淹れたてのコーヒーは最高だった。

いつだったか、ジスは村人たちと、新鮮なコーヒーの味が懐かしいという話をした。その後、温室に立ち寄るたびにコーヒーの話をしていると、ある日レイチェルがコーヒーの生豆を差し出した。味はまったくもって褒められたものではなかったが、ジスはわずかながら感動を覚えた。レイチェルは自分の植物にしか興味をもたず、ジスや村人たちをある種の静物のようにとらえているのではないかと思っていたのに。

ジスはメモの山を見ながら思った。レイチェルとのあいだに感情的なトラブル、あるいは誤解、それがなんであれ戸惑いを感じることはあったものの……ちゃんと話し合えばいい。ひとまず温室を出て、フリムビレッジを離れることができるなら。みんなを安全に避難させ、いつか外の世界で再会しようと約束し、ジスもまた、みずから課した責任からもう少し自由になれるなら。そうしてふたりだけになれば、この感情ともう少しきちんと向き合えるだろう。ジスはまだ自分の気持ちをはっきりと定義できなかった。だがなにより、ふたりの関係はそもそものスタートに間違いがあり、それは事実上、ジスの過ちによるものだったからだ。もしかすると、すべてを元通りにできる方法があるかもしれない。

ジスはメモをきれいに折って片隅にまとめ、重しになりそうなものを探した。書類ケースに並んだノートが見えた。電子ノートは充電が面倒だからと、レイチェルはつねに手書きで記録をつけていた。表紙には研究テーマが書かれている。ダスト凝集体についての研究、抵抗性遺伝子のアグロインフェクション（agroinfection）実験……。知らない専門用語ばかりだったが、レイチェルがどんなふうに記録しているのか見てみたかった。

分厚いノートを一冊手に取った。モスバナの母体となった、マレーシア発祥の野生種のスケッチがあった。東南アジア地域に自生する植物のゲノムを混ぜて設計された植物。モスバナのダスト除去効果についての実験記録もあった。ジスにはそれらの数式をすべて理解することはできなかったが、ノートのそこかしこにある、モスバナが実際にダスト除去効果をもつのか、だとしたらその原理はなんなのかを推測しているメモくらいなら読めた。

ページをめくると、意外なメモがあった。

レイチェルがこれまで改良した、あらゆる植物の名前が記された表。日付けごとに植物の生長過程を記録したもののようだった。ページの最後にはこうあった。

促進剤のオン - オフサイト除去後、w/o 促進剤の条件下でも全種の成長を確認。促進剤があるときと大差なし。今回の実験対象はすべて廃棄。

促進剤は森の区画を維持するため使用継続予定。

記録の日付けは半年前だった。ジスはいま見たメモの意味をゆっくり考えた。植物を植える際に不可欠だった促進剤、そして、ここフリムビレッジにつけられた〝恵みの森〟という名。この実験どおりだとしたら、植物が促進剤に依存して育つかどうかはレイチェルの選択にかかっていた。促進剤はそれを左右するスイッチだった。実験は半年前のものだったが、レイチェルは以前からそれを知り、使い分けていたのだろう。ここは恵みの森などではなく、レイチェルによって意図的に切り分けられた森だった。

レイチェルは植物を森の外でも育てる方法を知らなかったわけではない。ただそれを望まなかっただけ。その事実をこんなふうに突きつけられ、ジスは混乱した。

そのとき、ブースのドアが開いた。実験を終えたばかりのレイチェルが外へ出ようとしてジスに気づき、立ち止まった。

「レイチェル」

ジスはノートを手にしたまま立ち上がった。

「わたしが目にしたものを、あなたの口から説明して」

レイチェルはジスを見ていた。なにを考え、どんな気分なのかわからなかった。いまさらのように彼女が未知の存在に感じられた。ジスは何度となく彼女に哀願し、怒りをぶつけ、説得し、拝み倒した。終末に向かってひた走るフリムビレッジを、死にゆく人々を救う方法はひとつだと考えていた。だが、レイチェルにとってそんなことは重要ではなかった。彼女にとっては、もっぱら森の境界を維持することだけが大事だったのだ。

ジスは心のなかでなにかが崩れ落ちるのを感じた。

「促進剤はカモフラージュだったのね？　このすべてが巨大な実験室にすぎないことをごまかそうとしての」

レイチェルは押し黙ったままだった。

「どうして隠してたの？　みんながここを去り、傷つき、死んでいくのを黙って見てたなんて。なんてことなの、解決するすべを知っていながら……」

表情の読み取れないレイチェルの顔を見つめながら、ジスは続けた。

「そうよね、わたしたちは取り引きでつながってた。でも、思いなおすことだってできたじゃない。わたしは、全部が全部、たんなる取り引きだとは思ってなかったのに……。あなたにとっては本当に、このすべてがたんなる契約にすぎなかったの？　わたしが期待しすぎてた？　ほかのなにより、自分の温室がいちばん大事だったの？」

レイチェルはジスの手にあるノートを見て、事情を理解したようだった。ジスはレイチェルがどう答えるか待っていた。彼女は自分の植物が森の境界を越えられないよう細工しておきながら、それはどうにもならないことだとジスを騙してきた。

長い長い時間が過ぎたと思われたころ、レイチェルがジスのほうへ歩み寄った。息詰まるような静寂がふたりのあいだにあった。レイチェルはひどく打ちひしがれたような表情をしていた。ジスは内心思った。打ちひしがれてるのはこっちなのに、どうしてあなたがそんな顔をしているの。

レイチェルが口を開いた。

「あなたに改良種を渡せば、フリムビレッジは解体するでしょ？　村人は去り、この温室も維持できなくなる。そうなればわたしたちはここに残れなくなり、いつかはあなたもわたしのもとを去っていく。外の世界で、あなたは唯一の整備士じゃないから。だから……改良種を渡さないのは、わたしに与えられた唯一の選択肢だった」

ジスが最初に抱いたのは疑念だった。それはすでに終わった話ではないか。温室はどのみち維持できないこと、ここを離れてもジスは整備士としてレイチェルについて行くということ。彼女がジスを必要とするあいだ、当分のあいだは。それが自分たちの取り引きだったのだから……。

だが、苦痛にゆがむレイチェルの表情を前にしたとき、そして、以前彼女が口にした〝あなたに惹かれる〟という言葉を思い出したとき、ジスは本当の理由に気づいた。あれほど頼みこんでも植物を森の外に持ち出せなかった理由、レイチェル自身がすでに気づいていながら隠してきたその理由。

レイチェルが村の解体を望まなかったのは、この村を自分の実験室ととらえていたからではない。そうすることで、ジスを自分のそばにつなぎとめておきたかったから。整備士だからではなく、ジスにそばにいてほしかったのだ。

そして、レイチェルにそうさせた感情の混乱は、すべてジスがもたらしたものだ。レイチェルは初めからジスを望んでいたわけではない。ジスが意図し、操作したのだ。ずっと目をそらしてきたが、これ以上は無理だった。とうてい言い出せそうになかったが、いま打ち明けなければならない。

「レイチェル、あなたのその、わたしに惹かれる気持ち、説明のつかない感情……それは……」

ジスは重い口を開いた。

「本物じゃない。仕向けられたもの。つくられた気持ちなの。全部……わたしが悪いの。わたしが勝手に」

レイチェルの瞳が揺れていた。いまさらなにを、どうやって取り戻せるだろう？

「あなたの機械脳から有機体を取り除く施術をしたとき、あのとき、感情パターンを調節したの。わたしに好意をもつように……」

ジスはレイチェルに好意をもってほしかった。彼女の視線を自分のもとに引き留めておきたかった。彼女のやさしい態度に触れたかった。どういう気持ちだったのか、そもそもなぜそんなことを望んだのかは説明できなかった。いま言えるのは、自分の過ちとその結果だけ。レイチェルの顔が徐々にこわばっていった。ジスの話が終わるまで、レイチェルはひとことも発しなかった。

温室の空気が急速に冷えていった。

長い沈黙。静寂が永遠のように感じられた。ジスは頭を垂れた。

レイチェルが低くつぶやく声が聞こえてきた。

「そう。初めからわたしを機械のおもちゃ扱いしてたのを、誤解してたみたい。わたしのことを尊重してくれてると思ってた、いっときは。少なくとも、人間としては。でも、それさえも違ったのね」

そうではないとジスは言いたかった。自分がレイチェルに感じていた気持ちを話したかった。そのときは言葉にできなかった、具体化していいものか確信のもてなかった、それでもたしかに存在していた本当の気持ちを……。

だが、ジスはレイチェルの感情に介入し、本心と偽りの心、本来の気持ちとつくられた気持ちの区別をつかなくさせた。だからレイチェルは自分の本心さえわからなくなってしまった。そこにジスの欲望が投影されていないと言えるはずもなかった。

「わたしを許せないだろうけど、約束する。あなたが望むなら世界中のどこへでも行く。そばに置けってわけじゃない。それがなんであろうと、あなたのためにできることをする。それでわたしの過ちが少しでも軽くなるなら……」

ジスが言い終えると、ぴんと張り詰めた静謐がふたりを包んだ。レイチェルはジスをにらみながらあざけるように言った。

「わたしのためにできることをする？」

その目にははっきりと憎しみがこもっていて、ジスは心臓を地面に叩きつけられたような苦しみにあえいだ。

「いまわたしが望むことはひとつ」

レイチェルがいまにも泣き出しそうな顔で言った。

「あなたの望んでたものをあげる。だからわたしの前から去って。そして二度と現れないで」

＊

レイチェルは森の外でも育つ植物をジスに与えた。ジスは、促進剤の成分なしでも成長できるようスイッチをオフにした種子と苗をリヤカーで村へ運んだ。地下倉庫にあるホバーカーをあるだけ出し、武器と非常用食糧を積みこんだ。みんなをひとりずつ説得した。村を出るなら集団がいいという人もいれば、大陸を渡って故郷へ帰るという人もいた。自分たちを追い出したドームシティを目指す人もいれば、人っ子ひとりいない荒れ地を見つけて生活の地にしたいという人もいた。

ジスはもっと時間を稼ぎたかった。レイチェルを説き伏せ、一緒に村を出たかった。だがあの日以来、彼女は決してジスを温室に入れなかった。数日も経たないうちに侵入者の襲撃が始まった。今回は大々的で組織的だった。誰かが村に火を放った。村人たちを森から追い出し、この森全体を手に入れようというのだった。人々はまたも旅立つことになったが、そこにあるのは他意だけではなかった。

ジスは侵入者の追跡を免れるため、時間差をつけて別々の方向へ村人たちを送り出した。一部の人たちはどこかで合流に成功するかもしれない。でも、新たなフリムビレッジをつくることはできないだろう。フリムビレッジは分裂を始めたころからほころびを見せていた。いや、初めから終焉が予定されていた。永遠の隠れ場はない。ここで共にした人々の時空間が再び重なることはないだろう。

それでも彼らは約束していた。この森を出てもレイチェルの植物を植えると。外の世界で可能性を探るつもりだと。フリムビレッジをつくると。だからいつかまた会おうと。ジスはひとりひとりと目を合わせ、手を握って抱き合いながら、初めて自分がなにを望んでいたのかわかった。

ジスこそが、最後の最後までフリムビレッジを去りがたく思っていた。この世界が永遠に続くことを願っていた。不可能なことだと誰よりわかっていながら。

村人を全員送り出してから、ジスはレイチェルを捜した。温室に駆けつけたが、いなかった。火の手はまだ丘の上まで及んでいないのに、温室にはすでにもうもうと煙が立ちこめていた。レイチェルがみずから植物に火を放ったのだ。

ジスはその場にくずおれた。自分はレイチェルをあざむき、彼女に一度も本心を伝えなかった。煙のなかに、青く光る塵が舞っていた。レイチェルがつくった植物の残骸。この塵だけがジスに残されたすべてだった。

温室の外から、侵入者たちの戦闘ドローンが、残る生命体をとらえて攻撃する音が聞こえてきた。ここを発つべき瞬間が迫っていた。ジスは最後に、レイチェルの名を声にして呼んだ。返事はどこからも聞こえてこなかった。

―

アマラが入院している病院はランガノ湖の近くにあった。アディスアベバからホバーカーで二時間ほどかかるにもかかわらず、アマラはいまでも人々が〝ランガノの魔女たち〟を記憶しているこの地にこだわった。そこには、数十年前にアマラとナオミの姉妹に助けられたことを覚えている人たち、そして、彼らの子孫が暮らしていた。湖をとりかこむバンガローを営む人たちも、そのほとんどが若いころの姉妹を記憶していた。アマラが外出する日には、お気に入りの場所にいくらでもいられるよう、気ままに散歩できるようバンガローの境界を開け放しておくのだという。

病室の前にはたくさんの花かごが置かれていた。アヨンは自分の花もその脇に追加して、なかへ入った。アマラはひと月前よりは回復していたが、長時間話すのはまだ難しかった。ふだんはほとんど眠っているという。少しのあいだ目覚めているときも、アマラのたどたどしい言葉は聞き取りづらく、通訳機でもうまく処理できないため、ナオミがそばに付き添ってくれていた。

「アマラ、フリムビレッジが本当に存在していたことを、いまやたくさんの人が信じています。そこで生まれた植物があなた方の手で世界に広がったということも」

アヨンの言葉は届いただろうか。アマラは再び寝入ってしまったが、口元に浮かんだ笑みを見て、ここに来たことが無駄ではなかったと思えた。

アヨンは外のカフェでナオミと向き合った。ナオミはコーヒーをひと口ゆっくりすすり、病院のほうへ視線を向けた。

「アマラとはこの数年間、少しぎくしゃくしてたの。あの人はいつからか、フリムビレッジなど存在しなかったと信じ出してね。そうして、みんなに押しつけられた話を真実だと思いはじめた。滅亡していく世界で奇跡的に薬草を発見し、人々の治療に身を捧げた魔女たち……。それはわたしたちにふさわしい説明ではないと怒るわたしに、むしろ姉のほうが憤慨してた。わたしは記憶を否定する姉がいたたまれなかったし、それはわたしたち自身を否定することだと思っていた。あなたが来る前に、昨日、アマラと話をしたの。お互いが温室をどう記憶していようと、もはやそれは、わたしたちだけの話じゃないんだって。わたしたちには、フリムビレッジにいたみんなのぶんまで記憶にとどめておく責任があるんだってね。そしたら、アマラがじっと考えこんでから言ったの。『そうね。ジスさんは、それから、ハルは元気かしら？』って」

ナオミはそう言ってから、しばらく思いにふけっていた。

「それで初めて、姉が本当はなにも忘れてなかったんだってわかったの。わたしはいつだって、置き去りにされることが怖かった。それはいまも同じ。アマラはただ、自分なりのやり方で自分を守っていただけなんだとようやく理解できたわ。アマラにとっては、あのころを思い出すことのほうがずっとつらいことだったのかもしれない。懐かしさと痛みは、いつも同時に訪れる。みんながみんな、それに耐える必要はないものね。それでもあなたに会えて、そして、アマラとももう一度その話ができてよかった」

降り注ぐ日差しのもと、ナオミはまるで白昼夢を見ているような表情を浮かべた。アヨンはナオミを見つめ返して言った。

「わたしも、ナオミ、あなたに会えてよかった。こんなふうにひとつの物語を粘り強く追いかけること、こうして研究することは、きっと、人生にまたとない幸運だと思います」

アヨンはボイスレコーダーをオンにして頼んだ。

「では、そろそろ続きを聞かせていただけますか。フリムビレッジを出てどこへ向かったのか、そして、その後どんなふうに過ごし、ここにたどり着いたのかについて」


フリムビレッジからエチオピアまでの旅路は数カ月にわたった。ナオミとアマラは移動しながらモスバナの種を植えたが、それが広がっていくところまでは見届けられなかった。一カ所に長くとどまることは危険だった。廃墟を渡り歩く生活に逆戻りしたものの、今度はたしかな目的地があった。

「わたしたちの車で海を渡ることはできなかった。でも、終末の時代にあっても、最期はふるさとで迎えたいと望む人たちはいたの。そこでわたしたちは、彼らと合流することにした。インド、パキスタンを経て、アデン湾を渡ってソマリアに着いたとき、その長旅で生き残った人は多くはなかった。でももし彼らがいなかったら、わたしたちが東アフリカまでたどり着けなかったこともたしかよ。道中、わたしたちは彼らをできるだけふるさとの近くに埋めてあげた。ほんの少しの骨粉にすぎなかったけどね」

　エチオピアは見るも無残な状況だった。アディスアベバにあったドームシティは壊滅して久しく、残っていたのは地下へ移住した極少数の人々、耐性種が地上につくった小規模のコロニー群、そして一部のドーム村がすべてだった。姉妹はまず、イルガチェフェの近隣を訪ねて行った。ドーム村と地上のコロニーを回りながら、ドームの外で育つ植物があるのだと説明したが、返ってきたのは嘲笑だけだった。姉妹はその一帯を転々とするなかで、ランガノ湖周辺の小さな地下シェルターを見つけた。ダストが入りこみ、人々はみなどこかへ消えていた。ふたりはそこを拠点として、地上にレイチェルの植物を植え、地下に分解薬を製造できる空間を設けた。そして分解薬や薬物を製造し、ドーム村の人々と物々交換を始めた。

「彼らはわたしたちのことを、運よく薬草を見つけた子どもたちだと思っていたわ。村で使われていたのはオロモ語だったから、言葉もうまく通じないし、通訳機を使うのも面倒がられてね。わたしたちが交換しようとしてる物の価値を伝えるのは簡単じゃなかった。本当に時間がかかったのよ」

　ナオミは分解薬の本来の効果を説明する代わりに、わかりやすく万能薬だと言った。初めは誰も信じようとしなかったが、薬を買った人たちのダスト中毒による痛みが引いたことを知ると、ほかの人たちも分解薬を買い求めた。製造法は極秘にされ、唯一その製造法を知るナオミは一目置かれる存在となった。アマラもまた、薬用植物の栽培法とそれを使った薬の製法を熟知していた。姉妹はその一帯で、分解薬と薬剤で名を馳せるようになった。

「わたしたちは、フリムでの約束を守るためにモスバナを育てはじめた。ところが、モスバナの増殖力はすさまじくて、ひとたび空き地に植えればほとんど手をかける間もないまま、あっという間に群落を形成していったの。モスバナは、ダストで壊滅した生態系の残骸を養分としてどんどん広がっていった。アマラとわたしはモスバナがつくった巨大な群落に感心したけれど、それが本当にわたしたちを救ってくれるのかについてはやはり疑問だった。フリムでの短い日々は、まるでそれが夢だったかのように徐々に薄れていった。なにひとつたしかなものはなかったの。わたしたちが生きている理由、人々が死なない理由を考えてみたけれど、思い当たる要素はいくらでもあった。耐性のためかも知れず、分解薬のためかも知れず、本当にモスバナのためかも知れなかった。疑いつづけ、毎日お互いに尋ね合ったわ。『わたしたちはいまなにをしてるんだろう?』って。フリムを離れてからのわたしたちは、どこにも居場所を見つけられなかった。それでも、フリムでやっていた仕事を続けたの。使命感というよりも、単純に……あのころが懐かしかったし、それだけがわたしたちを、つかの間だけでも過去に戻してくれたから」

モスバナの群落は夜になると、青く妖しい光を帯びて見る人を不思議な気持ちにさせ、ある種の畏敬を呼び起こさせた。ほどなくモスバナは、ナオミとアマラ姉妹のシンボルとなった。人々はモスバナに治癒の効果があると信じはじめた。ナオミは当初、毒性をもつモスバナを薬として用いようとする人々を押しとどめたが、すでに根づいてしまったイメージを払拭するのは難しかった。いつからか人々は積極的にモスバナを植えはじめ、群落を増やし、自分たちのドーム村の近くでも栽培しはじめた。そうしてモスバナは、あっという間に高原を覆いつくしてしまった。

薬草治療士としての生活がある程度定着してきたころ、ナオミとアマラはモスバナの由来について話しはじめた。この不思議な植物はフリムビレッジから来たもので、かつてその村をつくり温室を守っていた人々が存在していたこと、モスバナにはダストを取り除く効果があるのだと。人々は姉妹の話をおもしろそうに聞いていたが、それを、つらい経験をした少女たちの作り話だと考えた。近しい人々、治療士をしながら知り合った気心の知れた人たちでさえ、姉妹を尊重するがゆえに耳を傾けていたにすぎず、フリムビレッジで暮らしていた人々についての話を真剣に受け止めてはいなかった。ナオミが温室に関して持っていた証拠は、廃墟で拾ってきたカメラで撮った、薄ぼけた写真一枚きりだった。

ふたりは転々と居場所を変えなければならなかった。姉妹を連れ去ろうとしたり血を奪おうとする者はもういなかったが、依然として安定したコロニーはなく、争いは絶えなかった。ある者は姉妹の植物に狙いをつけ、ナオミを脅して分解薬の製法をつきとめようとした。時にふたりは、コロニーの宗教指導者とやり合わねばならなかった。どこからともなく忽然と現れた姉妹を神のごとく崇める住民たちもいたからだ。姉妹はいくつもの避難所や村、都市を渡り歩きながら、行く先々でモスバナを広め、ダスト抵抗種の植物を植え、同じ年頃の女たちに分解薬の作り方をこっそり伝授し、いさかいを避けてまた移動した。そうしてふたりはエチオピア全域を回りながら、〝ランガノの魔女たち〟と呼ばれるようになった。

ダスト対応協議体が表立って対応しはじめたのもそのころだ。長い論争の末、ついにソラリタ研究所は滅亡を招いた自分たちの失策を認め、ダストに関するあらゆる資料を公開した。協議体はこれをもとにダスト除去対策を研究し、試行錯誤ののちに、自家増殖ナノアセンブラに対応するナノ‐ディスアセンブラの散布を公式な対応策として打ち立てた。ディスアセンブラ・プロジェクトが公表されたとき、人々はさらなるダスト問題が発生するのではないかと懸念した。だが、残された人も残された生活の地も多くはなかったため、それがいかにはかない希望であっても、人類はしがみつくしかなかった。

「対応協議体のディスアセンブラ・プロジェクトは成功した。稼動した翌年からいっきにダスト濃度が下がって、六年後には完全終息が宣言されたの。幸いと言うべきところだけど、わたしたちは複雑な心境だった。その様子を見守りながら、アマラとわたしは顔を見合わせたわ。わたしたちがしたことはなんだったんだろう、なんの意味もなかったんだろうかって。あの森で目の当たりにしていた驚くべき風景はただの夢だったのか、そう何度も自分に問いかけてみたけど、答えは出なかった。復興が始まるなか、わたしたちを廃墟の治療士、再建の英雄としてたたえようという人たちがいてね。わたしたちは折に触れて、モスバナのダスト分解作用について研究すべきだと提案したわ。だけど、興味をもつ人はいなかった。彼らがたたえたのは、暗黒時代の片隅で民間治療をしていた魔女、それだけだった。再び科学がこの世界に光をもたらすようになると、わたしたちは舞台をあとにするしかなかったの」

終息宣言後、ナオミとアマラはアディスアベバに腰を落ち着けた。その数年後、アマラにダストによる脳損傷の後遺症が現れはじめた。もともと耐性が弱かったことと、ナオミに同行しながらダストにさらされつづけたことが原因だった。ナオミは、フリムビレッジの仲間を見つけようとか、モスバナの効果を立証すべきだという思いを捨て、姉を介抱しながら、再建された世界に適応して生きることに決めた。

「わたしたちに向けられていた最後の関心も、モスバナには事実上薬効がないという研究結果と共にすっかり消えうせてしまった。わたしたちを詐欺師だと冷やかす人もいたわ。エチオピアの正教会はやや曖昧な立場をとった。魔女を認めることは教理に反することだったからでしょうね。それでも、それ以外のたくさんの人たちがわたしたちを貢献者として敬ってくれたおかげで、その後は静かな時を過ごせた。あることを諦めた代わりに小さな平穏を得たような」

再建された世界での暮らしは、ダスト時代にくらべてずっと穏やかだった。日常は平和そのもので、死と隣り合わせの感覚を味わうこともなかった。けれどナオミはごくたまに、過去のある瞬間瞬間にじっと思いを馳せることがあった。そんな日は、誰もナオミを外へ呼び出すことはできないのだった。

アヨンはそのすべてを記録してから、おそるおそる尋ねた。

「モスバナは本当にダストを消したり減らしたりしたんでしょうか？　あなたはいまも、モスバナが本当に人類復興に一役買ったと？」

ナオミはちょっと考えてから、首を振った。

「正直に言えば、半信半疑だったわ。それはいまも同じ。本当に植物がわたしたちを守ったのか？　それはひょっとすると、幼い自分のなかでゆがめられた幻想だったんじゃないか？　生涯フリムビレッジを懐かしく思いながらも、わたしは自分の記憶を疑いつづけた。ほんとのところ、あれほど熱心に取り組みながらも、もしかするとモスバナにはなんの効力もないんじゃないかって思ってた。ほんとに、なんの効力もないかもしれないって」

ナオミはアヨンを見て、つぶやくように言った。

「モスバナとはなんだったのか。そのうち、それはわたしにとってさほど重要じゃなかったことに気づいたの。わたしに言えるのはこれだけ。わたしはただ、あそこでの約束を守りたかった。

フリムビレッジをもう一度つくることはできないし、あんな場所はふたつとないと知りながらも……植物を植えつづけた。それだけが生きていく力を与えてくれたから」

＊

フリムビレッジと、そこからやって来た姉妹の人生をつづった「地球の果ての温室で」は、三回にわたって連載された。ナオミの回顧、アヨンのインタビュー、これまでに明らかになったフリムビレッジとモスバナについての学術的根拠を含む長い記事だった。ジスの回想記録をそのまま引用することはなかったものの、ナオミの証言の空白、モスバナとダスト抵抗種の植物についての根拠を裏付けるための参考とした。アヨンに接触してきたマスコミのうち、最も慎重な態度をとっていた機関からまずは韓国語で伝えられ、多言語に翻訳されてニュースにもなった。記事は大きな反響を呼び、拍手を送る人々と不快感を示す人々が同時発生した。フリムビレッジを目撃した、そういう村があるといううわさを聞いた、さらにはそこに住んでいたと言う人々まで続出したが、真偽を確かめるのは容易ではなかった。

アヨンは頭がこんがらがればこんがらがるほど、自然そのものが示す証拠を見つけようと思った。事実を立証するデータはぽつぽつ現れはじめていた。なかでもアヨンを喜ばせた発見は、モスバナの作用メカニズムを明らかにしたというものだった。ジスの回想記録から、モスバナがダストを除去するのは〝凝集〟によるものだという重要な手がかりは得たものの、ダストがすべて消え去ったいま、どうやってそれを立証できるだろうかと悩んでいたとき、ベルリンの国立化学研究所から連絡をもらったのだ。

電話で伝え聞いた実験内容は、ほどなく短いレター論文として発表された。〈分子シミュレーションを通じた *Hedera trifidus* 由来のＶＯＣｓと自家増殖ナノアセンブラの気質‐酵素の作用研究〉というタイトルがついていた。

ベルリン国立化学研究所の分子シミュレーション研究チームは、シミュレーション内で自家増殖ナノボットを増殖させたのち、モスバナ（*Hedera trifidus*）の揮発性有機化合物（volatile organic compounds）、つまりＶＯＣｓがどうやってダストを除去するのかを解明した。そのメカニズムは以下のとおりである。１）モスバナのＶＯＣｓのうち二種類以上の成分が、ダストの増殖において別々のアロステリック阻害剤（allosteric inhibitor）のように作用する。２）阻害剤はダストの自家増殖過程でダブリング‐分離反応に混線をもたらし、ダスト粒子は互いに凝集（aggregation）して高分子凝集体を形成する。３）凝集したダスト粒子は本来の増殖機能を失い、分子サイズが大きくなって細胞浸透性が消失したのち、土壌に吸収されバクテリアによって有機物に分解される。モスバナの長いひげ根は、土壌に吸収されたダスト粒子の分解を促す働きをもつものと推測される。

実験をリードしたチョ研究員は短い通話のなかで、誰より先にアヨンに結果を知らせたかったのだと、実験内容を興奮気味に説明してくれた。そして実は、自分にモスバナの凝集メカニズムについてシミュレーションしてみるよう提案してくれた知人がいるのだと言った。それが誰かはわからなかったが、アヨンの頭にはふと、〈ストレンジャー・テイルズ〉で祖母の庭について匿名のメッセージをくれた、ドイツに住んでいるという情報提供者が浮かんだ。

初めはアヨンの主張に懐疑的だった研究者たちも、新しい証拠が出てくると徐々に態度を変えはじめた。ダスト生態学界に大激変が起こりつつあった。ついこのあいだまで優勢だったのは、自然界の動植物が、人間と完全に分離されたドーム外の生態で独自の適応能力を備えるようになったという仮説だった。しかし、人為的なダスト抵抗種の登場は、その仮説を原点から見直させた。今後のシンポジウムでは、ダスト適応種についての人工介入説をめぐって大討論がくり広げられる予定だった。もちろん、こういった状況を不快に思う研究者より、興味深く受け止める研究者のほうが多かった。たちまち自分の論文を否定することになった人々にとっては嬉しくないニュースだったかもしれないが。

なかでも、アディスアベバのシンポジウムで連絡先を交換したエチオピアの研究者たちは、自分たちの暮らす地がまたもや世界的な話題の中心になったことを喜んでいるようだった。一部の研究者はこれまで注目されていなかった過去の研究論文から、フリムビレッジやモスバナ、人為的に改良されたダスト抵抗種の植物に関する論文を掘り返しはじめた。彼らはアヨンをCC受信者として資料を送り合い、アヨンのメールボックスに届いた論文は数百通にものぼった。その分野は、有機化学から生物地理学に至るまであまりに多岐にわたっていたため、すべてを理解することはできなかった。要約を参考におおよその内容を把握する程度だったが、なかでもアヨンの目をひきつけたものがひとつあった。アディスアベバのシンポジウムで会った親切な老齢の研究者から、〝重要〟〝緊急〟マーク付きで送られたものだった。

アヨンはメールの要約、そして結論を読むと、椅子から立ち上がった。いますぐ誰かとこの論文について話したかった。

「ユンジェ先輩、これ、一緒に検討してもらえませんか?」

届いた論文は二十一世紀後半に作成されたもので、ダストの発生から対応協議体の発足、終息宣言、復興期を基点として各区間のダスト濃度を事後的に推定し逆算したグラフだった。著者が用いた計算法によると、ダスト終息までの濃度変化は、現在の通念と異なる線を描いていた。一般的に知られたダスト濃度曲線は、二〇五五年のダストフォール直後に急増して二〇六二年までゆるやかに増加し、その後二年間急増と部分的な減少をくり返しながら全体的に増加したのち、ディスアセンブラ・プロジェクトを経て急減している。

だが新たな逆推算計算法では、ダスト濃度は二〇六〇年以降若干の減少を見せながらゆるやかなラインを描き、二〇六二年から本格的に減少しはじめている。著者らはこのゆるやかな減少ラインを〝第一次減少〟と名づけ、ダストはこの第一次減少があってこそ、対応協議体の人為的な除去プロジェクトによってコントロール可能な範囲に収まったのだと主張していた。

二〇六四年から始まった第二次減少の原因は、周知の事実と符合する。対応協議体の科学者たちが同時多発的に試みた、巨大吸着ネットや多孔性捕集ポールの設置といったダスト除去作業と、増殖型分解剤であるディスアセンブラの散布が第二次減少の直接要因とされている。だが、これまで主流とされてきた仮説では第一次減少の原因を説明できない。

「つまり著者が言うには、ダストはディスアセンブラによっていっきに減少したんじゃないってことです。少なくとも二度の急減があって、それぞれに作用した要素は異なるようだと」

ダスト終息は、テクノロジーと全人類的な協力による勝利と受け止められてきた。だが彼らは、それでは説明できない第一次減少の原因をつきとめることが重要だと主張していた。ダストが消え去る過程で急激な第一次減少があったこと、そして、その原因についてはこれまで取り上げられたことがないこと。論文は当時としては異例の見解を示していたが、注目されずに終わったようだった。第一次減少の原因を説明できる代案がまったく言及されなかったためだ。

「モスバナが第一次減少の原因という可能性はないでしょうか?」

「モスバナがダストを凝集して取り除くという根拠はあって、その影響がどれほどのレベルなのかはまだわからない。当時すでにモスバナがじゅうぶんに広がっていたと仮定するなら、時期的には一致しそうね」

「でも……ここにあるとおりなら、モスバナが広がりはじめてほぼ一年で、ある程度ダストを抑制する効果が表れたということになりますよね。ナオミの言うとおりなら、モスバナが人為的な介入によってエチオピアから広がりはじめたのはたしかだと思われますが、それがごく短期間で地球上を覆ったことになります……ひとつの単一種がたった数年で地球を覆いつくすなんてことが、現実的にありえるんでしょうか?」

「条件が重なればありえないことはないんじゃない? 当時の生態系にモスバナの競争種はほとんどなかったし、養分は死んだ生物からたっぷり得られた。人為的に種をまかれてたってこともあるし。モスバナは気候条件によって環境変異が大きい種よ。それに、その生命力の強さは知ってのとおり」

アヨンは、ヘウォルのくず鉄の山を覆っていた、モスバナのすさまじい生長能力を思い出した。増殖と生存に特化された人為的な植物なだけに、普通の植物よりずっと速く広がれたのだろう。

「でも、ナオミとアマラのふたりだけでやりとげるには無理がありませんか。ふたりはエチオピアに落ち着いてからそこを離れたことはないし、モスバナを神秘の薬草としてみんなが植えはじめたのは、ナオミが言うにはもう少しあとのことです」

ユンジェがうなずいた。

「そのとおり。つまり、外部の介入要素はふたりだけじゃなかったってことね」


アヨンとユンジェは各国の植物地理学者たちの協力を得て、モスバナの葉緑体のDNA分析による植物分布図を再構成した。気候による環境変異が大きいせいで、はなから別の種に間違って分類されていたモスバナも多く、作業はひと筋縄ではいかなかった。だが、各地域の研究者たちが快く応じてくれたおかげで、ゲノムをじかに対照することができた。フリムビレッジで誕生したモスバナをゲノムAをもつ原種としたとき、人為的な移動による小規模変異A′、A″等と、自然に群落をつくって生まれた大規模変異Bとを比較分析するというものだ。これにより、温室の外へ持ち出されたモスバナがどんなルートで拡散したのか、おおよその移動マップを描くことができた。

ユンジェの最終チェックが入った初稿が送られてくると、アヨンは論文の要約版に目を通し、序論と結論をいっきに読み上げた。数カ月を要した論文だった。ナオミの話を聞いた瞬間から予想はついていたにしても、その地図を目の前にすることはまったく異なる経験だった。それは、自然には発生しえない植物分布についての研究結果であるとともに、ある村とそこに暮らしていた人々の存在を証明する結果でもあった。

アディスアベバ近郊のカフェ〈ナタリー〉でナオミに再会したとき、アヨンは準備してきた資料をタブレットで開いた。

ナオミは長いあいだ、エチオピア以外の地域でなにが起こっていたのか知らなかった。世界のニュースが再び民間で活発に取り交わされるようになるまでには、さらなる時間がかかったのだ。ナオミはほぼ二十年という歳月を経て初めて、モスバナがかつて地球全域を覆うほど広がっていたことを知った。だがその理由については、推測の域を越えないままの部分が多かった。

「モスバナのゲノム研究によって、どこで変異が起こったのかがわかりました。植物がどこで生まれてどこへ広がっていったのか、その過程にどれほど時間がかかったのか、そういったことをこのデータをもとに推測したわけです。人為的に単一種を広めた場合は遺伝的多様性が低下しますが、自然に広がった場合はそれが高まる。そうやって、植物分布に人間が介入した場合と自然に伝播した場合を区別するんです」

アヨンはデータについて説明しながら、地図に点を打っていった。

「このデータは、モスバナの原種が出現した大陸を指しています。フリムビレッジのあったマレーシアのケポンです。そして、そこから遠くない場所で、モスバナが最初の大規模群落をつくりました。でも、ここだけではありません。みなさんは温室を出て、世界中へ旅立っていきました。そしてほとんど時を同じくして、このモスバナの原種はそこかしこに広がっていきます」

点がそれぞれの大陸、おのおのの国に増えていく。

そしてそこを基点として、線が世界各地へ伸びていった。

「ひとりではありませんでした。一カ所でもありません。温室を出た人たちは、同時代に、それぞれがたどり着いた場所でモスバナを育てはじめました。ここがナオミとアマラ、あなた方がたどり着いた地です。ここは中国南部。ここはドイツ。これらをすべてつなげると……ほとんど全大陸に最初のモスバナが植えられたことがわかります。だからモスバナは、驚くほど短期間で地球を覆いつくすことができたんです」

アヨンは自分がこの論文のデータを初めて見たときに感じた、ある種の驚きと悲しみ、そして言いようのない喜びをナオミにも感じてほしかった。ナオミは地図から目を離せないでいた。アヨンはナオミの表情が徐々に変化していくのを見守った。

ナオミがつぶやくように言った。

「わたしたちだけじゃなかったのね。みんな忘れていなかった」

「そうです。あなた方みんなが約束を守り、世界を救ったんです」

「いいえ。わたしたちはただ、あそこを出たあとも、もう一度フリムビレッジをつくろうとしただけよ。けっきょくは叶わなかった。叶わなかったけれど……」

ナオミは最後まで言いきらなかった。地図上の点がまたたきつづけていた。アヨンは説明をやめた。これ以上の説明は必要なかった。

聞かずともナオミはすでにわかっているはずだ。そのあまたの点の意味を。

＊

二カ月前に届いていたメールをいまになって拝読しました。モスバナとダスト抵抗種の植物についてお話ししたいとのことでしたね。研究データベースを通してわたしに接触してくる人がいるとは思ってもみず、確認が遅れました。

お察しのとおり、アップロードされているモスバナのデータはわたしが世界中から集めたものです。収集にはかなりの時間がかかりましたが。

あなたは、人類再建の歴史を植物の観点から見直したいとおっしゃっていましたね。いまもってそれがなされていなかったことに驚くばかりです。人類はこれまで、どれほど人間中心の歴史ばかりつづってきたのでしょうか。植物に対する認知バイアスは、動物としての人間に備わった久しい習性です。わたしたちは動物を過大評価し、植物を過小評価します。動物の個別性にくらべ、植物の集団的固有性を見下します。植物の生涯につきまとう競争と奮闘に目を向けようとはしません。こすり落とされたようにぼんやりとした植物の風景を見るばかりです。わたしたちはピラミッド型の生物観にしばられています。植物と微生物、昆虫はピラミッドの下部にすぎず、人間以外の動物がその上、人間はピラミッドの頂点にいると考えます。完全に間逆にとらえているわけです。人間をはじめ、動物は植物がなければ生きていけませんが、植物は動物なくしていくらでも種を繁栄させられるのですから。地球という生態において、人間はつかの間の招待客にすぎません。それも、いつでも追い出されうる危うい立場にあります。

目撃者としてひとつヒントをあげましょう。再建の歴史を植物を中心に構成するとしたら、モスバナはダスト時代の遷移を牽引するパイオニアといえます。本来、生物のいない土地に最初に入りこんでいくのは蘚苔類や地衣類、一年生植物ですが、モスバナは珍しく、多年生の木本《もくほん》植物の単一種として例を見ない繁栄をなしとげました。人間がドームのなかに閉じこめられて死にかけていたとき、モスバナは人類未踏の地にまで生い茂る優占種となっていました。そしてその栄光の時代が終わると、潔く身を引いたのです。それは、人間が優占種として決して考えつかなかったことです。

ご指摘のとおり、モスバナの矛盾は、自身の競争力となるダスト、その環境をみずから破壊してしまう植物であるという点です。ダストという極限の環境が改善するとともに植物の新しい生態系が生まれ、モスバナは優占種の座を降りました。しかし一方では、その矛盾がモスバナにとって時間稼ぎになったともいえるでしょう。モスバナは人間に適応して徐々にその毒性を弱め、炎症を引き起こす棘を小さくし、ひときわ目立つ発光性の突然変異を喪失し、ダスト以前から存在していた雑草であるかのようにみずからを風景のなかに溶けこませたのです。

それはわたしにも予想できなかった結果でした。モスバナは本来、それ自体がダストに似た生物であり、絶え間なく増殖し、攻撃し、浸透する性質を備えていました。また、遺伝的多様性がないために、単一のウイルスによっても絶滅しうる脆弱な生物でもありました。わたしはモスバナが、ダストと共に歴史の彼方へ消え去るものと予想していました。しかし、モスバナは共存と遺伝的多様性を手に入れ、ダスト時代の痕跡を自身から消すことで生き残ったのです。

ところで、研究者たちがダスト時代の植物について解明した事柄がそれほどまでにないとしたら、あなたが研究しているという新たな生態学はいったいどんな知識で構成されているのでしょうか？　その誤った仮説の数々をわたしにも共有させてくれませんか？

＊

文明再建六十周年を記念する展示会は、国立中央博物館で幕を開けた。ダスト時代を回顧しつつ、人類共同の対応、ダストの終息、さらに再建後までの数十年にわたって、滅亡と再建の歴史を振り返るものだった。博物館を丸ごと借り切るほどスケールの大きな展示だった。各スペースで、ダスト時代の惨状と、当時の生活をうかがい見ることのできる現代史的遺物が展示されていた。長期にわたって企画されたこの大型展示会に、数カ月前、急遽特別展示会が追加されることになり、開幕初日から多くの人々の関心を集めていた。

特別展示館の外壁をすっぽり覆う巨大な垂れ幕には、〈救世主の植物、モスバナ〉とある。アヨンは入り口をくぐるなり、荘厳とした雰囲気の垂れ幕を見てあきれ返った。スビンも同じ心境なのか、隣でぼやいている。

「ちょっと、見てよあの字。肩に力入りすぎじゃない？　写真もチーフが撮ったやつよね？　こちとらどれだけ魂を擦り減らされたことか……。どっかに研究センターの名前を入れてもらわないと」

アヨンをはじめ、植物チームの研究員たちはこの間、展示会の企画担当者にあまりに苦しめられたせいで、いまや〝展示会〟と聞いただけで鳥肌が立つのだった。展示会の企画チームでは、モスバナについての特別展示を急遽追加することになったのだが、自分たちは植物について詳しくないからと、ダスト生態研究センターに毎日のように電話をかけてきて必要な資料と説明を求めた。いざ電話をかけている担当者は、本人も望まない仕事を突然任された新人らしく、むやみに怒ることもできない。とうてい本業どころではなくなり、そのせいで快く対応してあげられないことも研究員たちに自責の念を抱かせた。それでも、いざモスバナの写真が展示会のメインさながらに飾られているのを見ると、妙に胸を打たれもした。だが、その中身は科学をつまびらかに考証しているというより、ロマンチックに仕立て上げた神秘主義に近いことが思い出されるや、感動もみるみる冷めてしまった。担当者はやや恐縮しながら、「集客のためには芸術性が不可欠で、あまりに科学的すぎてもいけない」と言ったが、それならなぜ数カ月にわたってあれほど自分たちを苦しめたのか。

開幕イベントは特別展示館で行われていた。本来は事前に登録しておくものだが、展示会の企画チームからひと箱分の招待チケットが送られてきたため、列に並ぶ必要はなかった。せっかく苦労したのだからみんなで見に行こうとユンジェが提案したときでさえ、アヨンは、内容を知りつくしている展示会にあえて足を運ぶ気になれなかった。ここに来る理由はあとからできた。

アヨンは展示館のロビーに入るやいなや、辺りを見回しながら、今日ここに来た本当の理由を捜した。室内は混雑していて、人を見つけるのは難しそうだ。観客のほとんどは、ロビーから展示室の入り口にかけて展示されている巨大なタペストリーの前で記念写真を撮っていた。モスバナから抽出した植物繊維で作られたそれには、〈地球の贈り物〉という名がついていた。有名デザイナーが今回の特別展示を記念して制作したものだ。アヨンには、モスバナの平凡な外見にくらべて派手すぎるように思われ、ネーミングも大げさに感じられた。

展示室は、薄暗い室内にスポットライトで動線が示され、壁面にはモスバナと、モスバナの原種の発光性副産物を利用したバイオアート作品が飾られていた。暗がりできらきら輝く青い光のために、展示場はまるで、とある惑星の一風景を再現したもののように見えた。奥にはモスバナの生態と分布地域、ダストを凝集する原理がホログラムで展示されていた。どれも植物チームが提供した資料を活かして製作されたものだった。

「それにしても壁のあのディスプレイ、ほとんど詐欺じゃない？　モスバナだらけのヘウォルだってあそこまでじゃないわよ」

「詐欺は言いすぎですよ。アートには誇張がつきものですから。バイオアートとやらもそんなものでしょ？」

「たしかに、論文の写真だって見栄えするように色づけするもんね」

アヨンにとっては確認のために何度も見直したものばかりだったが、スビンとユンジェは初めて目にするのか、興味深そうに展示物を観覧しながら感想を交わしていた。アヨンは時計を見た。

そろそろほかを捜してみるべき時間だった。

「観ていてください。わたしはちょっと用事があるので」

「アヨンさんたら、最近忙しすぎない？　ここでまたびっくりするような発見をしてきたりして？」

パクチーフが笑いながら言った。ユンジェはアヨンに目配せしながら、声に出さずに「しっかりね」と言った。

アヨンは急いで展示室を出た。あの人はけっきょく展示を観に来なかったのだろうか。アヨンは展示室の前に腰かけてもう少し待つことにした。万が一にも企画担当者に見つかるようなことがあってはならないと、わざわざタブレットを出して仕事をしているふりをしたものの、うまく集中できなかった。今日約束している相手と交わしたメールをチェックし、ちょうど一週間前に届いたメールを読み返した。


それでも、おかげでおもしろい話をたくさん聞けました。とくに、モスバナをめぐって、それが自然の贈り物なのか人間がつくった道具なのかで論争が巻き起こったという話は興味深かったです。わたしにも意見を求めていたので、それに答えましょう。ずばり、あなたの見解と同じです。モスバナが自然のものか人工のものかを問うのは無意味だ、というものです。モスバナは自然のものであると同時に人工的なものです。モスバナを構成する要素はすべて自然からのもので、それは人為的な介入を通してモスバナという総体となり、再び自然の一部に還りました。人間がモスバナを利用したと主張する人々もいますが、反対に、モスバナが人間を利用したともいえるでしょう。ふたつを分けることはできず、分ける必要もないのです。たしかなことは、モスバナは人間に適応するという戦略によって種の繁栄を追求し、人間は切実にモスバナを必要としたという事実です。モスバナと人間は一種の共進化をなしとげたわけです。

あなたにお目にかかりたいです。長話の必要はありませんよね。すでに書面を通してこれだけ話していますから。ただ、わたしたちはお互いにとって必要なものを持っていて、最後にそれを交換できるのではと思っています。

約束の時間からすでに三十分が過ぎていたが、現れそうな気配はなかった。どうやらここではない別の場所にいそうだった。アヨンはロビーを抜け、展示館のいちばん奥のほうにある通路の隅でやっとその人を見つけた。

日の当たらない、ひんやりとした通路の椅子にレイチェルが座っていた。好天に似合わない長く分厚い服で全身を覆い、大きな帽子を目深にかぶっていて顔は見えない。アヨンはすぐにその人がレイチェルだとわかった。

「どうですか？　展示はご覧に？」

レイチェルが振り向いた。ジスの記録を読んでいなければ、彼女の全身がサイボーグであるなどとは思いもしなかっただろう。それほど、外見上目立つところはなかった。レイチェルは無機質な声で言った。

「でたらめに決まってるのに、観る必要はありません」

「なかへ入れば意外とおもしろいと思いますよ。手前に飾られているタペストリーは、まだましじゃありませんか？」

「モスバナに対する欺瞞に思えます」

その物言いにアヨンは失笑した。たしかに、レイチェルが好きそうな展示物ではない。

「ここにお招きしたのは、あなたがなしとげたことをお見せしたかったからです。みんなは人類を救った植物に見入っていますが、わたしは人類の救世主にどうしても会いたかったんです。あなたにお会いできて光栄です、レイチェル」

レイチェルはなにを考えているのか、黙ったままじっとアヨンを見つめている。アヨンはほほ笑みながら言った。

「場所を移しましょうか？　ここはうるさすぎるので」

ヘウォルに始まる失踪したロボットの怪談は、アヨンに次なる質問を抱かせた。ジスがすでにこの世の人でないなら、モスバナをヘウォルに植えたのは誰なのか？　ジスはヘウォルでなにを必死に探していたのか？　くず鉄の山のなかから掘り出された、長いあいだ眠っていた人型の機械。そして、よりによってそこで広がりはじめたモスバナの原種。韓国で数年前からぽつぽつとモスバナの異常増殖が報告されていたことも、たんなる偶然の一致なのか？

レイチェルがどこかに、もしかするとヘウォルの近くにいるかもしれないと推測しながらも、いざ彼女をどうやって見つければいいのかは難題として残った。手がかりは意外なところから舞いこんだ。モスバナに関する過去の文献調査をしているとき、あるＩＤが目に留まった。その人物は各地を回りながら、ゲノムシーケンスの共有ウェブサイトである〈ユニジン〉のデータベースにモスバナの地域別ゲノムをアップロードしていた。植物学者のなかには、とくに興味のある種の地域別変異を観察する人も多い。だが、ナオミのフリムビレッジの話が広まるずっと前から世界中に足を運び、これほど執拗にモスバナのデータを集めていたのは〝Ｒｃ〟というＩＤのその人だけだった。

レイチェルは意外にも、アヨンに返信を送ってきた。アヨンが彼女の過去についてではなく、植物の歴史について問うことから対話を始めたからかもしれない。レイチェルは自分がモスバナを編集した植物学者であることを否定せず、アヨンはそんな彼女の植物について質問した。モスバナをどうやって設計し編集したのか、モスバナが既存の植物にダスト抵抗性ＤＮＡベクターを伝染させる方法はなにか、原種から変異したモスバナはどのようにして、初めから野生の雑草だったかのように自然界に編入されたのか。一方で、現代のダスト生態学に関心を示すレイチェルに主な理論と仮説を紹介したりもした。レイチェルは半分ほどは興味深そうに聞き、残りの半分はでたらめだと鼻で笑った。

メールを交わしはじめたばかりのころ、アヨンは、レイチェルが自分とのやりとりに関心を示してはいるものの、実際に会うことは望んでいないように感じていた。だからアヨンは、それなら彼女の意思を尊重すべきだと考えた。だが、アヨンにはどうしてもレイチェルから引き出したい情報があり、レイチェルに渡したい物もあった。ためらった末に直接会って話したいと提案すると、レイチェルは意外にも前向きな返事をくれた。

「今日はおいでいただき、ありがとうございます。実は、あなたはこれらの発見や変化にとくに関心はないものと思っていました。なぜって、あなたはずっと昔、ダスト時代から植物を改良して世界に広めていた。その事実は変わらないのに、それを知らなかった人たちがいまになって騒いでいるだけですから。わたしはあなたのことを、植物をおもちゃ代わりにして遊ぶ技術者のように考えていたようです。でも、あなたがモスバナの地域別データを共有していたことを知って、そうではないのかもしれないと思いなおしました。レイチェルという学者は本当に、純粋な好奇心と探求精神で植物に向き合っているのかもしれない。そして、その過程でさらなる真理にたどり着けるなら……そこに誰が加わろうと気にしないだろうと。レイチェル、いったいあなたにとって植物はどんな意味をもっているんでしょう？」

レイチェルは彼女特有の、感情を読めない表情でじっとアヨンを見つめた。一瞬、アヨンは自分がレイチェルに観察されているような、あたかも分析の対象になったような気がした。ほどなく彼女が口を開いた。

「フリムビレッジが解体したあと、そしてジスが去ったあと、わたしに残されたのは植物だけでした。植物がわたしのすべてでした。それがはるか遠くまで広がることを、地球を覆いつくすことを願いました。人間が見えなくなるまで。でも、そうはならなかった」

レイチェルは、ジスの記録にはないその後の話をしてくれた。温室の植物にみずから火を放ち、そこを出てから数十年間、どこをどう渡り歩いていたのかについて。レイチェルは廃墟となった種子保管所にもぐりこんで植物の種子をダスト抵抗種に改良し、抵抗性遺伝子を根圏細菌に感染させて森を生き返らせようとも試みた。以前のように一カ所にとどまって実験をすることはなかった。フリムビレッジの温室を思い出すことはつらく、だからとめどなく場所を移した。

「ダスト終息後はそういったこともばからしくなりました。植物だけに情熱を傾けてきましたが、そろそろおしまいだと思いました。植物はもうわたしがいなくても、地球を占領しどこへでも行けるのですから。だから、今度こそわたしの電源をオフにし、くず鉄の山に埋もれてもかまわないと。そうしてついにふさわしい死に場所を見つけたとき、ふとこんなことを思ったんです。こんなふうに人生を終えたら、これまで自分が抱えてきた気持ちや感情はどこへ行ってしまうのだろう。ジスへの気持ちは誘発されたものなのか、それとも初めから存在していたのか。誘発されたものなら、数十年が経ったいまも、温室を出てこれほど長い時が経ったいまも、なぜ消えないまま残っているのか。そう思うと、腹が立って死ねませんでした」

「それでヘウォルへ？」

「ジスを捜さなければと思ったのは、そんなふうに思い悩んでからずっとあとのことです」

そう話すレイチェルはかすかに笑みを浮かべていた。

レイチェルの身体を隅々まで知りつくしていた整備士が去ってしまうと、機械の身体を維持することは難しくなっていった。身体を維持するために、失われた過去の技術を探し歩いては意識を失い、誰かに起こされ、逃げ出し、行き場を失う日々だった。

「いつも彼女のことを考えていました。ジスは本当にわたしの脳にそんなことをしたのか、それとも、ただあの場をごまかすための言葉だったのか、もしも真実だとして、それがそこまで悪いことなのか。いったい気持ちとは、いつどこで芽生えるのか。ジスとの会話を思い出し、反芻し、絶望する。そのくり返しでした。そして、こんなに長いあいだ彼女を忘れられないのなら……それこそが、この感情が本物だという証拠ではないかと思うようになりました」

しばし間を置いてから、レイチェルは続きを話しはじめた。

「そのうち、実は自分が、ひとつだけジスに嘘をついていたことを思い出しました」

「どんな嘘を？」

「ジスが温室でわたしを見つけたとき、わたしは死んでいました。ジスはわたしが自殺したものと疑っていましたが、やがて、わたしが自分の意志で数年間眠ろうとしていたのだと信じるようになりました。でも本当は、実際に死のうとしていたんです。ひとたび電源を切れば、温室に満ちたダストがわたしを蘇生不可能な状態にしてしまうとわかっていました。ジスが現れたのは想定外のアクシデントだったんです」

「でも……あなたはその後、死のうとはしなかった。温室の維持のためにジスさんと取り引きしましたね」

レイチェルがうなずいた。

「そうです。それは言い訳に近いものでした。ジスがわたしを生き返らせたとき、わたしのなかに彼女に対する好奇心が湧いたんです。それが本当の理由でした。やっぱり死のう、そう思っても、ジスがどんな人なのか気になって仕方ありませんでした。自分だって人類を救おうなんてつゆほども思っていないくせに、いっそ世界が滅びてしまえばいいと思っているくせに、わたしには救世主になれと求めてくるあの厚かましさ。気になって気になって、ずっと彼女を見守っていました。思えばわたしの好奇心も、ジスがわたしに抱いていたものと根本的に変わらなかったのではないかという気がします。ひょっとするとわたしたちは、生涯お互いの内面を知りたいと思いながら、そう思うだけに終わってしまったのかもしれません」

アヨンはふと、レイチェルのまなざしが、子どものころ庭で見たジスのまなざしに似ていると思った。後悔と恋しさの入り混じる、けれど苦しみとは言いきれない、ある複雑な感情がそこにあった。とある一瞬が、人生に耐え抜く力を与え、生きる力を与え、同時に、切なさを生むのかもしれなかった。

「レイチェル、わたしにわかるのはこれだけよ。ジスさんも決してあなたを忘れていなかったということ。わたしが子どものころ、ジスさんがよく話してくれました。植物はとてもうまく組み立てられた機械だと教えてくれた人がいるんだって。庭で宙を舞う青い光を見つめるジスさんを見ながら、そんなふうに、生涯ひとりの人間の心をつかんで離さない記憶というものがあるんだと知りました。そのとき本当になにかあったのか、実際にあなたの気持ちがすべて誘発されたものなのかはよくわかりません。どんな理由も、ジスさんの行為の言い訳にはならないけれど、いずれにせよ、わたしはこう考えます。心も感情も物質的なもので、時の流れを浴びるうちにその表面は徐々に削られていきますが、それでも最後にはある核心が残りますよね。そうして残ったものは、あなたの抱いていた気持ちに違いないと。時間でさえもその気持ちを消すことはできなかったのだから」

レイチェルは黙ってアヨンの話を聞いていた。悲しげなまなざしだとアヨンは思った。

「記録の最後でこう頼んでいました。いつかレイチェルに会ったら、謝ってほしいと。本当の気持ちを一度も伝えられなかったという思いに生涯とらわれてきた、そしていまになって、あまりに自分のことしか考えていなかったことに気づいたと。『ごめんね』、必ずそう伝えてくれと言っていました」

アヨンは続けた。

「ジスさんが最後に過ごした場所を知っています。できればもう一度温室を訪れようとしていたみたいですが、叶わなかったようです。そこに行ってみてはいかがですか。もしかしたらあなたに残された言葉も……」

アヨンはレイチェルの表情を見て、話を止めた。

「レイチェル、大丈夫?」

レイチェルはもう泣くことのできない存在だった。だが、まるで泣いているように見えた。測り知れない時間と気持ちが、そのゆがんだ顔に表れていた。アヨンはレイチェルのために視線をほかへ移した。

＊

〝地球の果ての温室〟についての記録はナオミの同意を得て本にまとめられ、ほかの媒体でも公開される予定だった。アヨンは、ある部分は記し、ある部分は記さなかった。すべてが公開され、残されなければならないとは思わなかった。サイボーグの身体でさえ、けっきょくは錆びてしまう。あらゆるものは古くなり、かたちを変える。それなら、いつか消えてしまう記録とはどんな意味をもつのか。アヨンは悩んだが、悩みはそのままに、それを世に送り出すことにした。

レイチェルはナオミのことを、夕方になるとジスの掘っ立て小屋を訪れてきていた、頭の冴えた女の子と記憶していた。レイチェルはジス以外の人とほとんど交流がなかったため、ふたりはお互いをよく知る近しい関係とはいえないまでも、お互いのその後について知らせてあげると喜んでいる様子だった。ナオミは嬉しそうな顔で言った。

「温室に向かって挨拶すると、レイチェルが手を振ってくれたのを覚えてるわ。わたしたちはどういうわけか、彼女が自分たちとは別の世界に住んでいると思ってた。そんなことはなかったのにね。いまになってやっと、お互いの存在について証言しているなんて」

レイチェルが自分の身体を完全に分解することに決めたと知らせてきたとき、アヨンは驚かなかった。いまや、レイチェルが記憶している人々、そしてレイチェルを記憶している人々のほとんどは塵となっていた。死でさえも、レイチェルにとってはひとつの実験だった。死に対する恐怖は、自身が徐々に機械となっていく過程で、流れる水のように彼女のもとから去っていったはずだ。レイチェルはようやく自身が望むような平穏を手に入れることになるのだろう、そうアヨンは思った。

レイチェルと最初で最後に会ったその日、アヨンは彼女に、ジスのメモリーチップを渡した。そして、アヨンは地図の座標をもらった。どこだと聞かなくても、アヨンにはすでにその場所がわかったような気がした。行ってみなくていいのかと尋ねようとしたアヨンは、レイチェルの顔に浮かぶかすかな表情を見た。すでに彼女が何度もそこへ足を運んでいたのだろうことは、訊かずともわかるような気がした。

アヨンは、去っていくレイチェルの背中を長いあいだ見つめていた。そして階段を下りながら、その場でマレーシア行きの飛行機をとった。

＊

ケポンの鬱蒼とした熱帯雨林の合間、滅亡以前は巨大な山林研究所だった森の奥地、かつては逃げてきた人々の安息の場とされた、温室であり村の共同体だった場所、そしていまはその痕跡さえ覆い隠されてしまった場所。

ナオミの話が広まると、マレーシアで山林研究所の跡が発掘された。再建復興地域に含まれてはいたものの、まだ本格的な作業にとりかかる前だったので間に合った。もちろん、当時の痕跡はほとんど残っていなかったが、建物の柱や土台などが一部見つかったという。温室をそっくり復元しようという話も出たようだが、ナオミとアマラはそれを望まないという意向を伝え、話し合いの末にそこには小さな案内板がひとつ設けられたと聞いている。

ナオミは、一緒に行こうというアヨンの提案にこう答えた。

「そこはもう、わたしの記憶にある風景とは似ても似つかなくなってるんじゃないかしら。そうなると、二度とあの村をあのころのままに思い出せなくなるんじゃないかと不安だわ。アヨンさん、まずあなたが行ってみて、教えてくれない？　そこがどうなってたとか、フリムビレッジを思い出せる場所かどうかってことを」

山林研究所のあった区域全体にモスバナの群落をつくろうというプランが出ていた。まだ一般訪問客の立ち入りは許されていない。山全体が保存区域に指定されていて、そこへ入るためにはさらに許可をもらう必要があった。空港からホバーカーで四時間走って入り口にやって来たとき、生い茂っているというより、ほとんど森を成しているモスバナの群落が見えた。

「研究目的だということですが、規則はご存知ですよね？　ガイドラインからはみ出さないようにしてください。案内ロボットから離れると警告音が鳴ります。二度目からは罰金が科されるのでご用心を。標本の採取は禁止されています。それには追加の許可が必要ですが、いまお持ちの許可証にはスタンプがありませんね」

「ご心配要りません。植物を傷つけることは絶対にありませんから」

スタッフがアヨンに許可証を返した。そしてうさんくさげにアヨンを見やると、棚から案内ロボットを取り管理事務所の脇戸から出てきた。これといった機能があるわけではなく、訪問客がルートから外れないよう監視するためだという。せめて地図を見せてくれてもよさそうなものだが、見るからに客の訪問を喜んでいないらしいことはわかった。アヨンはスタッフにぺこりとお辞儀をしてから入り口へ向かった。

上り坂の周辺には、モスバナよりもワラビやヒトツバ、ヤシやゴムの木といったマレーシアの森の自生植物が多く見られたが、傾斜が大きくなり背の高い木が減ってくると、木々がまばらになってきた。かつては草木の生い茂る密林だったはずだが、再建復興事業で伐採されたらしい。残る木々もすべてモスバナのツルに覆われ、本来の姿は見分けられなかった。

アヨンは腰を屈めて、運動靴のひもをぎゅっと結びなおした。しだいにこの丘の全体像が見えてきた。

丘はもう、ほとんどモスバナに覆いつくされている。視界をふさぐものはなく、建物の跡があればとっくに見えているはずだが、丘は一面、草と、飛び交う虫たちの鳴き声に満ちていた。突然吹きつけた風が鼻をくすぐった。くしゃみをしたアヨンはしばしその場に立ち止まって、目の前に果てしなく広がるモスバナを見た。ナオミの話を幾度となく思い返していたため、村の全景が描けそうな気がした。きっとあっちの下手のほうには会館が、こっちには学校と図書館が建っていたはず。

またあてどなく丘を上っていると、稜線のゆるやかなポイントに出た。そこにとうとう目的地が見えた。もはや原型を失くした建物の跡。それさえも、すべてモスバナに覆われてしまっている。

崩れ落ちた残骸と小さな案内板だけが、ここにあった温室の存在を語っていた。あやうく見逃してしまいそうなほどの目立たない痕跡だったが、アヨンにとって、それが意味するところはあまりに大きかった。

すべての物語が、まさにここで始まったのだ。

空はゆっくりと夕焼けに染まりつつあった。ここではモスバナの青い光を見ることはできない。モスバナは時を経て本来の光を失ってしまった。だがアヨンは、この景色に色を添えていく闇を前に、あの青い光を想像した。かつてジスの庭で見たあの物寂しい光の粒子が、まるでいま、ここにも舞っているようだった。

膝をつくと、ツルが体に触れた。アヨンは地面に手を伸ばし、土の感触を確かめた。頭を下げて地面に耳をあてる。葉擦れの音を聞き、草木のにおいを嗅ぐ。丘へ下りてきた薄闇のなかで、懐かしい感覚がアヨンをたぐり寄せた。

アヨンはいま、ここにあっただろう誰かの安息の場を思い浮かべることができた。

夕暮れどき、ひとつふたつと黄色い明かりを灯していく窓と、傾けられた傘のように佇んでいる植物たち。宙を埋めつくす青い光。地球の果てでも宇宙の果てでもない、ある森のなかの、ガラスの温室。そしてそこで、夜が更けるまでガラス越しに交わされた、温もりに満ちた物語を。

著者あとがき

『地球の果ての温室で』の構想を始めたばかりのとき、わたしのなかには漠然とした物語の種しかなかった。まだどんな話になるかもわからないその種を小説に仕立てるには、とてもゆっくりと、だかしぶとく広がってゆき、どこへでも行け、ついには地球を覆いつくしてしまう生物体が必要だった。バクテリア、ウイルス、カビ、キノコ、さらには昆虫までじっくり検討してみたが、どれもさまざまな理由で脱落していき、わたしがたどり着いた答えはひとつ。植物。植物だけがこの小説を救ってくれる生物だというものだった。

郊外に新規オープンした温室カフェで父を質問攻めにした。植物はどんなふうに育ち広がっていくのか、植物の生涯はどんなものか、草本と木本の違いはなにか、一年生と多年生とはなにか、棲息地によってどう変化するのか、ひとつの植物種がさまざまな気候条件に適応できるのか……。

当時植物について無知だったわたしは、とりとめのない質問をくり返すことである質問についての確答を得たかった。つまり、こんな奇妙な植物が存在しえるのか。かつて園芸学を専攻していた父の返事は、「植物はなんにでもなれる」というものだった。地球のそこかしこに実在する奇妙な植物についてのエピソードは、特大のおまけとしてついてきた。

素人ながら植物の世界に足を踏み入れてみると、少しはわかるような気がした。本当に植物はなんにでもなれるのだと。地球はよく見れば本当に、まるで別の惑星のようだということも。

温室の矛盾が好きだ。自然であり人工でもある温室。切り取られ、コントロールされた自然。遠くまで行けない植物が、はるか彼方、地球の反対側の風景を再現する空間。この小説を書きながら、わたしたちがすでに深く介入してしまった、後戻りできない、けれど今後も住みつづけなければならないこの地球を思った。とうてい愛せそうにない世界を前にしながらも、最後にはそれを建てなおそうと決心する人々についても。

きっとわたしは、その気持ちについての物語を書きたかったのだと思う。

参考文献

西村佑子『魔女の薬草箱』、キム・サンホ訳、指田豊監修、ＡＫコミュニケーションズ、二〇一七

Renato Bruni *Le piante son brutte bestie*、チャン・ヘギョン訳、三日月、二〇二〇

Richard Bird *A Gardener's Latin*、イ・ソン訳、クンリ、二〇一九

Michael Pollan *The Botany of Desire*、イ・ギョンシク訳、おうし座、二〇〇七（『欲望の植物誌』西田佐知子役、八坂書房、二〇〇三）

Stefano Mancuso *L'incredibile viaggio delle piante*、イム・ヒヨン訳、シン・ヘウ監修、ドスプ、二〇二〇

Stefano Mancuso, Alessandra Viola *Verde brillante*、ヤン・ビョンチャン訳、惑星B、二〇一六

（『植物は〈知性〉をもっている』久保耕司訳、ＮＨＫ出版、二〇一五）
ユン・オスン『コーヒーと人類のゆりかご、エチオピアの招待』、ノルミン、二〇一六
イ・ナムスク、オム・サンミ、イ・ユミほか『マレーシアの民族植物学』、国立樹木園、二〇一九
イ・ソヨン『植物散歩』、クルハンアリ、二〇一八
稲垣栄洋『「雑草」という戦略』、チャン・ウンジョン訳、キラブックス、二〇二一
稲垣栄洋『たたかう植物』、キム・ソンスク訳、ドスプ、二〇一八
チャン・ウヘ『ジャラン・ジャラン　マレーシア』図書出版ヤホ、二〇一八

＊小説を書く上で上記の資料を参考にしました。作中の植物ゲノム分析について重要なアイデアをくださった生命科学者キム・ジュン氏に感謝申し上げます。

訳者略歴：カン・バンファ（姜芳華）
岡山県倉敷市生まれ　訳書『千個の青』チョン・ソンラン、『種の起源』チョン・ユジョン（共に早川書房刊）、『ホール』ピョン・ヘヨン、『夏のヴィラ』『惨憺たる光』ペク・スリン、『長い長い夜』ルリ、『氷の木の森』ハ・ジウン、『みんな知ってる、みんな知らない』チョン・ミジン、共訳書『わたしたちが光の速さで進めないなら』キム・チョヨプ（早川書房刊）など。

地球《ちきゅう》の果《は》ての温室《おんしつ》で

2023年1月20日　初版印刷
2023年1月25日　初版発行

著者　キム・チョヨプ

訳者　カン・バンファ

発行者　早川　浩

発行所　株式会社早川書房
東京都千代田区神田多町2－2
電話　03－3252－3111
振替　00160－3－47799
https://www.hayakawa-online.co.jp

印刷所　三松堂株式会社
製本所　大口製本印刷株式会社

Printed and bound in Japan

ISBN978-4-15-210201-0 C0097

乱丁・落丁本は小社制作部宛お送り下さい。
送料小社負担にてお取りかえいたします。